AF545757

SILVIA STOLZENBURG

Die Begine und die Zauberin

DUNKLE MÄCHTE Anno Domini 1414: Das Leben der ehemaligen Begine Anna Ehinger verläuft in ruhigen Bahnen. Da sie inzwischen ein Kind von ihrem Gemahl Lazarus erwartet, kümmert sie sich vermehrt um das Herstellen von Tränken und Arzneien, die sie nicht nur an reiche Patrizierinnen verkauft. Auch die Hübschlerinnen aus dem städtischen Frauenhaus zählen zu ihren Kundinnen – eine Tatsache, die Lazarus ein Dorn im Auge ist. Als eines Tages eine Zauberin auftaucht, ist es jedoch mit der Ruhe vorbei. Plötzlich häufen sich die Todesfälle im Heilig-Geist-Spital und im Frauenhaus. Zudem beginnt eine furchtbare Seuche in der Siechenstube zu wüten. Steckt die geheimnisvolle Frau dahinter, an deren Kräfte selbst Annas Bruder Jakob zu glauben scheint? Als immer mehr Menschen sterben, beginnt Anna Fragen zu stellen und gerät in höchste Gefahr.

Dr. phil. Silvia Stolzenburg studierte Germanistik und Anglistik an der Universität Tübingen. Im Jahr 2006 promovierte sie dort über zeitgenössische Bestseller. Kurz darauf machte sie sich an die Arbeit an ihrem ersten historischen Roman. Sie ist hauptberufliche Autorin und lebt mit ihrem Mann auf der Schwäbischen Alb, fährt leidenschaftlich Mountainbike, gräbt in Museen und Archiven oder kraxelt auf steilen Burgfelsen herum – immer in der Hoffnung, etwas Spannendes zu entdecken.

SILVIA STOLZENBURG

Die Begine und die Zauberin

Historischer Kriminalroman

GMEINER

Dieses Werk wurde vermittelt durch die
Autoren- und Projektagentur Gerd F. Rumler (München)«

Immer informiert

Spannung pur – mit unserem Newsletter informieren wir Sie regelmäßig über Wissenswertes aus unserer Bücherwelt.

Gefällt mir!

Facebook: @Gmeiner.Verlag
Instagram: @gmeinerverlag
Twitter: @GmeinerVerlag

Besuchen Sie uns im Internet:
www.gmeiner-verlag.de

Im Ehnried 5, 88605 Meßkirch
Telefon 07575/2095-0
info@gmeiner-verlag.de

1. Auflage 2023

Herstellung: Mirjam Hecht
Umschlaggestaltung: U.O.R.G. Lutz Eberle, Stuttgart
unter Verwendung eines Bildes von: © Elnur / stock.adobe.com
und https://commons.wikimedia.org/wiki/File:Rogier_van_der_Weyden_-_Triptych-_The_Crucifixion_-_Google_Art_Project.jpg
Druck: CPI books GmbH, Leck
Printed in Germany
ISBN 978-3-8392-0340-8

Für meinen Süßen

Kapitel 1

Ulm, Juni 1414

Obwohl die Dämmerung nicht mehr fern war, lag die Sommerhitze wie ein erstickendes Tuch über der Stadt. Von der Donau her blies ein laues Lüftchen, das den Geruch von Algen und vollen Fischernetzen herantrug. Der elfjährige Micha hockte auf einem Ast in einem großen Apfelbaum, dessen Laub ihm Schatten und Blickschutz bot. Das arme Viertel bei der Stadtmauer, in dem er seit Monaten in einem alten Schuppen hauste, war wie ausgestorben, da die Ackerbürger ihr Tagwerk beendet hatten.

Seitdem er im vergangenen Winter dabei geholfen hatte, einen Mörder dingfest zu machen, war er auf sich allein gestellt und schlug sich teils bettelnd, teils stehlend mehr schlecht als recht durch. Nachdem er sich beim Bettelmeister eine Bettelmarke gekauft hatte, versuchte er, den anderen Gassenjungen der Stadt aus dem Weg zu gehen, da ihr Anführer, der Schwarze Utz, eine Rechnung mit ihm offen hatte. Durch Michas Handeln war den Jungen ein dicker Fisch durchs Netz geschlüpft, und er fürchtete, dass sie immer noch auf Rache aus waren.

Als von irgendwoher ein Schrei gellte, zuckte er zusammen. Furchtsam blickte er sich um, froh darüber, vom Boden aus so gut wie unsichtbar zu sein. Dem ersten Schrei folgten weitere, plötzlich herrschte eine unheimliche Stille. Er spürte, wie sich seine Nackenhaare aufrichteten. Derlei Geräusche waren keine Seltenheit in der Gegend, doch diese Schreie klangen anders als die, die üblicherweise ertönten, wenn die Männer am Abend zu viel Bier getrunken hatten. Entgegen aller Vernunft kletterte er behände aus dem Baum und legte einige Augenblicke lauschend den Kopf schief.

Ein weiterer Schrei ging in ein ersticktes Wimmern über, dann brüllte ein Kind.

Micha begriff. Irgendwo in der Nähe musste eine Frau entbunden haben. Erleichterung machte sich in ihm breit, und er beschloss, ein wenig durch die winzigen Gärten zu streifen, um Beeren zu stehlen. Seit dem frühen Morgen hatte er nichts mehr gegessen, weil er an diesem Tag kaum etwas erbettelt hatte. In seiner Tasche ruhte seine gesamte Barschaft, die nicht mehr als ein paar Pfennige umfasste. Es wurde Zeit für einen neuen Diebeszug auf dem Marktplatz, allerdings fürchtete er, dass Utz und die anderen ihm dort auflauern oder ihn an die Marktaufsicht verraten könnten. Die Vorstellung, was ihm bevorstünde, sollte man ihn auf frischer Tat ertappen, ließ Übelkeit in ihm aufsteigen. Wenn er Glück hatte, würde man ihn nur aus der Stadt prügeln, im schlimmsten Fall drohte ihm das Abhacken einer Hand.

Geduckt schlich er zum nächstgelegenen Garten, schwang sich über den morschen Zaun und kniete sich vor ein Beet voller Erdbeerpflanzen. Zwar waren noch nicht alle Früchte reif, doch er fand genug, um den schlimmsten Hunger zu stillen. Auf dem Weg zum nächsten Garten pflückte er Süßkirschen und Johannisbeeren und hoffte, auf freilaufende Hühner zu treffen. Wo es Hühner gab, waren frische Eier nicht weit, doch als er ein Hühnerhaus entdeckte, lief ein Hahn mit geschwollenem Kamm drohend auf ihn zu.

»Spiel dich nicht so auf!«, brummte er und machte einen Satz nach hinten, als der Hahn nach seinem Schienbein pickte. Eilig ging er weiter zum nächsten Garten, der hinter einer Kate lag, deren winzige Fenster offen standen. Als er näherkam, wurde das Weinen des Neugeborenen lauter, und er hörte die Stimme einer Frau.

»Wir müssen warten, bis es dunkel ist, sonst entfaltet der Zauber seine Wirkung nicht richtig.«

Micha horchte auf. Zauber? Er duckte sich und schlich näher an eines der Fenster.

»Es ist zu spät, um die Stadt zu verlassen, sonst hätte ich sie in den Fluss werfen können«, ertönte die Stimme erneut. »Wenn sie nicht verbrannt oder vergraben wird, können sich Hexen ihrer bemächtigen und ein Wechselbalg aus ihr machen.«

»Heilige Muttergottes!«, keuchte eine andere Frau.

Als Micha vorsichtig durch das Fenster lugte, sah er eine Wöchnerin mit rotem Gesicht und eine junge Frau in bunten Gewändern, deren dunkles Haar zu einem dicken Zopf gebunden war und bis zur Hüfte reichte. Sie war bleich und zierlich und wunderschön. An ihrem Hals hingen mehrere silberne Ketten, die aussahen wie Amulette. Armreifen klimperten, als sie etwas aufhob, das in ein blutiges Tuch gewickelt war.

»Ich bringe sie nach draußen«, sagte sie.

Micha schauderte, zog sich hastig zurück und versteckte sich hinter einem Misthaufen. Was hatte die Frau vor? Wollte sie das Neugeborene umbringen? Obwohl ihm sein Verstand riet, so schnell wie möglich das Weite zu suchen, verharrte er wie angewurzelt und beobachtete, wie die Frau ein Feuer entzündete.

Während die Scheite anfingen zu brennen, wiegte sie das blutige Bündel in den Armen, hob es zum Himmel und murmelte Worte, die Micha nicht verstand. Dann holte sie etwas aus der Tasche und warf es in die Flammen, die zischend in die Höhe schlugen.

»Ebra debra!«, hörte er sie in einem sanften Singsang sagen. »Cinium, cinium, gossium, strassus!« Sie malte ein Zeichen in die Luft über dem Bündel und ließ es, ohne zu zögern, ins Feuer fallen.

Micha hielt sich den Mund zu, um den Schrei zu ersticken, der in ihm aufstieg. Eine kalte Hand griff nach seinem Herzen, als er begriff, was die Frau getan hatte: Ohne mit der Wimper zu zucken, hatte sie ein Neugeborenes getötet!

Kapitel 2

Mit einem erschöpften Prusten wischte sich der Stadtpfeifer Gallus den Schweiß von der Stirn und schlüpfte in seine Kleider. Obwohl er sich geschworen hatte, vor Einbruch des Winters in eine bessere Unterkunft zu ziehen, war sein Wille zur Sparsamkeit nicht besonders groß. Seit er die junge Frau, die ihm gelangweilt beim Anziehen zusah, das erste Mal beim Marktplatz getroffen hatte, war er ihren Reizen verfallen, und daran würde sich vermutlich so schnell nichts ändern. Ihr Haar hatte die Farbe von Kupfer, ihre Augen die eines Sommerhimmels. Winzige Sommersprossen tanzten nicht nur auf ihrer Nase, sondern auch auf dem üppigen Busen, an dem Gallus sich nicht sattsehen konnte. Ihm war von Anfang an klar gewesen, dass sie eine Hure war, dennoch erlaubte er sich, sich einzubilden, dass ihr seine Besuche ebenso viel Vergnügen bereiteten wie ihm.

»Warum willst du denn schon gehen?«, gurrte sie und strich neckend mit dem Zeigefinger über die Brust. »Wir könnten uns noch mal vergnügen.« Ihr Blick fiel auf seinen Hosenlatz. »Oder bist du erschöpft?«

»Besorgst du es mir dann umsonst?«, fragte er.

Sie lachte. »Natürlich nicht! Sei nicht einfältig!«

Er holte eine Münze aus der Tasche und warf sie ihr zu. Anschließend zog er seine Schuhe an, rückte seine Männlichkeit zurecht und ging zur Tür.

»Kommst du morgen wieder?«

Er zuckte mit den Schultern. »Vielleicht.« Ohne sich noch einmal umzudrehen, verließ er die Kammer, die sich in einer billigen Herberge befand. Obwohl es sicherer für sie gewesen wäre, in einem Frauenhaus zu arbeiten, hatte sie sich dazu entschlossen, auf eigene Faust nach Männern wie Gallus zu suchen. Er hatte sie nie gefragt, warum sie keinem anderen Gewerbe nachging, und wenn er ehrlich war, interessierte es ihn auch nicht. Sie befriedigte seine Bedürfnisse, mehr nicht. Er kannte nicht mal ihren Namen.

Als er ins Freie trat, schlug ihm der Geruch von den vollen Sickergruben und dem Abfall entgegen, den die Bewohner des schäbigen Viertels trotz des städtischen Verbots einfach auf die Straße warfen. Nicht weit von dem Haus entfernt, in dem seine Gespielin wohnte, lag der aufgedunsene Kadaver eines Hundes, um den grün schillernde Fliegen schwirrten. Am Ende der Gasse ragte ein Turm der Stadtbefestigung auf, auf dem das Banner der Stadt aufgezogen war. Da kein Lüftchen wehte, hing es schlaff an seinem Mast.

Gallus rümpfte die Nase. Die drückende Hitze setzte ihm zu, und er hoffte, dass die Wolken am Horizont endlich die ersehnte Abkühlung bringen würden. Seit Tagen fühlte es sich an, als würde die ganze Stadt in einem Ofen backen. Als er den Arm hob, um eine Fliege zu verscheuchen, stieg ihm der Geruch seines eigenen Schweißes in die Nase. Er beschloss, dem Badehaus einen Besuch abzustatten, auch wenn ihn die Ausgabe jetzt schon reute.

Während sich das wohlbekannte schale Gefühl einstellte, das er stets empfand, wenn er die Hure verließ, wich er streunenden Katzen und Ansammlungen von Unrat aus, die weniger wurden, je näher er der Stadtmitte kam. Kurz darauf tauchte das Münster vor ihm auf, an dem zu dieser Zeit nicht mehr gebaut wurde. Bevor ihm bewusst wurde, was er tat, schweifte sein Blick zum Gottesacker hinter der Kirche, auf dem die einzige Frau begraben war, für die er bis jetzt aufrichtige Gefühle gehegt hatte. Der Verlust schmerzte ihn immer noch, doch die Trauer über Idas Tod war inzwischen so schwach geworden, dass er sich an manchen Tagen dafür schämte. *Sie ist tot,* dachte er, ärgerlich über sich selbst. Was sollte er denn tun? Aufhören zu leben? Er schlug den Weg zu einem der zahlreichen Badehäuser der Stadt ein, an dessen Tür die Badeordnung aufgehängt war. Nachdem er ein paar Pfennige aus der Tasche gefischt hatte, erklomm er die Treppe zum Eingang und wischte sich erneut den Schweiß von der Stirn, bevor er den dämmrigen Raum betrat.

Trotz der späten Stunde herrschte reger Betrieb. Der Geruch von Schwefel, Salz und Seife hing in der Luft und vermischte sich mit dem Duft von frisch zubereiteten Speisen. Am Ende des langen Raumes stand ein riesiger befeuerter Kessel, der dafür sorgte, dass stets heißes Wasser für die Badenden zur Verfügung stand. Von einer Stellwand aus dünnem Tuch abgetrennt, zechten Männer und Frauen in mehreren aneinandergestellten Bottichen, über die ein langes Brett gelegt worden war, das als Tisch für die von einer Bademagd aufgetragenen Köstlichkeiten diente. Ein Fiedler gab ein heiteres Lied zum Besten, während die Badenden aßen, tranken und sich freizügiger Beschäftigung miteinander hingaben. An die Badeordnung schien sich unter diesem Dach seit Langem niemand mehr zu halten.

Eine der blutjungen Bademägde schwebte mit einem honigsüßen Lächeln auf ihn zu. »Womit kann ich dir dienen?«, fragte sie. Ihr geschmeidiger Körper wurde nur ansatzweise von einem durchsichtigen Gewand bedeckt, ihr Haar hing offen herab. In der Hand hielt sie einen Badewedel aus bunten Federn, den sie einladend hin- und herdrehte.

»Ich brauche ein Bad«, entgegnete Gallus und starrte auf die verführerisch durch den dünnen Stoff blitzenden Brüste. Seine Männlichkeit fing schon wieder an, sich zu regen.

Sie lächelte ihn erneut an. »Komm mit!«, forderte sie ihn auf und führte ihn mit wiegenden Hüften an den Zechenden vorbei in einen Korridor, von dem mehrere, mit Vorhängen abgetrennte Kammern abgingen, in denen man Dienste in Anspruch nehmen konnte, die nichts mit Reinlichkeit zu tun hatten.

Es dauerte nicht lange, bis sie den Durchgang zu einem Raum erreichten, in dem sich zahlreiche Zuber, Bänke und Stapel von frischen Tüchern befanden.

»Zieh dich aus, ich hole warmes Wasser«, forderte ihn die Magd auf.

Dieser Aufforderung leistete Gallus nur allzu gern Folge, und wenig später saß er im Bottich und schloss genüsslich die Augen, während die Bademagd ihn mithilfe eines Schwamms einseifte.

Der Genuss war viel zu schnell vorbei, doch Gallus wollte nicht mehr Geld ausgeben als unbedingt nötig, weshalb er sich eine halbe Stunde später auf den Heimweg machte. Dieser führte ihn über den Marktplatz, der übersät gewesen war mit welkem Gemüse, das von den Karren der Bauern gefallen war. Das meiste war längst von den Ärmsten der Stadt eingesammelt worden, doch in der Nähe des Brunnens kniete noch eine alte Frau, die etwas in einen Korb steckte. Froh darüber, nicht so bettelarm zu sein wie die Alte, steuerte Gallus auf die Herberge zu, in der er eine Kammer gemietet hatte. Obwohl sein Magen knurrte, ging er an der Schankstube vorbei, um in ein frisches Hemd zu schlüpfen, bevor er etwas zu essen bestellte.

Die alten Stufen knarrten so laut unter seinen Füßen, dass er fürchtete, sie würden irgendwann zusammenbrechen. Im Sommer, wenn die winzigen Fenster der Herberge offen standen, war die Luft im Haus erträglich, doch im Winter hing stets der Geruch von Schimmel in den Räumen. Als er den Treppenabsatz erreichte, hielt er mitten im Schritt inne. Vor der Tür seiner Kammer kniete jemand auf dem Boden und schien sich an deren Schloss zu schaffen zu machen.

»He!« Er sprang nach vorn, um den Burschen am Kragen zu packen, doch der reagierte sofort.

Wieselflink kam er auf die Beine, duckte sich unter Gallus' Arm hindurch und rannte zur Treppe.

Allerdings war er nicht schnell genug, dass Gallus sein Gesicht nicht erkannt hätte.

»Verfluchte kleine Diebe!«, knurrte der Stadtpfeifer und konnte sich nur mit Mühe beherrschen, dem Bengel nicht nachzusetzen. Er gehörte zu den Gassenjungen, mit denen er sich seit langer Zeit herumschlug. Obwohl er sich mehrfach bei der Wache beschwert hatte, schienen die Stadtknechte nicht besonders erpicht darauf zu sein, diesem verdammten Utz und seiner Bande das Handwerk zu legen.

Er ballte die Fäuste und nahm das Türschloss genauer in Augenschein. Wäre er später gekommen, hätte sich der Bengel zweifellos Zutritt zu seiner Kammer verschafft und alles mitgenommen, was nicht niet- und nagelfest war. Während sich seine Wut verstärkte, wanderten seine Gedanken zu Micha, den er seit der Nacht, in der er Idas Mörder zur Rechenschaft gezogen hatte, nicht mehr gesehen hatte. Ob der Junge zu der Bande zurückgekehrt war? Oder hatte er die Stadt längst verlassen, um an einem anderen Ort sein Glück zu suchen? Leise vor sich hin fluchend entschied er, ein weiteres Schloss an der Tür anzubringen und von jetzt an wieder ein schärferes Auge auf die Gassenjungen zu haben. Wenn sich die Wache nicht um diese Bande kümmerte, musste er es eben selbst in die Hand nehmen.

Kapitel 3

An diesem Tag fühlte sich Anna Ehingers Kräuterküche an wie der Vorhof der Hölle. Es war so heiß in dem kleinen Raum, dass ihr Kleid am Rücken durchgeschwitzt war und ihr Haar, das sich aus der Haube gelöst hatte, an der Stirn klebte. Unter der Kochstelle loderte ein starkes Feuer, da sie an diesem Tag neue Arzneien für die Hübschlerinnen im Frauenhaus hergestellt hatte. Seit einigen Monaten besuchte sie die Frauen regelmäßig und versorgte sie mit Mitteln, die ihre monatliche Blutung anregten. Keine von ihnen wollte ein Kind empfangen, da dies bedeuten würde, dass der Frauenwirt sie des Hauses verweisen musste.

Frauenhäuser waren ein fester Bestandteil der städtischen Ordnung, ihr Betrieb durch eine vom Rat erlassene Frauenhausordnung geregelt. Durch die Einrichtung dieser Häuser sollten Bürgerinnen und Jungfrauen vor Nachstellungen geschützt werden, da in einer vielbesuchten Handelsstadt wie Ulm zahlreiche unverheiratete Hausknechte und Handwerksgesellen auf der Suche nach Vergnügen waren. Die meisten Hübschlerinnen waren freiwillig in den Dienst des Frauenwirts getreten, allerdings gab es auch mehrere junge Frauen, die gegen ihren Willen von einem Familienangehörigen verpfändet worden waren. Ihre Freiheit konnten diese Mädchen nur erlangen, wenn sie dem Wirt die Pfandsumme bezahlten.

Bei ihren häufigen Besuchen im nahegelegenen Frauenhaus hatte Anna erfahren, unter welchen Umständen die Huren lebten. Für die wöchentliche Verpflegung mussten sie dem Wirt vierzig Pfennige bezahlen, für die Unterkunft in einer der winzigen Kammern waren sieben Pfennige Wochengeld zu entrichten. Darüber hinaus war der Frauenwirt am Umsatz beteiligt – mit einem Pfennig, wenn der Freier nach Erledigung des »leiblichen Werks« wieder ging, mit drei Pfennigen Schlafgeld für einen »Schlafmann«, einen Freier, der über Nacht blieb.

Obwohl es den Hübschlerinnen erlaubt war, sich ungehindert in der Stadt zu bewegen, blieben die meisten Frauen im Haus, um nicht der Verachtung der anständigen Bürger ausgesetzt zu sein. An ihrer Kleidung mussten sie gut sichtbar ein Band in einer der Schandfarben Rot, Gelb oder Grün tragen, damit man sie schon von Weitem als schändliche Weiber erkannte. Viele von Annas wohlhabenderen Kundinnen waren der Ansicht, dass Huren Unglück brachten oder gar den bösen Blick besaßen, weshalb sie ihre Besuche des Frauenhauses stets spät am Abend machte, um nicht dabei gesehen zu werden.

Die jungen Frauen taten ihr leid, viele von ihnen schienen sich in ihr Los gefügt zu haben. Es kam nicht selten vor, dass Anna gerufen wurde, weil eine von ihnen von einem Freier brutal vergewaltigt worden war und sich eine Blutung nicht stillen ließ. Lazarus hatte mehrfach versucht, sie davon abzubringen, den Hübschlerinnen zu helfen, und auch an diesem Tag öffnete sich die Tür der Kräuterküche kurz bevor sie zum Frauenhaus aufbrechen wollte.

»Wie hältst du es hier drin nur aus?«, fragte er mit einem Nicken in Richtung des prasselnden Feuers. »Warum lässt du mich nicht draußen eine Feuerstelle bauen?«

»Weil es im Sommer zu gefährlich ist«, entgegnete Anna. »Die Funken, das trockene Gras …« Sie schüttelte den Kopf. »Ich komme gut zurecht.«

Sein Blick wanderte weiter zu ihrem Bauch, der inzwischen sichtbar gerundet war. Im Winter war ihr Wunsch endlich in Erfüllung gegangen, und sie hatte ein Kind empfangen. Lange Zeit hatten sie und Lazarus es vergeblich versucht, so lange, dass Anna bereits in Sorge gewesen war, Gott wollte sie bestrafen.

»Gehst du noch mal weg?«, fragte er.

Sie bejahte.

»Ins Frauenhaus?«

»Das weißt du doch ganz genau«, erwiderte sie mit einem Lächeln. »Mir passiert nichts.«

»Mir ist nicht wohl dabei«, seufzte Lazarus. »Diese Männer, die dort ein und aus gehen …«

»… wollen zu den Hübschlerinnen«, unterbrach Anna

ihn. »Der Frauenwirt sorgt dafür, dass alles mit rechten Dingen zugeht.«

»Aber das stimmt nicht!«, protestierte Lazarus. »Du hast selber gesagt, dass es dort oft zu Notzucht kommt!«

Anna wusste nicht, was sie darauf erwidern sollte. Die Freier, die sich an den Frauen vergriffen, mussten mit keiner Strafe rechnen, da ein solches Vergehen niemanden interessierte. »Niemand wird mich für eine Hure halten«, sagte sie schließlich und zeigte auf die Haube auf ihrem Kopf und auf ihren Bauch.

»Und wenn doch?«

Sie ging auf ihn zu, fasste ihn an den Händen und sah zu ihm auf. »Mach dir keine Sorgen. Ich kann gut auf mich aufpassen.«

Lazarus verzog das Gesicht. »Du weißt, dass das nicht der Wahrheit entspricht«, brummte er.

Anna senkte den Blick. Er hatte recht. Zu oft war sie seit ihrer ersten Begegnung mit ihm im Heilig-Geist-Spital in scheinbar ausweglose Lagen geraten, die sie fast das Leben gekostet hätten. Konnte sie ihm seine Sorge verübeln? »Ich bin ja nicht allein«, sagte sie. »Wer ist schon so dumm, sich an zwei Frauen auf einmal zu vergreifen?«

Er blies die Backen auf. »Ich wünschte, du würdest Vernunft annehmen«, seufzte er.

»Es ist meine Christenpflicht«, sagte sie. »Auch wenn ich keine Begine mehr bin, wäre ich eine schlechte Christin, wenn ich mich nicht um die Bedürftigen kümmern würde.«

Darauf wusste Lazarus keine Antwort. Nach kurzem Schweigen stieß er einen Seufzer aus und verschränkte die Arme vor der Brust. »Ich begleite dich«, sagte er.

Anna schüttelte den Kopf. »Warum? Bis jetzt bin ich gut alleine zurechtgekommen.«

»Ich weiß nicht«, gestand er. »Ich habe heute ein ungutes Gefühl.«

»Der Frauenwirt wird dich nicht einlassen. Ausschließlich Freier haben Zutritt. Willst du, dass man sieht, wie du dich vor dem Frauenhaus herumdrückst?« Sie packte die Mittel für die Hübschlerinnen in einen flachen Weidenkorb. »Was würden wohl deine reichen Patienten sagen? Oder die Pfründner? Jetzt, wo wir wieder Zugang zum Spital haben.« Nachdem der aus Rom zurückgekehrte Magister Hospitalis den neuen Pfleger Ortwin Besserer dazu gebracht hatte, Anna und Lazarus des Spitals zu verweisen, hatte dieser vor einigen Wochen seine Meinung geändert. Der junge Arzt, den der Magister Hospitalis aus Rom mitgebracht hatte, schien nicht besonders fähig zu sein, weshalb Lazarus und sie wieder häufiger im Spital anzutreffen waren.

Lazarus brummte etwas Unverständliches.

»Ich bin zurück, bevor die Sonne untergeht«, versprach Anna, stellte sich auf die Zehenspitzen und küsste ihn auf die Wange. »Versprochen.«

»Das hast du schon mal gesagt«, hörte sie Lazarus murmeln, als sie die Kräuterküche verließ und in den Garten hinter ihrem Haus trat. Obwohl bei seinen Worten schlimme Erinnerungen in ihr aufstiegen, schob sie die Gedanken an das Feuer im Haus ihres entfernten Schwagers, auf das er anspielte, beiseite und machte sich auf den Weg zur Straße. Der Duft von verblühtem Flieder, Rosen und warmer Erde begleitete sie, doch als sie die Straße erreichte, blies der Wind ihr Staub ins Gesicht und vertrieb die Wohlgerüche. Sie zögerte nur kurz, ehe sie in Richtung Stadtmauer ging, wo sich das Frauenhaus befand.

Obwohl die Stadttore bald geschlossen wurden, waren noch zahlreiche Bauern aus den umliegenden Dörfern in der Stadt, die ihre Waren auf dem Markt verkauft hatten. Eine gewisse Reizbarkeit lag in der Luft, die sich darin äußerte, dass an fast jeder Ecke gestritten wurde.

»Himmelherrgott, stell dich doch nicht immer so töricht an!«, hörte Anna einen Fuhrmann schimpfen, dem ein Fass von der Ladefläche gerollt war.

Ein Junge, kaum älter als ihr jüngster Neffe, mühte sich damit ab, die restliche Ladung festzuzurren.

»Elendiger Nichtsnutz!«, knurrte der Fuhrmann und versetzte dem Jungen eine Ohrfeige.

Etwas weiter die Straße entlang balgten sich vier Burschen um etwas, was Anna nicht erkennen konnte. Der Streit schien allerdings nicht ernst zu sein, da sie lachten. Immer noch lag die Hitze flimmernd über der Stadt, verwischte die Formen am Horizont und sorgte dafür, dass die Misthaufen schlimmer stanken als sonst. Schon nach wenigen Schritten lief Anna der Schweiß in die Augen, und sie warf einen Blick zum Himmel. Wenn es doch nur endlich regnen würde! Die Pflanzen in ihrem Kräutergarten drohten zu verdorren, obwohl sie sie jeden Tag mit Wasser aus dem Brunnen goss. Die Blätter der Bäume waren schlaff und braun, und falls nicht bald Regen fiel, würde die Ernte dieses Jahr schlecht ausfallen. Dann drohten Hunger und Not, und die Dürftigenstube im Spital würde sich vorzeitig füllen.

In Gedanken versunken legte sie den Rest des Weges zurück, bis das Frauenhaus vor ihr auftauchte. Zu ihrer

Erleichterung lungerten keine Männer davor herum, dennoch beeilte sie sich, das kühle Innere zu betreten und eine der schmalen Stiegen zu erklimmen, über die man die oberen Stockwerke erreichte. Sie hatte gerade den ersten Absatz erreicht, als ein gellender Schrei an ihr Ohr drang.

Kapitel 4

ENTSETZT STARRTE MICHA auf das brennende Bündel, das in einem Funkenregen tiefer ins Feuer rutschte, als ein Holzscheit zerbarst. Erst nach einigen Augenblicken kam Leben in ihn, und er fing an zu rennen, bevor sein Verstand ihn davon abhalten konnte. Obwohl die Flammen drohten, ihn zu versengen, hob er einen Stecken vom Boden auf und lief zum Feuer, das vom Wind immer mehr angefacht wurde. Wenn er das Bündel mit dem Stock zwischen den Scheiten hervorholte …

Eine Wand aus Hitze schlug ihm entgegen und ließ ihn zurückschrecken. Die Flammen schienen nach ihm zu lecken, und er spürte, wie Funken auf seinem Haar landeten. Das Tosen war so laut, dass er die Rufe kaum hörte.

»Gib acht!« Hände griffen nach ihm und zogen ihn vom Feuer weg. »Willst du dich umbringen?«

Hustend rang Micha nach Luft, während das Bündel stetig tiefer ins Feuer rutschte und mit einem Zischen vollends in Flammen aufging.

»Was soll das?« Die Frau, die das Kind ins Feuer geworfen hatte, sah ihn kopfschüttelnd an. »Bist du nicht bei Trost?«

Micha hob abwehrend die Hände. »Weiche, Satan!«, keuchte er und schlug ein Kreuz.

»Satan?« Zu seiner Verwunderung lachte die Frau. »Glaubst du, ich bin eine böse Zauberin?«

Sein Blick zuckte zum Feuer. »Was denn sonst? Du hast ein Neugeborenes verbrannt!« Seine Worte gingen in ein Husten über, da der Wind den Rauch in seine Richtung blies.

»Ein Neugeborenes?« Sie lachte erneut. »Du bist ein dummer Junge!«

Micha starrte auf das Bündel, von dem nicht mehr viel übrig war. Für das Kind darin kam jede Hilfe zu spät.

»Geh nach Hause«, hörte er die Frau sagen. »Du hast hier nichts zu suchen.«

Er wirbelte herum und funkelte sie empört an. Zauberin hin, Zauberin her, sie war eine Mörderin! Wut verdrängte die Angst, die ihm die Kehle zuschnürte. »Ich hole die Wache«, keuchte er und machte Anstalten, sich abzuwenden.

»Die wird dich auslachen.« Die Frau packte ihn beim Arm und zog ihn weiter vom Feuer weg. »Das da ist kein Kind.« Sie zeigte auf das verbrennende Bündel.

»Aber ich habe gesehen, wie du ...«

Aus dem Haus hinter ihnen erklang das Weinen eines Säuglings.

Micha blinzelte verwirrt.

»Du hast *gar* nichts gesehen!«, fuhr sie ihn an. »Du denkst nur, dass du was gesehen hast.« Ihre Augen funkelten zornig im Schein des Feuers. »Das da«, sie deutete erneut auf das Bündel, »ist die Nachgeburt!«

Micha öffnete den Mund, um etwas zu erwidern, aber die Worte blieben ihm im Hals stecken.

»Warum schnüffelst du überhaupt hier rum?«, fragte sie argwöhnisch. »Was hast du um diese Zeit hier zu suchen?« Sie musterte ihn genau. »Du bist ein Bettler«, stellte sie fest, als ihr seine Bettelmarke auffiel.

»Ich ...« Micha verstummte, als der Säugling erneut lauthals weinte. Er spürte, wie ihm das Blut in die Wangen stieg.

»Verschwinde!«, zischte sie. »Oder ich schreie: ›Haltet den Dieb!‹ Deswegen bist du doch da, oder? Um zu stehlen?«

Micha wich von ihr zurück. »Das stimmt nicht!«, beeilte er sich zu sagen.

»Sieh zu, dass du fortkommst!« Sie machte eine Handbewegung, als wollte sie eine Schmeißfliege verscheuchen. Als er sich nicht rührte, tat sie einen drohenden Schritt auf ihn zu.

Obwohl sie kaum größer war als er, flößte ihm der Blick ihrer dunklen Augen Angst ein. Was, wenn sie nicht die Wahrheit sagte und doch mit dem Teufel im Bunde stand? Würde sie ihm dann die Seele stehlen und ihn zwingen, ein Diener des Bösen zu werden? Trotz der Hitze des Feuers kroch ihm ein Schauer über den Rücken.

»Hau ab!« Sie griff nach einem der Amulette an ihrem Hals.

Micha wich vor ihr zurück. Während die Flammen nach wie vor im Wind tanzten, kehrte er ihr den Rücken und lief in die Richtung davon, aus der er gekommen war. Er verlangsamte die Schritte erst, als er einen der kleinen Gärten erreichte. Ein Blick über die Schulter verriet ihm, dass die Zauberin auf dem Weg zurück ins Haus war, weshalb er zögerte, ehe er über den Zaun kletterte. Würde sie der Mutter etwas antun, um ihrem bösen Herrn zu dienen? Obwohl eine kleine Stimme in seinem Ohr ihm sagte, dass es klüger war zu verschwinden, war seine Neugier auch dieses Mal stärker. Sobald die Zauberin im Haus verschwunden war, kam er aus seinem Versteck hervor und schlich zurück zu dem Fenster, durch das er die Frauen beobachtet hatte.

»Dem Kind wird nichts geschehen«, hörte er die Hexe sagen. »Seine Seele ist vor dem Bösen sicher.«

»Der Herr segne dich«, entgegnete die Mutter.

Vorsichtig hob Micha den Kopf, um einen Blick auf das Neugeborene zu erhaschen.

Es lag an der Brust seiner Mutter, die erschöpft auf einem Lager aus Strohsäcken ruhte. Dank einer Talglampe auf einem Tischchen konnte Micha sehen, wie das Kind gierig nuckelte. Es schien wohlauf zu sein, dennoch hatte er ein ungutes Gefühl. Mit heftig klopfendem Herzen verfolgte er, wie die Zauberin in einen Beutel griff, etwas hervorholte und es der Mutter aufs Knie legte.

»Nimm es in den Mund und zerkaue es!«, forderte sie die Wöchnerin auf. »Dann spuck es auf dein linkes Knie und huste dreimal drauf! Das wird dich und das Kind vor Schaden bewahren.«

Die Mutter befolgte die Anweisung, während Micha überlegte, was er tun sollte. Noch bevor er einen Entschluss gefasst hatte, hörte er Münzen klimpern und die Zauberin verabschiedete sich.

Kurz darauf knarrte die Tür.

Hastig duckte er sich und beobachtete, wie die Hexe das Haus verließ und nach Westen davonging. Das Feuer, in das sie die Nachgeburt geworfen hatte, war inzwischen fast niedergebrannt, der Qualm verzogen. Ohne lange nachzudenken, richtete Micha sich auf, holte tief Luft und folgte der Zauberin.

Der Weg führte ihn am Heilig-Geist-Spital vorbei in Richtung Stadtmitte, wo die Zauberin zu seiner Verwunderung im Beginenhof verschwand. Micha runzelte die Stirn. Was konnte sie bei den Beginen wollen? Er beschloss, im Schutz des gegenüberliegenden Pfleghofes der Zisterzienser abzuwarten, bis sie wiederauftauchte. Grübelnd betrachtete er die stattliche Ansammlung von Gebäuden, die von einer Mauer und einem großen Tor geschützt wurden. Obwohl er erst seit einem Jahr in Ulm lebte, wusste er, dass die Beginen nicht bei allen Bürgern gut gelitten waren. Viele schienen zu fürchten, dass sie den Zorn Gottes über die Stadt bringen könnten, weil sie einem Großteil der Geistlichen als Ketzerinnen galten. War das der Grund, warum die Zauberin im Hof verschwunden war? Stimmte es, was man über die Beginen sagte? Froh über die breite Gasse, die sich zwischen ihm und dem Beginenhof befand, lehnte er sich mit dem Rücken gegen die dicke Mauer des Pfleghofes.

»He! Bursche!«

Micha zuckte zusammen, als einer der Zisterzienserbrüder auf ihn zukam.

»Warum drückst du dich hier herum?«, fragte der Mönch scharf. Er musterte Micha mit einer Mischung aus Argwohn und Herablassung.

»Ich …« Micha suchte nach einer Ausrede.

»Stellst du den Beginen nach?« Die Augen des Ordensbruders verengten sich.

»Nein!« Micha hob abwehrend die Hände. »Ein Almosen!« Er zeigte auf seine Bettelmarke.

Das Misstrauen verschwand aus dem Gesicht des Mönches. »Du bist ein Bettler«, stellte er fest.

Micha nickte.

»Geh zur Pforte!«, sagte der Zisterzienser. »Dort erhältst du ein Almosen.« Mit diesen Worten wandte er sich von Micha ab und verschwand durch eine Tür in der Mauer.

Nach einem letzten Blick zum Beginenhof beschloss Micha, das Angebot anzunehmen und sich danach zu seinem Unterschlupf aufzumachen. Vielleicht war es besser, wenn er die Zauberin vergaß und sich um seine eigenen Angelegenheiten kümmerte. Wenn er nicht für alle Ewigkeit als Bettler leben wollte, musste er versuchen, eine Anstellung als Tagelöhner zu bekommen. Er setzte eine demütige Miene auf, ging zur Pforte und streckte bittend die Hand aus.

Kapitel 5

Die Kerzenlampe auf Jakob Ehingers Schreibtisch erlosch mit einem leisen Zischen. Er saß seit Stunden über den Steuerbüchern der Stadt, um die Steuereintreibung vorzubereiten, die am folgenden Tag beginnen würde. Seit man ihm das Amt eines Steuerherrn übertragen hatte, gehörte auch das zu seinen Aufgaben, die er von Tag zu Tag mehr verabscheute. Bestünde nicht die berechtigte Hoffnung, dass man ihn in naher Zukunft zum Kämmerer wählen würde, hätte er das Amt längst aufgegeben und sich um einen anderen Posten bemüht. Was auch immer er für seine Zukunft plante, er war auf Unterstützer angewiesen, die ihm ihre Stimme gaben, weshalb ihm die Steuereintreibung ungelegen kam. Zwar hatte sich die Feindseligkeit der Zunftmeister etwas gelegt, dennoch war er sicher, dass er sich mit der Eintreibung neue Feinde machen würde.

Sämtliche Bürger von Ulm waren durch Eid verpflichtet, die »Losunge« – die Vermögensabgabe an die Stadt – ehrlich und fristgerecht zu entrichten, was nicht immer reibungslos verlief, da sie sich selbst einschätzten. Oftmals kam es zu Unstimmigkeiten, die entweder vor Ort oder vor dem Rat geklärt werden mussten. Die Aufgabe der Eintreiber war es, die veranschlagten Beträge zur Stadtkasse zu bringen, wo alles ein weiteres Mal überprüft wurde. Die Eintreiber, die Jakobs Aufsicht unterstanden, folgten einem bestimmten Weg, der seit Jahrzehnten vorgeschrieben war. Dieser sah vor, dass sie sich zunächst innerhalb der Grenzen der ehemaligen Stauferstadt bewegten, von der Blau über den Lautenberg entlang des westlichen und nördlichen Münsterplatzes durch die Hafengasse und die Grünhofgasse bis zur Donau. Erst dann betraten sie den neueren Teil der Stadt und arbeiteten ihn von Westen nach Osten ab.

Die Strafen bei Säumnis waren der dritte Pfennig oder gar das »Duplum«, die Verdoppelung des Steuerbetrages; außerdem waren Ehrenstrafen möglich wie das öffentliche Verlesen des Namens des Steuerschuldners. Wer wiederholt nicht zahlte, dem wurde die Tür ausgehängt, bis die Forderung beglichen war. Vielfach wurden den Steuereintreibern Pfänder anstelle der Barzahlung übergeben, die – bei Nichteinlösung oder Unterdeckung der Schuld – dazu führten, dass die Schuldner vor Gericht landeten. Bei Steuerrückständen waren Abschläge oder mehrjährige Ratenzahlung möglich, doch meist verbesserte sich dadurch die Lage der Schuldner nicht. Wurden die Raten nicht rechtzeitig bezahlt, erhöhte sich der Steuersatz um bis zu fünfundzwanzig Prozent; wer den Endtermin nicht einhielt, dessen Gebrauchs- und Wertgegenstände wurden gepfändet. Mehrere Stadtknechte begleiteten die Steuereintreiber, um sie vor Angriffen zu schützen.

Jakob, für den es der erste Rundgang dieser Art war, hatte gehofft, als Steuerherr von der Pflicht befreit zu sein, doch der Rat hatte ihn eines Besseren belehrt. Seine Aufgabe war nicht nur das Einteilen der Eintreiber auf die entsprechenden Gassen und Straßen, er musste zudem dafür sorgen, dass der Rundgang vorschriftsgemäß durchgeführt wurde.

Mit einem Stöhnen rieb er sich die Augen, entzündete eine neue Kerze und lehnte sich erschöpft zurück. Im Haus war es seltsam still, nicht einmal von seiner anderthalbjährigen Tochter Maria war etwas zu hören. Vermutlich hatte seine Frau Ella sie längst ins Bett gebracht, um in Ruhe in der Stube ihre Näharbeiten zu erledigen. Sein Sohn Martin, der demnächst zwölf Jahre alt werden würde, kümmerte sich um die Waren, die an diesem Tag angeliefert worden waren. Dessen jüngerer Bruder Heinrich half ihm dabei, weil er Jakob beweisen wollte, dass auch er das Zeug zum Kaufmann hatte. Ursprünglich hatte Jakob vorgehabt, Heinrich bei einem anderen Handelsherrn in die Lehre zu geben, doch der Junge lag ihm jeden Tag in den Ohren, dass er nicht fortwollte.

»Bitte, Vater!«, hatte er erst an diesem Morgen wieder gedrängt. »Ich will lieber hierbleiben.«

»Du weißt, dass es Usus ist, den jüngeren Sohn außer Haus ausbilden zu lassen«, hatte Jakob entgegnet.

»Aber du sagst immer, es würde zu viel Arbeit geben!« Heinrich, dessen kindliche Unbeschwertheit sich in eine fast komische Ernsthaftigkeit verwandelt hatte, hatte ihn flehend angesehen.

Und Jakobs Herz war weich geworden. Warum sollte er einen fremden Lehrling zu sich holen, wenn er zwei Söhne hatte? Vielleicht konnte er Martin nach Venedig schicken und Heinrich in Ulm behalten, wenn beide ihre Lehre abgeschlossen hatten. Für ihn wurden die langen Reisen allmählich zu beschwerlich, seine Söhne hingegen brannten darauf, endlich die weite Welt kennenzulernen. Folglich hatte er nachgegeben und Heinrich versprochen, ihn ab dem Spätsommer zusammen mit Martin auszubilden.

»Ich helfe jetzt schon«, hatte Heinrich freudestrahlend versprochen und war in den Hof gelaufen, wo er überall im Weg herumstand.

Da die Einträge in den Steuerbüchern trotz der neuen Kerze vor Jakobs Augen verschwammen, erhob er sich von seinem Schreibtisch und reckte sich. Sein Rücken schmerzte vom langen Sitzen, sein Nacken und seine Schultern waren verspannt. Mit steifen Gliedern ging er zu einem der Bleiglasfenster, öffnete einen Flügel und atmete die laue Sommerluft ein. Draußen war es noch heller, als er gedacht hatte, die Sonne war noch ein gutes Stück vom Horizont entfernt.

Auf der Straße unter ihm balgten sich ein paar Kinder um etwas, was er nicht erkennen konnte, während eine Frau erfolglos versuchte, sie zur Ordnung zu rufen. In Augenblicken wie diesem schlich sich Wehmut in Jakobs Herz, da ihm sein Alter schmerzlich bewusst wurde. Manchmal kam es ihm vor, als wäre er erst gestern ein hoffnungsvoller junger Mann gewesen, der sich auf seine erste Handelsreise freute. Wo war nur die Zeit geblieben?

Eine Weile stand er grübelnd am Fenster und beobachtete die Kinder, während die Brise sein Gesicht kühlte. Dieses Jahr war der Sommer früh gekommen und hatte eine Trockenheit gebracht, die der Ernte gefährlich werden konnte. Wenn es nicht bald regnete, würden die Preise für Getreide steigen und die Armen im Winter hungern. Sein Blick wanderte über die Dächer des Mailands zum Turm der Münsterkirche, der gerade hoch genug war, um ihn von seinem Haus aus zu sehen. Vermutlich würde es noch einige Jahrzehnte dauern, bis er fertiggestellt war und die schwindelerregende Höhe erreichte, die der Baumeister geplant hatte. Er zog eine Grimasse, als er sich an den Vorfall im letzten Sommer erinnerte, bei dem seine Schwester Anna fast von einem der Gerüste in den Tod gestürzt wäre. Seit sie und ihr Gemahl Lazarus wieder im Spital arbeiteten, beschlich ihn an manchen Tagen ein ungutes Gefühl, doch er hatte genügend eigene Probleme. Da Ortwin Besserer den Posten des Spitalpflegers übernommen hatte, konnten weder Lazarus noch Anna dazu missbraucht werden, seinen Ruf im Rat zu beschmutzen, weshalb er aufhören musste, sich zu sorgen. Lazarus war ein hervorragender Arzt, und Besserer würde nicht zulassen, dass der Magister Hospitalis ihm das Leben schwermachte. Auch wenn es Jakob schwerfiel, sich dies einzugestehen: Besserer war geeigneter für den Posten, als er es gewesen war. Ortwin Besserer war der sprichwörtliche Bissen, an dem sich der Magister Hospitalis die Zähne ausbeißen würde.

Mit einem Seufzen schob Jakob die Gedanken ans Spital beiseite und ging zurück zum Schreibtisch. *Die Arbeit erledigt sich nicht von allein,* dachte er mürrisch, setzte sich und griff erneut nach dem Steuerbuch.

Kapitel 6

Ein gellender Schrei war zu hören, dann ein weiterer und das Geräusch eines Schlages.

»Halt still!«, brüllte ein Mann.

»Nein!« Die Stimme der Frau war schrill vor Furcht. »Es ist verboten!«

»Himmel, Arsch und Zwirn! Wofür bezahle ich dich?« Ein Klatschen, dem ein Poltern und unheimliche Stille folgten.

Annas Herz setzte einen Schlag aus. Allem Anschein nach verprügelte ein Freier eine der Hübschlerinnen, weil sie nicht tun wollte, was er von ihr verlangte. Sie hatte schon oft Beschwerden von den Frauen gehört, weil es zahlreiche Männer gab, die von ihnen verlangten, eine der widernatürlichen Unzuchtsünden zu begehen, die mit Geld- oder Ehrenstrafen belegt waren. Meist wollten die Freier sichergehen, dass eine Schwangerschaft ausgeschlossen war, weshalb sie auf Praktiken bestanden, wie sie unter »Florenzern«, zwei liebenden Männern, üblich waren.

»*Er* ist wieder da«, hörte Anna jemanden flüstern.

Als sie sich umdrehte, bemerkte sie zwei Hübschlerinnen, die auf den Gang getreten waren und besorgt zur Tür der Kammer blickten, hinter der es immer noch still war.

»Er?«, fragte sie.

»Ein widerlicher Kerl«, sagte die Größere der beiden

schaudernd. Sie war vollbusig und nur mit einem dünnen Gewand bekleidet, durch das man ein großes Muttermal auf ihrem Bauch sehen konnte.

»Er will immer …« Die kleinere Hübschlerin berührte mit den Fingern ihre Lippen.

»Und …« Die andere zeigte auf ihr Gesäß. »Mich hat er auch schon mal geschlagen.«

Als ein weiteres Poltern aus der Kammer drang, zuckten die Frauen zusammen.

»Steh auf, Weib!«, dröhnte die Stimme des Freiers. »Ich will das, wofür ich bezahlt habe!«

Ein Wimmern ließ Anna alle Vorsicht in den Wind schlagen. Ohne nachzudenken, stellte sie ihren Korb ab, ging zur Tür der Kammer, aus der die Geräusche drangen, und hämmerte mit der Faust dagegen. »Aufmachen!«, forderte sie.

»Verschwinde!«, knurrte der Mann.

»Mach die Tür auf oder ich hole den Frauenwirt!«, drohte sie.

Die beiden Hübschlerinnen kamen vorsichtig näher.

Einen Moment lang rührte sich nichts, dann knarrten die Dielen und die Tür wurde von einem Kerl aufgerissen, der in ein Bettlaken gewickelt war. Sein dunkles Haar war zerzaust, eine Hand drohend erhoben. In seinem Blick glomm Wut.

Im Hintergrund kauerte eine nackte Frau mit aufgeplatzter Lippe auf dem Boden und wischte sich zitternd das Blut aus dem Gesicht.

»Wer zum Teufel bist du denn?«, herrschte der Freier Anna an. Sein Blick wanderte von ihrer Haube zu ihrem Bauch.

»Jemand, der den Frauenwirt holt, wenn du nicht aufhörst, sie zu schlagen, weil sie keine Unzucht mit dir begehen will«, drohte sie. Zu ihrem Verdruss zitterte ihre Stimme.

»Woher willst du wissen, was ich mit ihr treiben will?«, höhnte er. »Weißt du überhaupt was über derlei Dinge?« Die Herablassung war nicht zu überhören.

»Ich bin eine anständige Frau«, entgegnete Anna.

»Die da aber nicht!«

»Willst du, dass der Frauenwirt die Wache über deine Wünsche in Kenntnis setzt?«, fragte sie.

Diese Worte verfehlten ihre Wirkung nicht. »Du spinnst wohl? Was soll das? Ich wusste nicht, dass ich hier in einem Kloster bin.«

Anna fasste ihn scharf ins Auge. Sie hatte schon zahllose solcher Männer gesehen. Er war ein Feigling, der gerne körperlich Schwächere seine vermeintliche Stärke spüren ließ.

»Ich will sein Geld nicht«, sagte die junge Frau am Boden leise. »Er soll einfach nur gehen.«

»Du hast sie gehört.« Anna stemmte die Hände in die Hüften, um klarzumachen, dass sie nicht weichen würde.

Sekundenlang starrte der Freier sie wütend an, dann stieß er einen Fluch aus. »Verdammte Huren!«, schimpfte er, drehte sich um und ließ schamlos das Laken fallen.

Anna wandte den Blick von seiner Blöße ab.

»*Du* bist nutzlos!«, fuhr er die Hübschlerin an, die nicht wagte, sich zu rühren. »Falls du dem Frauenwirt irgendwelche Lügen über mich erzählst, streite ich alles ab und behaupte, du hättest mich zur Sünde verführen wollen«, drohte er. »Euch Weibern glaubt doch eh keiner!«

Diese Worte verstärkten Annas Wut, weil er recht hatte. Die jungen Frauen waren so gut wie rechtlos. Niemand scherte sich darum, was ihnen täglich widerfuhr.

Nachdem der Kerl seine Kleider angezogen hatte, steckte er Geld ein, das auf einem kleinen Tisch gelegen hatte, verließ die Kammer und stürmte zur Treppe.

»Wenn er sich beim Wirt beschwert, bekommt sie Ärger«, sagte eine der anderen Hübschlerinnen.

»Das wird er nicht wagen«, erwiderte Anna. »Auch ihm droht Strafe, wenn herauskommt, wonach er verlangt hat.«

Die Hübschlerinnen tauschten einen Blick, in dem zu lesen war, dass sie nicht an Folgen für den Freier glaubten.

»Geht es dir gut?«, erkundigte sich Anna bei der blutenden Frau, die sich mühsam aufrappelte.

Sie nickte und verzog das Gesicht. »Es ist nicht schlimmer als sonst«, sagte sie leise.

Annas Wut verstärkte sich. »Wie oft hat er dir das schon angetan?«, fragte sie.

»Ein paarmal.«

»Wollte er jedes Mal ...?«

»Nein«, beeilte sich die Hübschlerin zu sagen. »Aber es bereitet ihm Lust, mich zu schlagen.«

Anna nahm aus dem Augenwinkel wahr, dass die anderen Frauen nickten. »Warum unternimmt der Frauenwirt nichts dagegen?«

Die Hübschlerinnen lachten freudlos. »Er ist ein guter Kunde.«

»Jetzt nicht mehr«, sagte Anna und runzelte die Stirn, als die beiden Frauen auf dem Gang sich anstießen und davonhuschten.

Kurz darauf knarrte die Treppe, und ein Mann mit einem blonden Ziegenbart erschien auf der Schwelle. Als er Anna bemerkte, verdunkelte sich seine Miene. »Was soll das?«, fragte er anklagend. »Hast *du* ihn vertrieben?«

Anna nickte. »Er hat strafbare Handlungen von ihr verlangt.« Sie zeigte auf die Frau, der anzusehen war, dass sie sich am liebsten in ein Mauseloch verkrochen hätte.

»Was geht's dich an?«, brummte der Frauenwirt. »Wenigstens werden sie so nicht schwanger.«

Anna glaubte, nicht richtig gehört zu haben. »Du duldest derlei Verhalten?«

Er öffnete den Mund, um etwas zu erwidern, schloss ihn jedoch wieder und schüttelte hastig den Kopf. »Natürlich nicht!« Er schob sich an ihr vorbei und betrat die Kammer der Hübschlerin. »Unten wartet ein anderer Freier. Ich schicke ihn hoch.« Mit diesen Worten wandte er sich ab und verschwand, ohne ein weiteres Wort über den Vorfall zu verlieren.

»Das kann doch nicht sein Ernst sein!«, empörte sich Anna.

Die Hübschlerin hob das Laken auf, das auf dem Boden lag, und ging zum Bett. Mit leerem Blick feuchtete sie einen Zipfel des Lakens an und säuberte sich das Gesicht. »Danke«, murmelte sie.

Annas Herz zog sich zusammen. Sie wusste, dass die junge Frau nicht freiwillig beim Frauenwirt war, sondern von ihrem Onkel an ihn verpfändet worden war. Das Geld, das sie wegen Annas Eingreifen verloren hatte, würde der Frauenwirt auf ihre Schuld aufschlagen, wodurch es für sie noch schwieriger werden würde, jemals ihre Freiheit wiederzuerlangen. Der einzige Ausweg war eine Schwangerschaft, doch dann würden sie und ihr Kind mittellos auf der Straße landen, wo sie entweder geschändet oder erschlagen wurden oder elendig verhungerten.

Da sie nichts mehr tun konnte, griff sie sich ihren Korb und machte sich auf den Weg in den hinteren Teil des Hauses, wo sie von zwei älteren Huren schon sehnlich erwartet wurde. Beide schienen bis jetzt vergeblich auf Freier zu warten.

»Hast du den Trank mitgebracht?«, fragte die Rundlichere von ihnen. Ihr Haar war von einem hellen Braun, das Gesicht flächig und einfach. Ihren Mund hatte sie rot gefärbt, die Augen mit Kohlstift umrandet.

Anna nickte und holte eine der Flaschen aus ihrem Korb.

Die Hure hielt ihr zwei Pfennige entgegen. »Reicht das?«

Obwohl sie von den wohlhabenden Patrizierinnen einen Schilling dafür verlangte, gab sie der Frau die Flasche. »Nicht mehr als fünf Tropfen zwei Mal am Tag«, warnte sie. »Sonst könntest du dir Schaden zufügen.«

»Mehr Schaden als bei einer Schwangerschaft?«

»Du könntest sterben.«

Kapitel 7

Als sich die Dämmerung über die Stadt senkte, fing Lazarus an, unruhig zu werden. Seitdem das Haus von Jakobs Schwager im vergangenen Winter gebrannt hatte, während Anna dort gewesen war, ließ er sie nur ungern aus den Augen, besonders kurz vor Einbruch der Dunkelheit. Er wusste, dass es nicht ihre Schuld gewesen war, dass sie in Lebensgefahr geschwebt hatte, dennoch nahm seine Unruhe zu mit jeder Minute, die verstrich. Was, wenn sie im Frauenhaus in Schwierigkeiten geriet? Der Frauenwirt war niemand, dem man vertrauen konnte.

Obwohl ihm klar war, dass Anna sein Verhalten nicht gutheißen würde, gab er schließlich der Unruhe nach und verließ das Haus. Beim Durchqueren der Stadt begegneten ihm allerhand zwielichtige Gestalten, denen er, wo immer möglich, aus dem Weg ging. Je weiter er sich von dem Gebiet entfernte, in dem die wohlhabenden Ulmer lebten, desto unbehaglicher wurde ihm zumute, und er fragte sich, warum er Anna immer wieder ins Frauenhaus gehen ließ. Er war ihr Gemahl, sie war ihm zu Gehorsam verpflichtet. Allerdings war ihm von Anfang an klar gewesen, wie dickköpfig sie sein konnte. Wäre sie nicht so stur gewesen, hätte er niemals den Schritt gewagt, um die Lösung seines Gelübdes zu bitten und den Heilig-Geist-Orden zu verlassen.

Er schob die Gedanken an die Vergangenheit beiseite und beeilte sich, die Gasse zu erreichen, an deren Ende sich das Frauenhaus befand. Ihm war bewusst, dass es seinem Ruf nicht zuträglich sein würde, wenn man ihn in dieser Gegend entdeckte, doch Annas Sicherheit war ihm wichtiger als sein Leumund. Er hatte das Frauenhaus noch nicht erreicht, als er sah, wie die Tür aufging.

»Anna! Dem Himmel sei Dank!«, murmelte er und fing an zu laufen.

»Lazarus!«, rief sie verwundert aus, als sie ihn erblickte. »Was tust du denn hier?«

»Es ist spät«, sagte er anstelle einer Antwort. »Ich habe mir Sorgen gemacht!«

Sie griff nach seiner Hand. »Lass uns nach Hause gehen.«

»Nichts lieber als das«, brummte er. »Weißt du, was für Leute sich um diese Zeit auf der Straße herumtreiben?«

»Das sind nur arme Tröpfe, die kein Zuhause haben.«

»Woher willst du das wissen?«

»Weil sie mir bis jetzt immer aus dem Weg gegangen sind«, war die Antwort.

»So wie damals auf dem Gottesacker, als du angegriffen wurdest?« Die Erinnerung an den Vorfall bescherte Lazarus ein Schaudern.

Anna hielt mitten im Schritt inne. »Das war etwas anderes«, sagte sie, doch es klang lahm.

»Von nun an wird dich Ava ins Frauenhaus begleiten«, entgegnete Lazarus. »Ich will nicht, dass dir was zustößt.« Als sie den Mund öffnete, um etwas zu erwidern, wurde er deutlich. »Keine Widerrede!« Die Köchin würde auch ohne die Hilfe der Magd ein Abendessen zubereiten können.

Anna zuckte mit den Schultern. »Solange *du* dich nicht

vor dem Frauenhaus rumtreibst«, versuchte sie zu scherzen.

»Mir wäre wirklich wohler, wenn du gar nicht mehr hierherkommen würdest.«

»Das haben wir doch schon besprochen. Was für eine Christin wäre ich, wenn ich es nicht tun würde?«

Lazarus verzog den Mund. Sie hatte recht, doch gefallen musste ihm das nicht.

»Nicht jede ist freiwillig im Frauenhaus«, seufzte Anna.

Darauf wusste Lazarus keine Antwort.

»Gott hat uns seine Gnade gezeigt«, fuhr sie fort. »Wir müssen dankbar und demütig sein, und dazu gehört der Dienst an den Bedürftigen«, erinnerte sie ihn.

Sein Blick wanderte zu ihrem Bauch.

»Dem Kind geschieht nichts«, sagte sie, als hätte sie seine Gedanken gelesen. Dann zog sie ihn mit sich. Wenig später erreichten sie ihr Haus, in dem es nach Speck, Eiern und gebratenem Huhn duftete.

Das Essen verlief schweigend, weil jeder in die eigenen Gedanken vertieft war. Nachdem die Magd die Reste abgetragen hatte, gingen sie zu Bett, wo Lazarus lange wach lag. Seit er Anna kannte, hatte sie viel zu oft in großer Gefahr geschwebt. Manchmal fürchtete er, dass Gott sie beide für ihre sündige Liebe strafen wollte, doch bis jetzt hatte er sie aus irgendeinem Grund jedes Mal verschont. Er hoffte inständig, dass es so bleiben würde und dass Anna bei der Geburt ihres Kindes nichts zustieß. Er war schon zu lange Arzt, um nicht zu wissen, wie gefährlich eine Niederkunft sein konnte. Während Annas Atemzüge immer tiefer wurden, starrte er im Dunkeln an die Decke und betete.

Irgendwann – die Kirchturmuhr hatte längst Mitternacht geschlagen – schlief auch er ein. Als am nächsten Morgen der Hahn krähte, fühlte er sich wie gerädert, doch die Müdigkeit verflog, nachdem er sich mit kaltem Wasser das Gesicht gewaschen hatte. Ein Blick aus dem offenen Fenster verriet, dass sich ein Gewitter zusammenbraute, da die Wolken über der Stadt bleigrauen Türmen glichen. Die Vögel, die für gewöhnlich den neuen Tag lautstark begrüßten, saßen stumm in den Baumwipfeln, als fühlten sie das aufziehende Unwetter.

Nachdem Anna und er gefrühstückt hatten, machten sie sich auf den Weg zum Spital, vor dessen geschlossenem Tor bereits zahlreiche Fuhrwerke warteten. Durch eine kleinere Tür neben dem Tor betraten sie den Komplex, der aus zwei Höfen und zahlreichen Gebäuden bestand. Während in der Entfernung Donner grollte, durchquerten sie den kleineren der Spitalhöfe, der von Scheunen, Ställen und Fruchtkästen umgeben war. Zu Lazarus' Linken ragte die Spitalkirche in den wolkenverhangenen Himmel, dahinter standen mehrere Wirtschaftsgebäude, eine Bäckerei und eine Schmiede. Direkt vor ihnen war die Dürftigenstube untergebracht, hinter der einer der Türme der Stadtbefestigung aufragte. Durch einen großen Bogengang neben der Kirche gelangte man in einen zweiten, größeren Hof, in dessen Mitte sich ein Ziehbrunnen befand. Wie immer waren die größeren landwirtschaftlichen Geräte und Fuhrwerke des Ordens daneben abgestellt, vor die trotz des drohenden Gewitters Ochsen gespannt worden waren. Die Tiere warfen unruhig die Köpfe, doch die Knechte zeigten sich unbeirrt von dem Donner auf der Alb. Östlich der Kirche prangte das stattliche Haus des Spitalmeisters mit einer Kapelle. Den Abschluss des größeren Hofes bildeten eine Badestube, ein Speisesaal und die Häuser für die Pfründner, die alten Insassen des Spitals. Im Schatten der Stadtmauer lagen ein Kräutergarten und der Gottesacker, auf dem im vergangenen Herbst ein Grab geschändet worden war.

Während Anna sich auf den Weg zur spitaleigenen Apotheke machte, steuerte er auf die Siechenstube zu, in der sich außer ihm Dutzende von Ordensbrüdern und ein Wundarzt um die männlichen Kranken kümmerten. Die weiblichen Insassen wurden von der Meisterin, der Milchmutter und zwei im Spital wohnenden Schwestern versorgt.

Obwohl es seit seiner Rückkehr ins Spital zu keinem Zusammenstoß mit dem Magister Hospitalis oder dem Wundarzt gekommen war, holte Lazarus einige Male tief Atem, bevor er die Stube betrat. Wie gewohnt schlugen ihm der Gestank von Schweiß, Kot, Urin und das Jammern der Kranken entgegen. Die große Halle der Siechenstube wurde von Säulen, die das Kreuzrippengewölbe stützten, in drei Bereiche geteilt: einen für Frauen, einen für Männer und einen für Schwerkranke. An der westlichen Stirnseite befanden sich ein Brunnen und ein Altar, von welchem der Kaplan zweimal in der Woche die Predigt für die Sterbenden las. Wie immer herrschte reger Betrieb in der Stube, in der kaum ein freies Bett zu finden war.

»Wie gut, dass du da bist!«, wurde Lazarus von einem der Ordensbrüder begrüßt, in dessen Augen ein gehetzter Ausdruck lag. »Seit gestern Abend erkranken mehr und mehr Insassen an einer seltsamen Krankheit!«

Kapitel 8

Als das Heilig-Geist-Spital vor Micha auftauchte, fielen die ersten dicken Regentropfen. Der Donner, der bis jetzt in der Ferne gegrollt hatte, war in der letzten halben Stunde nähergekommen, und inzwischen zuckten Blitze über den bleigrauen Himmel. Trotz des frühen Morgens war die Luft warm und schwül, sodass Michas Hemd nach wenigen Schritten an seinem Rücken klebte. Nachdem er am gestrigen Abend allen Mut zusammengenommen und die Zisterzienser um eine Anstellung gebeten hatte, war er auf deren Anraten nun unterwegs zum Spital.

»Unser Pfleghof hat genügend Gesinde«, war die Antwort auf seine Bitte gewesen. »Aber im Heilig-Geist-Spital werden immer Helfer gesucht.«

Nun, da er den gewaltigen Gebäudekomplex vor sich sah, sank sein Mut, da sich vor dem Tor eine lange Schlange gebildet hatte. Bei einigen der Wartenden schien es sich um Bettler wie ihn zu handeln, weshalb er hastig die Bettelmarke abnahm und in die Tasche steckte. Er wollte auf keinen Fall mit einem Almosen abgespeist werden.

»Beeilt euch! Wir werden nass!«, hörte er eine Frau am Ende der Schlange rufen. »Was dauert denn da so lange?«

»Der Torhüter lässt nicht jeden rein«, brummte ein Mann, der an seiner Kleidung als Metzgergeselle zu erkennen war. Er zog einen Handkarren, auf dem eine Schweinehälfte lag.

»Als ob es da was zu holen gäbe«, murrte ein anderer, der die Tracht eines Zimmermanns trug.

»Wieso hast du *sie* aufgenommen und uns nicht?«, ertönte eine wütende Stimme von weiter vorn. »Wir sind bedürftig!«

»Ihr seid faule Taugenichtse!«, entgegnete ein Mann, bei dem es sich um den Torhüter handeln musste. »Ihr seid weder lahm noch krank. Verschwindet und sucht euch Arbeit!«

»Ich kann seit Tagen meinen Arm nicht bewegen«, beschwerte sich einer der Gruppe.

»Also taugst du nicht mal zum Holzhacken«, war die ungerührte Antwort. »Haut ab oder ich hole die Wache!«

Micha stellte sich auf die Zehenspitzen, um besser sehen zu können. Drei Männer, allesamt gut gebaut, wandten sich mit grimmigen Gesichtern ab und trollten sich in Richtung Stadtmauer. Einer von ihnen hinkte mehrere Schritte, dann schien eine wundersame Heilung sein Bein gesunden zu lassen, da er seinen Begleitern hinterhereilte, als wäre nichts gewesen.

»Mein Fleisch verdirbt!«, rief der Metzgergeselle ungeduldig. »Lasst mich vor!«

»Du wartest wie alle anderen!«, fuhr ihn ein Knecht an, der vor ihm in der Schlange stand. »So wie dein Fleisch stinkt, ist es längst verdorben.«

»Das nimmst du zurück!«

»Einen Scheiß tue ich!«

Die beiden ballten streitlustig die Fäuste.

»Hört auf damit!«, wies eine alte Frau sie zurecht. »Oder wollt ihr Gottes Zorn auf euch ziehen?«

Diese Worte verfehlten ihre Wirkung nicht, da die zwei Streithähne besorgte Blicke zum Himmel warfen, als fürchteten sie, ein Blitz könnte auf sie hinabfahren.

Als der Regen wenig später stärker wurde, verließen ein paar der Wartenden die Schlange, sodass sich Micha schneller als erwartet beim Torhüter wiederfand.

»Was willst du?«, fragte dieser barsch.

»Ich suche Arbeit«, sagte Micha.

»Wir haben genügend Helfer.« Der Ordensbruder machte eine Handbewegung, die Micha zu verstehen gab, dass er verschwinden sollte.

»Ich mache alles«, drängte er. »Ich miste die Ställe aus, putze die Böden, was auch immer zu tun ist, ich bin mir für nichts zu fein. Bitte!«

Der Torhüter musterte ihn von Kopf bis Fuß und schien zu überlegen. »Kannst du mit einer Schaufel umgehen?«

Micha nickte eifrig.

»Dann geh und melde dich bei Bruder Martin!«, sagte der Torhüter nach kurzem Zögern. »Einige Knechte sind krank, vielleicht kann er dich gebrauchen.«

Micha bekreuzigte sich. »Gott segne Euch!«, murmelte er und beeilte sich, in den Hof zu laufen, bevor es sich der Torhüter anders überlegte. Inzwischen prasselte der Regen heftig auf die Stadt nieder, und in Windeseile bildeten sich Pfützen. Mit hochgezogenen Schultern rannte Micha zu einem langgestreckten Gebäude, vor dem sich ein überdachter Säulengang erstreckte. Dort angekommen, schüttelte er sich wie ein nasser Hund und wischte sich das Wasser aus dem Gesicht. Als sich zwei der dunkel gekleideten Ordensbrüder näherten, fragte er nach Bruder Martin.

»Der ist bestimmt in der Küche«, sagte der ältere der beiden Mönche und zeigte zum Ende des Gebäudes. »Durch die Tür, dann links.«

Micha bedankte sich und lief den Gang entlang, froh darüber, im Trockenen zu sein. Ein auffrischender Wind trieb den Regen vor sich her und ließ die Wipfel der Pappeln am nahen Donauufer hin- und herschwanken. Am anderen Ende des Hofes suchte eine Schar Hühner gackernd den Schutz eines Hühnerhauses, auf dessen Dach ein hölzerner Hahn angebracht war. Als er eine Tür erreichte, durch die man ins Innere des Hauses gelangte, betrat er es und sah sich um. Zu seiner Linken führte eine Treppe nach unten, wo sich ein riesiges Gewölbe mit mehreren Kochstellen befand. Staunend ließ Micha den Blick schweifen, als er die Küche erreichte, in der Dutzende von Helfern bei der Arbeit waren. An Hacktischen wurde geschnitten, gehackt und geknetet, ein großer Kessel hing an mehreren Ketten über dem Feuer. Ein Funkenhut sorgte dafür, dass der Rauch nach oben entwich und sich nicht in der Küche ausbreitete. Ein rundlicher Mann, der an seinem Habit als Mönch zu erkennen war, stand bei einer Reihe von Gärkörben, in denen Brotlaibe ruhten.

»Bruder Martin?«, fragte Micha schüchtern.

Der Mönch richtete sich auf und drehte sich zu ihm um.

»Der Torhüter schickt mich. Ich suche Arbeit.«

Die buschigen Brauen des Ordensbruders wanderten nach oben. »Arbeit? Soso.« Er klopfte etwas Mehl aus seinem Habit und bohrte die Zunge in die Wange.

»Der Torhüter hat gesagt, einige Knechte sind krank.«

»Das sind sie in der Tat«, murmelte Bruder Martin.

»Ich tue alles, was Ihr mir auftragt«, sagte Micha eifrig.

»Alles?«

Micha nickte.

»Dann kannst du die Grube des Sprachhauses ausschaufeln und den Inhalt auf die Felder vor der Stadt bringen.«

»Des Sprachhauses?«

»Des stillen Örtchens, des geheimen Gemachs, der Latrine«, erklärte Bruder Martin. »Wie immer du es nennen willst.«

Micha schluckte und versuchte, sich nichts anmerken zu lassen. Er sollte das Scheißhaus saubermachen? Er biss sich auf die Zunge, um nichts Unüberlegtes zu sagen. Warum nicht? Wenn die Mönche ihn gut dafür bezahlten …

»Normalerweise kommen die Heimlichkeitsfeger im Herbst«, setzte Bruder Martin hinzu. »Aber die Grube ist voll, länger zu warten, wäre töricht.«

»Wann soll ich anfangen?«, fragte Micha.

»Sobald es aufgehört hat zu regnen.« Bruder Martin winkte einen jungen Mann zu sich. »Zeig ihm, wo Schaufel und Schubkarren sind, und bring ihn anschließend zur Latrine.« Mit diesen Worten ließ er Micha stehen und wandte sich wieder den Gärkörben zu.

Kapitel 9

Es war ein Morgen, an dem man keinen Hund vor die Tür jagte. Missmutig machte Gallus sich auf den Weg von seiner warmen, trockenen Unterkunft zum Marktplatz, um mit seiner Schalmei die bevorstehende Steuereintreibung anzukündigen. Der Regen floss ihm in kleinen Bächen entgegen, als er den steilen Anstieg zum Marktplatz erklomm, der an diesem Tag verwaist dalag. Diejenigen, die unterwegs waren, wollten zum Holzmarkt – die meisten mit Ochsenkarren oder Pferdefuhrwerken. Auch vor der Gräth, dem städtischen Zoll- und Waaghaus, herrschte einiger Betrieb, allerdings nicht so viel wie sonst an einem Wochentag.

Mit einem ärgerlichen Brummen zog Gallus die Kapuze über den Kopf, damit ihm der warme Regen nicht in den Kragen tropfte. Obwohl es noch früh am Morgen war, brachte das Gewitter kaum Abkühlung, und am Horizont riss der Himmel bereits wieder auf. Vermutlich würde der Spuk in einer halben Stunde vorbei sein, dann würden Sonne und Feuchtigkeit dafür sorgen, dass es sich anfühlte als wäre die Stadt eine einzige große Schwitzkammer.

»He, du Blödmann!«, riss ihn eine hohe Stimme aus den Gedanken.

Erst jetzt bemerkte er, dass ihn ein halbes Dutzend Gassenjungen umzingelt hatte. Wie sie es bewerkstelligt hatten, sich so leise anzuschleichen, dass er sie nicht wahrgenommen hatte, war ihm ein Rätsel. Diese verdammten

Bengel tauchten auf wie Geister! »Haut ab, oder ich verpasse euch eine Tracht Prügel!«, knurrte er.

»*Du?*« Einer der Jungen, ein hochgewachsener Kerl mit pechschwarzem Haar, kam angriffslustig auf ihn zu. In der Hand hielt er drohend ein Messer. »Pass auf, dass *wir* dir nicht alle Knochen im Leib brechen!«

»Dir ist schon klar, dass da drüben die Wachstube ist, oder?«, höhnte Gallus, obwohl ihm der Anblick der Klinge Unbehagen bereitete. Er fasste die Schalmei wie einen Knüppel und ließ sie durch die Luft kreisen. »Wollt ihr euch wirklich hier mit mir anlegen?«

»Du schuldest mir zwanzig Gulden«, war die Antwort des Anführers.

Gallus traute seinen Ohren nicht. »Hast du sie nicht mehr alle? Wer zum Teufel glaubst du, dass du bist?«

»Ich bin der Schwarze Utz. *Du* und dieser verfluchte Micha habt dafür gesorgt, dass mir zwanzig Gulden durch die Lappen gegangen sind. Entweder du bezahlst mich, oder du wirst den Tag verwünschen, an dem du geboren worden bist.« Er untermalte seine Worte, indem er den Zeigefinger über die Kehle zog.

»*Ich* soll dich bezahlen?« Gallus lachte, aber es war kein fröhliches Lachen.

»Dieser Micha ist ein Habenichts«, entgegnete Utz. »Du hingegen ...« Er zeigte auf Gallus' Tracht. »Du bist ein Angestellter der Stadt, wirst gut bezahlt.«

»Einen Scheiß werde ich! Und ich werde dir ganz bestimmt keine zwanzig Gulden geben!«, brauste Gallus auf.

Utz tat einen Schritt auf ihn zu. »Wenn du nicht gewesen wärst, wäre der Kerl noch am Leben!«

»Welcher Kerl?«, fragte Gallus, doch im selben Moment dämmerte es ihm. »Der Mörder?«

Utz schwieg.

»Was hattest du mit dem zu tun? Wollte *er* dir zwanzig Gulden geben? Wofür?« Gallus stach mit der Schalmei nach der Brust eines Bengels, der ihm zu nahe kam. »Habt ihr mit ihm unter einer Decke gesteckt?«

»Das geht dich nichts an!«, fuhr ihn Utz an. »Du schuldest mir Geld!«

»Verschwindet!« Gallus spuckte auf den Boden. »Wenn ihr nicht wollt, dass ich der Wache erzähle, dass ihr mit einem Mörder gemeinsame Sache gemacht habt …« Er brauchte den Satz nicht zu beenden, da er die gewünschte Wirkung nicht verfehlte.

Einige der Jungen erbleichten und wichen vor ihm zurück.

»Wenn du Lügen über uns verbreitest, wirst du es bereuen«, knurrte der Schwarze Utz. »Wir wissen, wo du wohnst. Glaub nicht, dass du dich vor uns verstecken kannst.«

»Ihr seid eine Bande von Bettlern«, spuckte Gallus abfällig aus. »Seht zu, dass ihr mir aus den Augen geht, oder ich rufe die Wache!« Er legte die Hand an den Mund, als wollte er seine Drohung sofort in die Tat umsetzen.

»Lass uns abhauen«, zischte einer der Jungen.

»Komm schon!«

Mehrere Bengel machten kehrt und ließen Utz stehen, sodass diesem nichts anderes übrigblieb, als sich ihnen anzuschließen.

»Wir sind noch nicht fertig«, blaffte er Gallus an, ehe auch er nachgab und den Hügel hinab verschwand.

»Da hast du recht, du kleiner Mistkerl«, knurrte Gallus, dem ein Gedanke kam, von dem er nicht sicher war, ob er klug war. Wenn diese Bengel dachten, sie könnten ihm Angst einjagen und ihn erpressen, hatten sie sich getäuscht. Sie waren dumm genug gewesen zuzugeben, etwas mit dem Mörder von Vinzenz Bitterlin zu tun gehabt zu haben. Der reiche Pfründner war im vergangenen Jahr ermordet worden aufgrund einer Tat, die er vor langer Zeit gegangen hatte. Wenn diese Bengel es tatsächlich erneut wagen sollten, ihm aufzulauern, bei ihm einzubrechen oder ihn sonst in irgendeiner Art und Weise zu belästigen, würde er ihren Unterschlupf ausfindig machen und den Hauptmann der Wache dorthin führen. Dann konnte dieser vermaledeite Utz den Richtern erklären, weshalb ein Mörder ihm zwanzig Gulden schuldete.

Während der Regen schwächer wurde, setzte er seinen Weg zum Rathaus fort und suchte den Schutz des Arkadenganges. Dort hob er sein Instrument an die Lippen und blies das Signal, das allen Bürgern verkündete, dass die Zeit der Steuereintreibung begonnen hatte.

⁂

Die Müdigkeit steckte Jakob Ehinger noch in den Knochen, als er das Haus verließ, um sich auf den Weg zum Marktplatz zu begeben, wo sich die Steuereintreiber versammelten. Er hatte bis spät in die Nacht über den Büchern gesessen und später dennoch keinen Schlaf gefunden, weil seine Frau Ella sich unruhig in den Kissen hin und her gewälzt hatte. Er nahm an, dass sie erneut schwanger war, da sie ihm auch nach der letzten Empfängnis das

Einschlafen schwergemacht hatte. Vielleicht würde auch dieses Kind überleben, anders als die drei Neugeborenen, die sie in den vergangenen Jahren zu Grabe hatten tragen müssen. Insgeheim hoffte er, dass Ella ihm einen weiteren Sohn schenken würde, damit er sich im Alter nicht um sein Auskommen sorgen musste. Söhne waren wie die Äste eines Baumes, Töchter hingegen … Er schob die Gedanken an seine Familie beiseite, als der Münsterplatz in Sicht kam.

Obwohl es immer noch regnete und der Wind die Stangengerüste schwanken ließ, entdeckte er in luftiger Höhe wagemutige Handwerker, die mit Hammer und Meißel an einem der Maßwerkfenster arbeiteten. Als ein Blitz über den Himmel zuckte, murmelte Jakob ein Gebet und flehte, dass es nicht wieder zu Unfällen auf der Baustelle kam. Zwar hatte sich die Stimmung in der Stadt inzwischen beruhigt, und die Gerüchte über den Zorn Gottes hatten sich zerschlagen, doch er wusste, wie abergläubisch die Ulmer waren. Sie brauchten nur einen geringen Anlass, um erneut den Untergang der Stadt heraufziehen zu sehen.

Nach einem letzten Blick in die Höhe eilte er weiter in Richtung Rathaus, vor dem der Stadtpfeifer mit seiner Schalmei den Beginn der Steuereintreibung verkündete. Außer den Eintreibern und einem Dutzend Stadtknechten waren gerade nicht viele Ulmer unterwegs – eine Tatsache, die Jakob mit Erleichterung erfüllte. Es würde früh genug zu Auseinandersetzungen kommen, weshalb die Eintreiber stets von Bewaffneten begleitet wurden.

»Der Steuerherr!«, rief einer der Eintreiber und gab dem Pfeifer ein Zeichen, die Schalmei abzusetzen. »Wie gut, dass Ihr da seid!«, begrüßte er Jakob. Er war ein Mann mittleren Alters mit einem Bauchansatz und einem fleckigen Bart. »Keiner will den Irrgang übernehmen.«

Jakob verkniff sich ein Stöhnen. Das fing ja gut an. Mit »Irrgang« bezeichnete das Steueramt eine gewundene Strecke, die östlich des Kornhauses begann und die Kornhausgasse entlangführte bis vor das Eckhaus Fraueneustraße. Danach ging es zurück durch die Breite Gasse bis zur Hafengasse, durch die Engelgasse in die Pfluggasse zum südlichen Teil des Hafenbades.

Jakob bedeutete den Männern, sich um ihn zu scharen, und begann, sie einzuteilen. »Ihr zwei übernehmt den Abschnitt ab der Vettergasse«, trug er ihnen auf und wandte sich an die nächsten beiden. »Ihr macht euch auf in die Lieben Seelen Gasse, und ihr«, er zeigte auf zwei weitere Eintreiber, »übernehmt den östlichen Münsterplatz.« Nachdem er auch den anderen Gruppen die Gebiete zugewiesen hatte, sagte er: »Ich selbst kümmere mich um Stichs Gass, das Laubergässle und die Hansen-Schmid-Gasse.« Diese befanden sich am anderen Ende des Mailands, der Straße, in der er selbst wohnte. »Lasst euch nicht an der Nase herumführen«, ermahnte er die Eintreiber. »Wer nicht zahlen kann, muss euch ein Pfand übergeben. Wer kein Pfand hat, dem droht eine Strafe.«

Die Eintreiber nickten. Einigen von ihnen war anzusehen, dass sie sich nicht wohlfühlten in ihrer Haut. Oftmals brachen Steuerpflichtige einen Streit über die Losunge – die Vermögensabgabe – vom Zaun und behaupteten, man würde zu viele Steuern von ihnen verlangen. Deshalb hatte Jakob alles so gründlich vorbereitet.

»Gott sei mit euch!«, sagte er und wartete, bis sich die Männer auf den Weg in das jeweilige Stadtgebiet gemacht hatten. Erst dann setzte auch er sich in Begleitung zweier Stadtknechte in Bewegung, um an die Türen seiner entfernten Nachbarn zu klopfen. *Wenn nur alles gutgeht,* dachte er besorgt.

Kapitel 10

DER REGEN HATTE bereits nachgelassen, als Anna die Spitalapotheke verließ, um sich mit ihren Arzneien aufzumachen zum Wohnhaus der reichen Pfründner. Obwohl die Luft warm und feucht war, hatte das Gewitter ein wenig Abkühlung gebracht, die den Pflanzen in den Gärten sichtlich guttat. Darauf bedacht, nicht in die tiefen Pfützen zu treten, die sich gebildet hatten, überquerte sie den Hof und betrat wenig später darauf das Gebäude. Ihre Augen hatten sich noch nicht an das Dämmerlicht im Inneren gewöhnt, als ihr eine junge Frau in bunten Gewändern entgegenkam, deren dunkles Haar zu einem dicken Zopf geflochten war. An ihrem Hals hingen mehrere silberne Ketten.

Sie begrüßte Anna mit einem Nicken und ging wortlos an ihr vorbei ins Freie, wo sie einen Moment lang reglos verharrte, ehe sie aus Annas Blickfeld verschwand. »Wer war das denn?«, erkundigte sie sich bei einer Magd, die aus dem Keller auftauchte.

»Das war Luna«, sagte das Mädchen leise und bekreuzigte sich.

»Luna?« Anna runzelte verwundert die Stirn.

»Sie hat schon vielen geholfen mit ihren Amuletten und Sprüchen.«

»Seit wann ist sie im Spital?«

»Sie kommt und geht«, war die Antwort. »Sie ist kurz nach Neujahr das erste Mal aufgetaucht, als mehrere Pferde im Stall Würmer hatten.« Die Magd sah sich vorsichtig um, als fürchte sie, man könnte sie belauschen. »Sie hat magische Kräfte.«

»Unsinn!«, widersprach Anna. »So etwas gibt es nicht!«

Das Mädchen bekreuzigte sich erneut. »Ich glaube, was ich mit eigenen Augen gesehen habe«, murmelte es, drückte sich an Anna vorbei und verschwand nach draußen.

Die Falten auf Annas Stirn wurden tiefer. Eine Magierin? Im Spital? Wie war es möglich, dass der Magister Hospitalis nichts dagegen unternahm? Wusste er von der Frau? Und wie hatte sie den Torhüter davon überzeugt, sie einzulassen? Anna beschloss, Lazarus davon zu erzählen.

In Gedanken versunken erklomm sie die Treppe und klopfte an die Tür einer Witwe, die seit Kurzem von nächtlicher Atemnot geplagt wurde. Für diese hatte sie eigens eine Meerrettich-Galgant-Mischung zubereitet, die zusammen mit Brot vor und nach den Mahlzeiten gegessen wurde. Bei guter Verträglichkeit würde dieses Mittel die Beschwerden innerhalb weniger Tage beseitigen.

»Wie geht es dir heute?«, fragte sie, als sie die geräumige Wohnung der alten Frau betrat, die in einem gepolsterten Stuhl beim Fenster saß und dem Regen zusah.

»Schwester Anna«, begrüßte die Alte sie. Viele der Insassen konnten sich nicht daran gewöhnen, dass Anna keine Begine mehr war, und nannten sie immer noch so. »Ich habe kein Auge zugetan.«

Als Anna näherkam, fiel ihr eine kleine Holzfigur an einer Lederschnur am Hals der Witwe auf. Einer der knochigen Finger der Witwe strich der Figur über einen Schopf aus Stroh, während sich ihre Lippen wortlos bewegten. »Was ist das?«, wollte Anna wissen.

Die Frau ließ hastig die Hand sinken. »Was meinst du?«

Anna zeigte auf das Männchen.

»Das ist nichts. Nur ein alberner Anhänger.«

»Hast du ihn von der Zauberin?«

Die Alte erstarrte. »Sie ist kein böses Weib«, sagte sie nach einigen Augenblicken des Schweigens. »Sie ruft gute Geister an.«

Anna zog die Brauen hoch. Der Aberglaube war wie ein Geschwür, das doppelt so groß wurde, wenn man es zerdrückte. Obwohl die Kirche derlei Dinge missbilligte, gab es selbst Pfaffen, die es nicht für sündig erachteten, Zaubersprüche aufzusagen, um Dämonen in Schach zu halten. Falls sich diese Luna keiner der verbotenen Künste bediente, keine Toten beschwor oder den Teufel herbeirief, würde sich vermutlich nicht einmal der Spitalpfleger für sie interessieren.

»Deine Arznei hilft nicht«, beschwerte sich die Pfründnerin. »Ich wusste mir nicht mehr anders zu helfen.«

Anna überhörte den Vorwurf, holte die Galgant-Mischung hervor und stellte den Tiegel vor der Witwe auf den Tisch. »Wenn du das vor und nach den Mahlzeiten auf ein Brot streichst und isst, geht es dir bald besser.«

»Das hast du das letzte Mal auch gesagt.«

Anna verkniff sich eine Antwort. Das letzte Mal, vor ein paar Wochen, hatte sich die Witwe über einen Rachenkatarrh beschwert, wogegen Anna ihr in Wein eingeweichte Pflaumenkerne gegeben hatte. Diese halfen allerdings nicht gegen nächtliche Atemnot. An manchen Tagen vermutete Anna, dass der Frau überhaupt nichts fehlte und sie sich nur wichtigmachen wollte. Vielen der reichen Pfründner wurde die Zeit lang, und sie besaßen genug Geld, um sich solche Ablenkung leisten zu können.

»Auch von euch Beginen haben viele behauptet, dass ihr mit dem Teufel im Bunde seid«, ließ sich die Frau nach einigen Augenblicken des Schweigens vernehmen.

»Beginen sind fromme Frauen, Dienerinnen Gottes«, entgegnete Anna scharf. »Sie kümmern sich um Kranke und Sterbende. Ohne sie wären die Insassen des Seelhauses verloren.«

»*Ich* habe nie so etwas behauptet«, lenkte die Alte ein. »Aber ich habe viele Dinge über euch gehört, die dir nicht gefallen würden.«

»Ich bin keine Begine mehr«, seufzte Anna, da die Witwe anscheinend Schwierigkeiten hatte, sich diese Tatsache zu merken. Sie zeigte auf ihre gewölbte Leibesmitte. »Ich bin eine verheiratete Frau.«

Der Blick der Witwe blieb einen Moment an ihrem Bauch haften, dann huschte ein wehmütiges Lächeln über ihr Gesicht. »Kinder sind ein Geschenk Gottes«, murmelte sie. Etwas lauter sagte sie: »Wenn Luna ein böses Weib wäre, hätten die Beginen sie wohl kaum aufgenommen. Denkst du nicht auch?«

Anna glaubte, nicht richtig gehört zu haben. »Sie wohnt in der Sammlung?«

Die Alte nickte. »In der Herberge, hat sie gesagt.«

Anna wusste nicht, was sie darauf erwidern sollte. Würde die Meisterin die Anwesenheit einer solchen Frau gutheißen? Wusste sie, womit diese Luna ihren Lebensunterhalt verdiente? Sorge gesellte sich zu der Verwunderung. Was, wenn man die Frau dazu benutzen wollte, um erneut zu versuchen, den Beginen zu schaden? Sie erhob sich, verabschiedete sich von der Witwe und trat auf den Gang hinaus.

Tief in Gedanken versunken verließ sie das Wohngebäude der Pfründner, um die Arzneien für die jungen Mütter in die Stube der Wöchnerinnen zu bringen. Aus dem abseits gelegenen Gebäude drang das Weinen eines Kindes ins Freie, wo es sich mit dem Blöken der Schafe vermischte, die von einem Jungen auf die Weide hinter dem Spital getrieben wurden. In Gedanken nach wie vor bei Luna, von der weit und breit nichts mehr zu sehen war, machte sich Anna auf den Weg nach oben. Dort stieß sie auf Schwester Guta, die gerade im Begriff war, eine der Kammern zu betreten, in der zwei Frauen lagen, die kurz vor der Entbindung standen.

»Anna«, begrüßte die Begine sie. Ihre Miene war ernst. »Ich fürchte, deine Hilfe kommt zu spät.«

»Wie meinst du das?«

»Die arme Seele ist gestorben.«

Die Nachricht traf Anna bis ins Mark. »Eine der Frauen ist im Kindbett gestorben? Aber sie waren doch noch gar nicht so weit.«

»Das Kind ist noch in ihrem Leib«, seufzte Schwester Guta. »Der Herr hat sie vor der Entbindung zu sich genommen.«

»Heilige Jungfrau!« Anna bekreuzigte sich. Wie war das möglich? Die jungen Schwangeren hatten zwar unter den üblichen Beschwerden gelitten, doch die Arznei, die Anna für sie zubereitet hatte, war lediglich dafür gedacht gewesen, die Übelkeit zu lindern, unter der sie litten. Bei keiner von ihnen waren ernsthaftere Komplikationen zu erwarten gewesen.

»Sobald der Arzt fort ist, wasche ich sie und bete für ihre Seele und die ihres ungeborenen Kindes«, sagte Schwester Guta.

»Lazarus ist bei ihr?«

Guta schüttelte den Kopf. »Der andere«, sagte sie leise. »Der, den der Magister Hospitalis aus Rom mitgebracht hat.«

Anna verzog das Gesicht. *Solange er die Hände von den Lebenden lässt,* dachte sie und beschloss, Schwester Guta gleich nach der Magierin zu fragen. »Ich habe Luna getroffen«, sagte sie. »Wohnt sie wirklich in eurer Herberge?«

Guta nickte. »Sie hilft in der Kräuterküche. Sie ist äußerst kundig.«

»Sie beschwört Geister«, wandte Anna ein.

»Gute Geister«, entgegnete Guta. »Sie tut nichts Verbotenes.«

»Denkt ihr, es ist klug, einer solchen Frau Unterkunft zu gewähren?«

»Es ist die Pflicht der Beginen, Reisende zu beherbergen.«

»Woher stammt sie?«, wollte Anna wissen.

»Von weit her.« Schwester Guta zuckte mit den Schultern. »Sie ist im Winter zu uns gekommen, mittellos und verzweifelt. Wir hätten sie unmöglich abweisen können. Sie nimmt an allen Gebeten teil, ist gottesfürchtig und demütig.«

Anna schluckte die Antwort herunter, die ihr auf der Zunge lag. In ihren Augen war es mehr als leichtsinnig, einer solchen Frau Unterschlupf zu gewähren. Früher oder später würde es sich in der Stadt herumsprechen, und dann drohte den Beginen womöglich wieder Ärger. Da sie den Schwestern jedoch nichts vorzuschreiben hatte, schwieg sie, faltete die Hände und wartete, bis die Tür der Kammer aufging, in der die junge Frau gestorben war.

Kapitel 11

Ein hagerer junger Ordensbruder mit hochmütiger Miene erschien auf der Schwelle. »Ich weiß nicht, warum du meine Zeit verschwendet hast, Weib!«, herrschte er die Milchmutter an, die ihm mit hochrotem Kopf folgte. »Diese Frau ist an der Starrsucht gestorben! Gott hat sie für ihr sündiges Leben bestraft!«

»Und das Kind?«, hauchte die Milchmutter. »Es war unschuldig! Ungetauft verstorben kann es zu einem Wiedergänger werden!«

»Unsinn!«, fuhr der Arzt ihr über den Mund. »Das ist nichts als tumber Aberglaube!« Er bedachte Anna und Guta mit einem Blick, in dem zu lesen war, was er von ihnen hielt, und rauschte an ihnen vorbei zur Treppe. Kurz darauf fiel die Tür im Erdgeschoss ins Schloss.

»Sie kann unmöglich an der Starrsucht gestorben sein«, sagte die Milchmutter kopfschüttelnd. »Ich habe Frauen gesehen, die an der Starrsucht litten. Sie alle hatten das Grinsen des Teufels im Gesicht.«

Anna und Guta betraten die Kammer, die zu ihrer Verwunderung leer war bis auf den mit einem Laken bedeckten Leichnam.

»Wo ist die andere?«, erkundigte sich Guta.

»In der Kammer nebenan. Sie konnte nicht schlafen, weil …« Ihr Blick wanderte zu dem Laken. »Die arme Seele hier hat geschrien.«

»Herr, erbarme dich ihrer«, murmelte Schwester Guta, ging zu dem Leichnam und hob das Laken an.

Dabei erhaschte Anna einen Blick auf die Verstorbene, deren Augen und Mund geschlossen waren. Obwohl jemand eine Oblate auf ihren Mund gelegt hatte, war zu erkennen, dass die Lippen bläulich verfärbt waren.

»Wer rettet jetzt die Seele des armen Kindes?«, fragte die Milchmutter.

Darauf wussten weder Anna noch Guta eine Antwort, da die Seele des Kindes nach christlichem Glauben in die Vorhölle verbannt wurde. Obwohl unschuldig, würde es dort für alle Ewigkeit vom Himmel und der Anschauung Gottes ausgeschlossen sein. Ein weitverbreiteter Aberglaube besagte, dass solche Kinder als Irrlichter oder in Gestalt von Vögeln erscheinen konnten.

»Sie war so stark und zuversichtlich, dass sich alles zum Guten wenden würde«, seufzte die Milchmutter. »Und jetzt …« Sie ließ das Laken fallen und drehte sich zu einem kleinen Altar in der Ecke der Kammer hin. »Manchmal fällt es mir schwer, Gottes Wege zu begreifen.«

»Gottes Wege sind unergründlich«, wies Schwester Guta sie zurecht. »Ein Gläubiger darf niemals wanken im Glauben, niemals an der Güte des Herrn zweifeln.«

Die Milchmutter sah zu Boden und schwieg.

Anna verstand, was in ihr vorging. Auch sie war oft von Zweifeln an Gottes Barmherzigkeit geplagt worden, besonders, wenn ein Kind von einem viel zu frühen Tod ereilt worden war. Mit einem Schaudern erinnerte sie sich an den Vorfall im Funden- und Waisenhaus, der sie und Lazarus beinahe das Leben gekostet hatte. Damals hatte sie sich gefragt, wie Gott dem teuflischen Treiben des Mörders so lange tatenlos hatte zusehen können.

»Ich kümmere mich um sie«, bot Guta an, sank neben dem Bett auf die Knie und hob zu einem Gebet an.

Da Anna nichts mehr für die Tote tun konnte, verließ sie die Kammer und machte sich auf zu den anderen Wöchnerinnen, die ihre Arzneien dankbar annahmen. Etwa ein Dutzend Frauen befand sich zurzeit im Spital. Ein Großteil von ihnen war kurz vor der Niederkunft, zwei hatten bereits entbunden und erholten sich von den Anstrengungen der Geburt. Allen stand die Angst ins Gesicht geschrieben, da sie vom Tod der Unglücklichen gehört hatten.

Als Anna das Gebäude wieder verließ, fühlte sie sich niedergeschlagen. Das Kind in ihrem eigenen Bauch schien im Verlauf der letzten Stunden immer schwerer geworden zu sein, und die Furcht vor der bevorstehenden Geburt drückte sie nieder. Was, wenn es ihr ähnlich erging wie der Verstorbenen? Obwohl der Arzt behauptet hatte, sie wäre der Starrsucht zum Opfer gefallen, nagten Zweifel an Anna. Warum waren die Lippen der Frau blau gewesen? Hatte sie vor ihrem Tod an Atemnot gelitten?

Um sich abzulenken, machte sie sich auf den Weg zurück zur Siechenstube, um Lazarus von Luna zu erzählen. Nachdem sie ihren Korb in die Apotheke gebracht hatte, um die Salben dort abzustellen, betrat sie die Siechenstube, in der ihr die übliche Mischung aus leisem Beten, Stöhnen und Jammern entgegenschlug. Lazarus befand sich im größeren Teil des Raumes, in dem die männlichen Kranken untergebracht waren. Ein Ordensbruder war bei ihm und sah mit besorgter Miene zu, wie Lazarus sich über ein Bett beugte.

»Seit wann fühlst du dich schlecht?«, hörte sie Lazarus fragen.

»Seit gestern Abend«, war die Antwort des Mannes, den Anna als einen der Mönche erkannte. »Es kam ganz plötzlich.«

»Du hast Fieber«, stellte Lazarus fest. »Ich gebe dir etwas Meisterwurzwein. Damit sollte es dir bald besser gehen.« Er trat vom Lager zurück, winkte einen Helfer herbei und trug ihm auf, dem Kranken die Arznei zu verabreichen. Dann fiel sein Blick auf Anna, und ein Lächeln huschte über sein Gesicht.

»Was ist mit den anderen?«, erkundige sich der Ordensbruder. »Sie klagen alle über dieselben Symptome.«

»Vermutlich haben sie etwas Verdorbenes gegessen«, entgegnete Lazarus, in dessen Stimme Sorge mitschwang. »Der Meisterwurzwein sollte die Beschwerden lindern.«

»Dem Himmel sei Dank!«, seufzte der Mönch, bekreuzigte sich und wandte sich ab, um die Siechenstube zu verlassen.

»Ist es schlimm?«, fragte Anna mit einem Blick auf den bleichen Kranken, der die Augen geschlossen hatte.

»Ich hoffe nicht«, murmelte Lazarus. »Allerdings gefällt mir nicht, wie schnell sein Fieber ansteigt.«

»Er wird bestimmt wieder gesund«, munterte Anna ihn auf. »Der Meisterwurzwein wird ihm Linderung verschaffen.«

»Dein Wort in Gottes Ohr.« Lazarus rieb sich das Kinn und blies die Backen auf.

»Hast du von der Magierin gehört?«, wechselte Anna das Thema.

»Von welcher Magierin?«

»Die, die im Spital ein und aus geht.«

Lazarus sah sie ungläubig an.

»Ihr Name ist Luna.«

»Und sie behauptet, eine Magierin zu sein?«

»Das Gesinde behauptet es.« Anna warf einen Blick zur Tür, durch die in diesem Moment der andere Arzt trat. »Glaubst du, der Magister Hospitalis weiß davon?«

Lazarus schnaubte. »Es gibt Dinge, die kann ich mir nicht vorstellen.«

»Warum hat der Torhüter sie wohl überhaupt eingelassen?«

»Vermutlich, weil sie ihn mit ihren Reizen verzaubert hat«, scherzte Lazarus, wurde jedoch sofort wieder ernst. »Glaubst du, sie ist gefährlich?«

Anna zuckte mit den Schultern. Ihre Gedanken wanderten zu der toten Schwangeren. War es möglich, dass Luna etwas damit zu tun hatte? »Ich denke nicht«, sagte sie schließlich, da ihr kein Grund einfiel, warum Luna der Frau etwas hätte antun sollen. Außerdem hatte der Arzt sie untersucht und festgestellt, dass sie an der Starrsucht gestorben war, redete sie sich ein.

»Dann sollten wir uns raushalten«, riet Lazarus. »Dein Bruder ist nicht mehr der Pfleger.« Seine Miene verdüsterte sich, als der junge Arzt auf Anna und ihn zusteuerte. »Vergiss sie einfach.« Er wandte sich dem Ordensbruder zu und verschränkte die Arme vor der Brust.

»Ich habe gehört, es geht ein Fieber um«, kam dieser ohne Umschweife zur Sache.

Lazarus nickte.

»Wir sollten die Kranken zur Ader lassen.«

»Ich habe ihnen Meisterwurzwein verordnet«, entgegnete Lazarus. »Wenn der nicht hilft …«

»Der Aderlass ist die einzig wirksame Methode«, fiel ihm der andere ins Wort.

»Die Kranken klagen auch über Bauchschmerzen«, wandte Lazarus ein. »Ein Brechmittel erscheint mir sinnvoller als der Aderlass.«

»Wie du meinst«, war die hochmütige Antwort. »Man scheint erstaunlicherweise viel auf deine Meinung zu geben.« Die Spitze war nicht zu überhören.

»Immerhin war ich lange Zeit der Siechenmeister«, schoss Lazarus zurück.

»Du *warst*«, schnaubte der Mönch. »Es ist mir ein Rätsel, warum man dich und deine …«, er zögerte einen Augenblick, »*Gemahlin* zurückgeholt hat.«

»Es war die Entscheidung des Rates«, gab Lazarus kühl zurück. »Damit wirst du dich abfinden müssen, Bruder Michael.«

Ein verächtliches Verziehen des Gesichtes war Bruder Michaels einzige Antwort, ehe er davonrauschte.

»Mir gefällt seine Feindseligkeit nicht«, sagte Anna.

»Mir auch nicht. Aber was soll ich tun? Es war die Entscheidung des Rates«, wiederholte Lazarus seine Worte.

»Und der Wundarzt?«, erkundigte sich Anna. »Macht er dir ebenfalls Schwierigkeiten?«

»Er geht mir aus dem Weg.«

»Ich hoffe, wir geraten nicht wieder zwischen die Fronten«, seufzte Anna und legte die Hand auf ihren Bauch.

»Das werden wir nicht«, versprach Lazarus. »Das werde ich nicht zulassen.«

Kapitel 12

JAKOB EHINGER HÄTTE sich gewünscht, der Regen hätte länger angehalten. Sobald er aufgehört hatte, kamen die Ulmer aus ihren Häusern, und es dauerte nicht lange, bis er und die Stadtknechte neugierig begafft wurden. Inzwischen hatten sie das Laubergässle erreicht, in dem mehrere Kaufleute wohnten, die Jakob persönlich kannte. Einer von ihnen, an dessen Tür einer der Ratsknechte klopfte, hatte wie Jakob vor einiger Zeit eine große Ladung Waren bei einem Sturm im Mittelmeer verloren. Jakob war es dank der Erbschaft seines Vaters besser ergangen als den meisten anderen, deren Schiffe gesunken waren, doch auf die Wut des Steuerschuldners war er dennoch nicht gefasst.

»Was wollt ihr von mir?«, fauchte dieser, als er ihnen endlich öffnete. »Ich habe meine Steuern längst bezahlt!« Er bedachte Jakob mit einem Stirnrunzeln.

»Die Bücher sagen etwas anderes«, widersprach Jakob. »Du schuldest der Stadt noch«, er warf einen Blick in die Liste, die er bei sich trug, »siebzig Gulden.«

»Das ist nicht wahr!«, protestierte der Mann. »Mein Bancherius hat alle Schuld beglichen!«

»Hast du einen Beleg dafür?«, fragte Jakob so freundlich wie möglich.

»Natürlich.«

»Kann ich ihn sehen?«

»Ich muss ihn erst suchen. Kommt nächste Woche wieder!«

»Das geht nicht. Heute ist der Tag der Steuereintreibung. Das weißt du ganz genau.«

»Himmelherrgott!«, schimpfte der Schuldner. »Ich habe es vergessen. Ich habe andere Sorgen.«

»Die haben wir alle, trotzdem ist es deine Bürgerpflicht, pünktlich die Losunge zu entrichten«, erinnerte Jakob ihn. »Wenn du nicht bezahlen kannst, musst du mir ein Pfand übergeben.«

»Ich *kann* bezahlen!«

»Ich dachte, du hast bereits bezahlt.«

Der Kaufmann machte Anstalten, die Tür zu schließen, aber einer der Stadtknechte stellt den Fuß auf die Schwelle.

»Was soll das? Ich bin kein gemeiner Verbrecher!«, ereiferte sich der Hausherr.

»Du musst mir den Beleg zeigen«, forderte Jakob mit Nachdruck.

»Das geht nicht.«

»Warum nicht?«

»Weil ich keinen habe, verdammt!«, fluchte der Kaufmann. »Ich habe kaum mehr genug Geld, um die Fuhrknechte zu bezahlen, geschweige denn die Waren. Was glaubst du denn, warum mein Hoftor geschlossen ist?«

Das fiel Jakob erst jetzt auf.

»Ich bekomme keine Waren mehr«, murmelte der Schuldner.

»Dann musst du was verpfänden. Deine Steuerschuld muss beglichen werden.«

»Was soll ich denn verpfänden? Mein Haus?«

Jakob spürte Mitleid in sich aufsteigen. Er wusste nur zu gut, wie sich sein Gegenüber fühlte. Auch er war schon öfter in einer verzweifelten Lage gewesen, die er dank

Gottes Hilfe überwunden hatte. Dennoch sagte er: »Wenn du kein anderes Pfand hast …«

»Und dann? Soll ich auf der Straße wohnen? Mein Haus ist viel mehr wert als siebzig Gulden!«

»Vielleicht kannst du deinen Bancherius bitten, dir die Summe vorzustrecken«, schlug Jakob vor.

Der Kaufmann schnaubte. »Der will mir nicht mal mehr einen Schilling leihen.«

»Dann verpfände Pferde oder Fuhrwerke«, sagte Jakob.

»Kannst du mir keinen Aufschub gewähren?«, flehte der Mann. »In ein oder zwei Wochen erwarte ich eine neue Lieferung aus Venedig. Wenn die verkauft ist, bin ich wieder flüssig.«

Obwohl Jakob es dem Mann gerne leichter gemacht hätte, schüttelte er den Kopf. »Zeig mir, was du im Stall hast«, forderte er. »Du kannst die Pferde behalten, bis du sie auslöst. Aber so lange gehören sie der Stadt und du musst für sie bezahlen.«

»Der Teufel soll dich und deine Blutsauger holen!«, knurrte der Kaufmann, machte auf dem Absatz kehrt und brachte Jakob durch das Wohngebäude in den Hof. Anschließend betraten sie den Stall, in dem ein Dutzend Pferde stand.

Eine halbe Stunde später setzte Jakob seinen Rundgang fort, der ihn gegen Mittag in die Gegend führte, in der sich das Frauenhaus befand. Auch der Pachtzins, den der Frauenwirt an die Stadt zahlen musste, war an diesem Tag fällig, weshalb Jakob nicht zögerte und das Gebäude in Begleitung eines Stadtknechtes betrat. Der andere wartete draußen, um dafür zu sorgen, dass sie nicht von Freiern gestört wurden.

Von den vierzehn sauberen und gesunden Frauen, die der Frauenwirt laut Frauenhausordnung im Haus hatte, war nichts zu sehen, was Jakob recht war. Zwar empfand er weder Verachtung für die Huren noch Mitleid mit ihnen, doch auf eine Begegnung war er nicht erpicht. Es fühlte sich einfach falsch an, als verheirateter Mann einen Fuß in dieses Haus zu setzen.

»Ihr seid ein bisschen früh für die Dienste meiner Huren«, bemerkte der Frauenwirt, der die Tür hatte schlagen hören. Er musste sich in einem kleinen Hinterzimmer aufgehalten haben, von dem aus er den Bereich der Stube im Erdgeschoss im Blick hatte.

»Wir sind keine Freier«, entgegnete Jakob barsch. »Ich bin der Steuerherr.«

»Oh, ich bitte um Vergebung«, sagte der Frauenwirt mit einem spöttischen Lächeln. »Wie konnte ich Euch nur für einen Freier halten.«

»Du weißt, warum wir hier sind«, brummte Jakob.

»Ja, ja«, war die Antwort. »Der Pachtzins ist fällig.« Er holte einen Schlüssel aus der Tasche, verschwand in dem Hinterzimmer und kehrte wenig später mit einer Geldkatze zurück, die er Jakob entgegenhielt. »Zählt nach!«, forderte er ihn auf.

Jakob nahm den Beutel entgegen, schüttete den Inhalt auf einen Tisch und vergewisserte sich, dass er der geforderten Summe entsprach.

»Kommt nicht so bald wieder«, schickte ihm der Frauenwirt mürrisch hinterher, als er mit dem Stadtknecht zurück zur Tür ging.

»Keine Angst«, brummte Jakob und trat ins Freie, wo er beinahe mit einer jungen Frau in einem bunten Gewand zusammengestoßen wäre. An ihrem Hals hingen mehrere silberne Ketten, und sie sah nicht aus wie eine Hübschlerin. Umso erstaunter war er, als sie das Frauenhaus betrat.

»Was will *die* denn hier?«, wunderte sich der Stadtknecht, der vor dem Haus gewartet hatte.

»Wer ist sie?«, wollte Jakob wissen.

»Mein Schwager behauptet, sie hätte sein Pferd von Würmern befreit. Angeblich hat sie magische Kräfte.«

Jakob runzelte die Stirn. »Eine Zauberin?«

Der Stadtknecht schüttelte den Kopf. »Wohl eher eine, die die Leichtgläubigkeit von Narren wie meinem Schwager ausnutzt.«

Kapitel 13

MICHA WUSSTE NICHT, ob er froh sein sollte, als der Himmel immer mehr aufriss. Die dicken Wolken hatten sich verzogen, die ersten Sonnenstrahlen ließen die Tropfen auf den Blättern der Bäume funkeln und die Feuchtigkeit in Schwaden verdampfen. Mit Schaufel und Schubkarre bewaffnet machte er sich auf zum Sprachhaus, wie Bruder Martin es genannt hatte, und ging zur Rückseite, wo es eine Luke gab, durch die man in die Grube hinunterklettern konnte. Der flache Schuppen, in dem sich die Latrine befand, war langgestreckt und größer als jedes heimliche Gemach, das Micha bisher gesehen hatte. In dem Dorf, aus dem er stammte, hatten die meisten Bauern ihre Notdurft auf den Feldern oder auf dem Misthaufen verrichtet.

Mit einem Naserümpfen öffnete er die Luke und hielt den Atem an, als ihm ein bestialischer Gestank entgegenschlug.

»Heilige Muttergottes!«, keuchte er, machte einen Satz nach hinten und rang einige Augenblicke nach Luft. Wenn er in dieses Höllenloch stieg, würde er innerhalb kürzester Zeit tot umfallen. *Und dann scheißt dir noch einer auf den Kopf,* dachte er schaudernd.

»Was treibst du da?«, ertönte eine Stimme hinter ihm.

Er drehte sich um und erblickte ein junges Mädchen mit einem Milchkrug im Arm.

»Ich bin der Heimlichkeitsfeger«, sagte er mit so viel Wichtigkeit wie möglich.

»Was ist ein Heimlichkeitsfeger?«

»Jemand, der …« Micha wusste nicht, wie er beschreiben sollte, was er zu tun hatte.

»Musst du mal?«, fragte die Kleine.

Micha schüttelte den Kopf.

»Da drin ist es unheimlich.«

»Auf jeden Fall stinkt es unheimlich«, brummte Micha und kehrte dem Mädchen den Rücken.

»Und da drin gibt es Geister«, sagte es.

»Musst du die Milch nicht irgendwo hinbringen?«, fragte Micha, da er weder Zeit noch Lust hatte, die Amme für ein kleines Mädchen zu spielen.

»In die Küche«, entgegnete es stolz, machte jedoch keinerlei Anstalten weiterzugehen.

Micha versuchte, es mit einer Handbewegung zu verscheuchen. »Geh weiter! Lass mich in Ruhe!«

Das kleine Gesicht verzog sich, sodass das Mädchen Ähnlichkeit mit einem Kobold hatte. »Du bist nicht so nett, wie du aussiehst«, stellte es tadelnd fest, umklammerte den Milchkrug fester und stakste davon.

»Pfuh!« Michas Blick wanderte von Schubkarre und Schaufel zu der geöffneten Luke, aus der im Winter bestimmt Dampf aufstieg. Einen Moment lang erwog er, alles stehen und liegen zu lassen, doch dann gab er sich einen Ruck. Er brauchte Arbeit, wenn er nicht länger als Bettler auf der Straße leben wollte. Falls er die Säuberung der Sickergrube zur Zufriedenheit der Ordensbrüder erledigte, stellten sie ihn vielleicht als Knecht an. Er konnte gut anpacken, hatte im Dorf seiner Eltern im Stall und auf dem Feld geholfen. Der Gedanke an seine verstorbene Familie schnürte ihm die Kehle zu, doch er hatte schon vor langer Zeit gelernt, dass Trauer vergebens war. Sie würde ihn auch heute nicht sattmachen.

Mit einer gemurmelten Verwünschung schnappte er sich die Schaufel, ging zurück zur Luke und warf einen Blick in das gähnende Loch. Ob er in der Scheiße untergehen würde, wenn er hinunterkletterte? Von oben konnte er die Grube unmöglich leer schaufeln. Schaudernd setzte er sich auf den Rand der Öffnung, nahm all seinen Mut zusammen und sprang in die Tiefe.

Er versank bis zu den Knien im Morast. Hier unten war der Gestank noch unerträglicher, sodass er sich hastig den Kragen seines fadenscheinigen Hemdes über Mund und

Nase zog. Hustend grub er das Schaufelblatt in die stinkende Jauche und fing an, seine Arbeit zu tun, während ein halbes Dutzend Ratten protestierend das Weite suchte.

Als seine Arme anfingen zu schmerzen und ihm das Atmen immer schwerer fiel, beschloss er, zurück nach oben zu klettern, um den Haufen neben der Luke auf die Schubkarre zu schaufeln. Ein letztes Mal rammte er das Blatt in den Mist und stutzte, als er auf etwas Hartes stieß. Obwohl es ihn drängte, die Sickergrube zu verlassen, stocherte er weiter, bis er etwas befreite, was aussah wie eine weggeworfene Gliederpuppe. Kopfschüttelnd warf er sie ins Freie, stemmte sich am Rand der Grube in die Höhe und rang japsend nach Luft.

Der Gestank steckte so tief in seiner Nase, dass er fürchtete, nie wieder etwas anderes zu riechen. Mit einem Würgen zog er am Stoff seines Hemdes und atmete die frische Luft so tief wie möglich ein. Der Haufen Scheiße, der neben der Grube lag, würde ein ganzes Feld düngen, und er beschloss, zuerst diese Arbeit zu erledigen, bevor er erneut in die Grube hinabstieg. Auch wenn er sich am liebsten ausgeruht hätte, fing er an zu schaufeln, bis die Schubkarre voll war. Dabei fiel sein Blick erneut auf die Puppe, die jemand bei der Verrichtung seines Geschäfts verloren haben musste.

Wer nahm eine Puppe mit aufs stille Örtchen? Er stieß sie mit dem Fuß an und machte einen erschrockenen Satz nach hinten, als sie sich drehte und er in leere Augenhöhlen starrte. Nur mit Mühe unterdrückte er einen Schrei.

»Gütiger Gott!«, keuchte er, ging in die Hocke und streckte eine zitternde Hand aus. Kurz bevor er den Schädel berührt hätte, zog er sie zurück, griff nach einem

Stöckchen, das auf dem Boden lag, und stieß das Ding damit an. Als es sich bewegte, löste sich jeder Zweifel in Luft auf.

Wie von der Tarantel gestochen sprang Micha auf, warf das Stöckchen weg und rannte zum Hauptgebäude, wo er fast mit einem der Ordensbrüder zusammenstieß.

Dieser hielt ihn mit einem Griff am Arm auf. »Wo willst du denn hin?«, fragte er mit einem Naserümpfen.

»Ich ... Da ist ein totes Kind!«, sprudelte es aus Micha heraus.

»Ein totes Kind? Was redest du da?«

Micha zeigte zum heimlichen Gemach. »Ich wollte die Grube säubern und hab es da drin gefunden!« Sein Herz hämmerte so heftig, dass es sich anfühlte, als wollte es aus seiner Brust springen.

»Wenn das ein Scherz sein soll ...«, grollte der Mönch.

»Es ist kein Scherz!« Micha bedeutete dem Bruder, ihm zu folgen, und rannte zurück zur Grube. Dort zeigte er auf das, was einmal ein Säugling gewesen sein musste.

»Jesus, Maria und Josef!«, flüsterte der Ordensbruder. Er blieb wie angewurzelt stehen und starrte auf das tote Kind.

Kapitel 14

Da Gallus an diesem Tag nicht mehr viel zu tun hatte, war er in seine Unterkunft zurückgekehrt, um in Ruhe über die Begegnung mit dem Schwarzen Utz nachzudenken. Die Bengel wurden ihm immer lästiger, und wenn er sie nicht endlich in die Schranken wies, würde er es bereuen. Dieser Utz war gefährlich und schreckte vermutlich vor nichts zurück, um zu bekommen, was er wollte. Erst der versuchte Einbruch, dann die Drohung … Es gab lediglich einen Ausweg.

Mit einem Prusten öffnete er die winzigen Fenster in seiner Kammer, um die schwüle Luft einzulassen, bevor er in die Schankstube ging. Dort nahm er ein einfaches Mahl zu sich und verließ im Anschluss daran die Herberge. Obwohl ihm eine kleine Stimme davon abriet, beschloss er, sich sofort auf die Suche nach dem Unterschlupf der Gassenjungen zu machen, bevor Utz seine Drohung in die Tat umsetzen konnte. Um weitere Überraschungen zu vermeiden, tastete er nach dem Messer an seinem Gürtel und sah sich alle paar Schritte um. Von Micha wusste er, dass sich der Unterschlupf irgendwo in der Nähe der südlichen Stadtmauer befinden musste, doch das Gebiet war groß, die Gassen eng und vollgestopft.

»Du schuldest mir zwanzig Gulden«, hatte dieser unverschämte Mistkerl behauptet.

»Ich schulde dir nur eins«, murmelte Gallus und ballte die Fäuste. Vielleicht bekam er einen besseren Posten, wenn er dabei half, die Stadt von diesem Gesindel zu säubern, das alles stahl, was nicht niet- und nagelfest war.

Für den Bruchteil eines Augenblicks schweiften seine Gedanken zum Gottesacker ab. Auch wenn er versucht hatte, Ida zu vergessen und sein Herz zu verhärten, sorgte die Erinnerung an sie an diesem Tag für ein dumpfes Gefühl in seiner Magengegend. Wenn es stimmte, was Utz behauptet hatte, hatten die Bengel mit Idas Mörder unter einer Decke gesteckt. Die Vorstellung, dass womöglich nicht alle Schuldigen bestraft worden waren, ließ ihn so wütend werden, dass er sich vor sich selbst fürchtete. Den Kerl, der Ida getötet und weggeworfen hatte wie Abfall, hatte er eigenhändig zur Verantwortung gezogen. Aber dieser Utz …

Tief in Gedanken versunken schlug er den Weg zur Blau ein, in der zahlreiche zerlumpte Kinder tollten. Nach dem Gewitter war der Fluss sauberer als gewöhnlich, doch das würde sich bald ändern. Ein Mühlrad knarrte, während er sich einen Weg durch Menschen mit Handkarren und Tragegestellen bahnte, die ihm misstrauische Blicke zuwarfen. Vielleicht hätte er die schwarz-weiße Tracht ausziehen sollen, die ihn als Angestellten der Stadt kennzeichnete, dachte er.

»Willst du Fisch kaufen?«, fragte ihn ein junges Mädchen mit einem Eimer, in dem die angesprochenen Tiere zappelten.

Gallus schüttelte den Kopf.

»Was willst du dann hier?«

»Das geht dich nichts an«, gab er mürrisch zurück.

»Musst nicht gleich patzig werden«, fauchte das Mädchen und machte Anstalten, ihn stehen zu lassen.

»Warte!«, rief er ihm hinterher.

»Wieso? Willst du doch Fische?«

»Nein. Aber vielleicht kannst du mir eine Auskunft geben.«

Die Kleine streckte die Hand aus. »Auskünfte kosten Geld.«

»Du weißt doch noch gar nicht, was ich wissen will.«

»Dann frag halt.« Das Mädchen grinste ihn frech an.

Gallus' Hand zuckte, doch er ließ sich nicht dazu hinreißen, ihm eine Ohrfeige zu versetzen. »Wie viel?«, knurrte er.

»Zehn Pfennige.«

»Du kriegst einen, mehr nicht.« Er holte die Münze aus der Tasche und hielt sie ihm vor die Nase. Als es danach greifen wollte, schloss er die Faust darum. »Wo ist der Unterschlupf der Gassenjungen?«

Das Mädchen zuckte zurück. »Was für ein Unterschlupf? Ich weiß nichts von einem Unterschlupf.« Alle Farbe war aus seinem Gesicht gewichen.

»Du lügst«, stellte Gallus fest.

»Ach, lass mich doch in Ruhe. Ich pfeif auf dein Geld!« Die Kleine spuckte vor ihm auf den Boden, drückte den Eimer an die Brust und rannte davon, als wäre ihr der Leibhaftige auf den Fersen.

Gallus kratzte sich am Kinn. Er konnte es dem Mädchen nicht verdenken, dass es sich vor dem Schwarzen Utz und seiner Bande fürchtete. Vermutlich machten die Bengel den wenigen anständigen Bewohnern des Viertels das Leben zur Hölle. Mürrisch setzte er seinen Weg durch die verschlungenen Gassen fort und beschloss nach einiger Zeit, zurück zur Herberge zu gehen, um sich umzuziehen. Seine Tracht brachte ihm nicht nur böse Blicke ein, dem einen oder anderen Bewohner des Fischerviertels war anzusehen, dass er Gallus am liebsten in die Blau geworfen hätte. So würde er den Unterschlupf der Bengel nie finden.

Kurze Zeit später steckte er in den Kleidern, die er als Spielmann getragen hatte, und stellte zufrieden fest, dass man ihm so gut wie keine Beachtung schenkte, als er eine der Brücken überquerte. Mit den bunten Hosen und der spitzen Kappe fiel er zwar auf, allerdings beäugte ihn niemand misstrauisch. Da er nicht noch mal jemanden fragen wollte, folgte er einer etwas breiteren Gasse, die ihn zur Stadtmauer führte, hinter der die Donau rauschte.

Zahllose Schuppen und Katen drängten sich an die Mauer wie verängstigte Kinder an eine Mutter, doch die schiere Anzahl ließ Gallus' Mut sinken. Wie sollte er inmitten dieser Ansammlung ärmlicher Behausungen den Unterschlupf der Gassenjungen aufspüren? Er konnte sich wohl kaum auf die Lauer legen und warten, bis einer der Bengel auftauchte. Die Bewohner des Viertels waren misstrauisch und würden einen Fremden bemerken, der sich im Schatten der Mauer herumdrückte.

Mit einem Seufzen gestand er sich ein, dass sein Plan gescheitert war. Wenn er den Schwarzen Utz ausräuchern wollte, musste er anders vorgehen. Er beschloss, sich auf die Suche nach Micha zu machen, damit dieser ihn zu dem Unterschlupf führen konnte. Für ein paar Pfennige würde der Junge sicher tun, was er verlangte.

Kapitel 15

Es dauerte nicht lange, bis die Nachricht von dem toten Kind, das in der Sickergrube gefunden worden war, die Siechenstube erreichte.

»Wie kann der Herrgott so etwas zulassen?«, klagte eine der Mägde, die sich um die kranken Frauen kümmerten, die im kleineren Bereich der Stube untergebracht waren. »Wie furchtbar! Das arme Kind!«

Eine andere Magd, die aufgeregt auf sie eingeredet hatte, nickte und bekreuzigte sich mehrfach. »Wäre das Spital kein Haus Gottes …« Sie warf einen Blick zum Altar.

»Was für ein Kind?«, fragte Anna, die in der Nähe war, um einer alten Frau eine Salbe gegen schmerzhafte Zysten in der Brust aufzutragen. »Gibt es Schwierigkeiten bei einer Geburt?«

»Nein.« Die aufgeregte Magd schüttelte den Kopf. »Man hat ein totes Kind gefunden.« Sie zeigte zum Ausgang. »In der Sickergrube.« Ihre Stimme zitterte.

»Bist du sicher?« Anna wusste nicht, was sie von der Behauptung halten sollte. Wie sollte ein Kind in die Sickergrube gelangen? Bestimmt handelte es sich um einen Irrtum.

»Wenn du mir nicht glaubst, geh und sieh es dir mit eigenen Augen an«, hauchte die Magd. »Aber ich warne dich. Der Anblick ist furchtbar!«

Anna hatte zwar reichlich zu tun, doch ihre Neugier war stärker als ihr Pflichtbewusstsein. Deshalb stellte sie den

Salbentiegel ab, säuberte sich die Hände an einem Tuch und machte sich auf zum Ausgang, wo sie auf Lazarus traf, der die Neuigkeit ebenfalls gehört zu haben schien.

»Willst du zum Sprachhaus?«, fragte er.

Sie nickte. »Dort soll angeblich ein totes Kind gefunden worden sein.«

»Glaubst du diesen Unsinn?«

»Du nicht?«

Er verzog das Gesicht. »Ich wollte sehen, ob ich helfen kann. Falls es sich wirklich um ein Kind handelt, lebt es vielleicht noch.«

»Du glaubst, es ist durch das Loch in die Grube gefallen?«

Er hob die Schultern. »Wie sollte es sonst dorthin geraten sein?«

»Ich habe von Heimlichkeitsfegern gehört, die in einer Grube ertrunken sind«, sagte Anna mit einem Schaudern und begleitete ihn zum anderen Ende des Hofes.

Dort trafen sie eine Menge von Schaulustigen an, die sich um etwas scharten, was Anna nicht genau erkennen konnte. Zu viele Menschen standen vor ihr und versperrten den Blick.

»Lasst mich durch!«, forderte Lazarus. »Ich kann helfen!«

»Dem armen Tropf kann niemand mehr helfen«, murmelte eine der Schwestern, die im Spital arbeiteten. »Nur der Herrgott.«

»Macht Platz!« Lazarus bahnte sich einen Weg durch die Umstehenden, und wenig später langten Anna und er bei der offenen Sickergrube an, aus der ihnen ein entsetzlicher Gestank entgegenschlug. Ein Junge und ein

Ordensbruder knieten auf dem Boden neben etwas, was Anna den Atem stocken ließ.

Entsetzt erkannte sie, dass die Magd recht hatte. Ohne Zweifel handelte es sich um einen Säugling, der vor geraumer Zeit verstorben sein musste. Bleiche Knochen schimmerten durch die Lumpen, in die er gewickelt war.

»Gütiger Himmel!«, entfuhr es Lazarus.

Der Ordensbruder hob den Kopf. Als er Lazarus entdeckte, seufzte er. »Hier kannst du nichts mehr ausrichten, fürchte ich. Diese Seele hat Gott vor langer Zeit zu sich genommen.«

»Wie kommt ein Kind in die Sickergrube?«, fragte Anna.

»Das weiß allein der Allmächtige«, entgegnete der Mönch und erhob sich, als die Stimme des Magister Hospitalis über den Hof dröhnte.

Anna, deren Hand unvermittelt zu ihrem Bauch gewandert war, starrte auf das traurige Bündel am Boden, das nur notdürftig gesäubert worden war.

»Was gibt es denn jetzt schon wieder?«, erboste sich der Spitalmeister, der – gefolgt von zwei älteren Ordensbrüdern – die Menge teilte und sich nach vorn schob. Als er Anna und Lazarus bemerkte, verdunkelte sich seine Miene. Die Missbilligung wich jedoch innerhalb eines Augenblicks dem Schrecken, als auch er erkannte, was vor ihm auf dem Boden lag. »Ist das ein …?«

»Kind«, beendete der andere Mönch den Satz und nickte.

»Woher kommt es? Warum liegt es da?«

»Der Heimlichkeitsfeger hat es in der Grube gefunden«, erklärte der Ordensbruder und zeigte auf den Jungen, der von einem Fuß auf den anderen trat.

»In der Grube?« Ungläubig blickte der Magister Hospitalis zu der offen stehenden Luke. »Was hat ein Kind in der Grube zu suchen?«

»Ich fürchte, es ist einer Kindsmörderin zum Opfer gefallen«, war die Antwort.

Der Magister Hospitalis stöhnte. »Als ob es nicht schon genug Probleme gäbe«, schimpfte er und betrachtete Lazarus mit vorwurfsvoller Miene. »Immer mehr Brüder klagen über Mattigkeit und Bauchschmerzen. Wenn es so weitergeht, muss ich den Pfleger darüber in Kenntnis setzen, dass im Spital eine Seuche umgeht.«

Anna sah, wie Lazarus sich auf die Lippe biss, um sich von einer Entgegnung abzuhalten. Die Anklage, die in den Worten des Spitalmeisters mitschwang, war nicht zu überhören. Es war eine empfindliche Demütigung für ihn gewesen, dass Rat und Pfleger beschlossen hatten, Lazarus wieder als Arzt einzustellen. Vermutlich suchte er nach einem Grund, um Lazarus erneut in Verruf zu bringen.

»Ich fürchte, vorher müsst Ihr die Wache von diesem traurigen Fund in Kenntnis setzen«, meldete sich einer der anderen Ordensbrüder zu Wort. »Wenn es sich um die Tat einer Kindsmörderin handelt, muss die Schuldige in der Stube der Wöchnerinnen entbunden haben.«

»Wie lange ist es her, dass …?« Der Magister Hospitalis machte eine Handbewegung in Richtung Grube und wandte sich widerwillig an Lazarus.

»Das kann man unmöglich sagen, fürchte ich. Es können Tage oder Wochen sein. Die Dämpfe in der Sickergrube …« Er brauchte nicht weiterzureden.

»Wir sollten einen Gottesdienst für die arme Seele abhalten«, schlug der Bruder vor, der zuerst bei dem

Leichnam gewesen war. »Je mehr Gläubige für das Kind beten, desto besser.«

»Diese schändlichen Weiber!«, schimpfte der Magister Hospitalis. »Sie bringen die Sünde ins Haus Gottes!«

»Es ist unsere Pflicht, ihnen zu helfen«, erinnerte ihn der Bruder. »So wie Jesus Christus ihnen geholfen hat.«

»Denn die Lippen der fremden Frau sind süß wie Honigseim, und ihre Kehle ist glatter als Öl, hernach aber ist sie bitter wie Wermut und scharf wie ein zweischneidiges Schwert. Ihre Füße laufen zum Tode hinab; ihre Schritte führen ins Totenreich«, murmelte der Magister Hospitalis. »Sprüche 5, 3–5.« Er sah zum Himmel hinauf, als erwarte er, dass Gott ihm zustimmte.

»Lauf zur Wache!«, trug der Ordensbruder, der bei dem toten Kind gekniet hatte, dem Jungen auf. Als dieser sich nicht rührte, versetzte er ihm einen leichten Klaps auf den Hinterkopf. »Beeil dich!«

Als der Bursche sich in Bewegung setzte, hob der Magister Hospitalis die Hände. »Geht zurück an die Arbeit!«, forderte er die Umstehenden auf. »Und betet für die Seele dieses armen Kindes!« Er winkte einen seiner Begleiter näher. »Sag der Meisterin, ich will die Namen aller Wöchnerinnen, die in den letzten Monaten entbunden haben. Eine von ihnen muss die Mörderin sein.«

Anna verspürte ein ungutes Gefühl. Auch wenn der Verdacht nahelag, fürchtete sie, dass man eine der Frauen zu Unrecht beschuldigen könnte. Was, wenn das Kind von einer Besucherin in die Latrine geworfen worden war? Die Familien der Pfründner gingen im Spital ein und aus, es wäre ein Leichtes, das heimliche Gemach unbemerkt zu betreten. Oder hatte diese Luna etwas damit zu tun?

Ihr Blick wanderte zurück zu dem Bündel aus Lumpen und ihr wurde das Herz eng, als sie an das Leben dachte, das in ihrem eigenen Leib wuchs. Wie konnte eine Mutter nur so etwas tun?

Kapitel 16

Michas Herz klopfte bis zum Hals, als er das Rathaus erreichte. Er war so schnell gelaufen, dass seine Seiten stachen und er kaum Luft bekam. Der Gestank der Sickergrube steckte ihm immer noch in der Nase, doch es war der Anblick des toten Kindes, der ihn vermutlich wochenlang um den Schlaf bringen würde. Obwohl er sich mehrfach mit Brunnenwasser gewaschen hatte, hatte er den Eindruck, der Tod würde immer noch an ihm kleben wie Pech.

Die Luft war nach dem Gewitter schwer und feucht, die Sonne stach schon wieder mit voller Kraft vom Himmel. Viele der Pflastersteine waren bereits getrocknet, einzig der Geruch von nasser Erde und vereinzelte Tropfen an den Blättern der Bäume erinnerten an das heftige Unwetter. Froh darüber, dass der Marktplatz leer war, lief Micha zur Wachstube, vor der er einige Augenblicke zögerte, ehe er anklopfte. Würden die Stadtknechte ihm ansehen, dass er ein Dieb war? Die Bettelmarke steckte in seiner Tasche, und er hoffte, sie für immer dort lassen zu können. Allerdings fürchtete er, dass der Fund des toten Säuglings die Mönche davon abhalten könnte, ihm eine Anstellung anzubieten. Vielleicht gab man ihm die Schuld an all dem Aufsehen, das solch ein Vorfall mit sich brachte.

»Was willst du?«, herrschte ihn der Stadtknecht an, der die Tür öffnete.

»Die Ordensbrüder schicken mich«, hob Micha an.

»Welche?«

»Die aus dem Spital. Dort lag ein totes Kind in der Sickergrube!«

»Willst du mich auf den Arm nehmen?«, knurrte der Wächter.

Micha schüttelte heftig den Kopf. »Ich sage die Wahrheit!«, beteuerte er. »Ich bin der Heimlichkeitsfeger und habe es beim Ausschaufeln der Grube gefunden.«

Der Stadtknecht drehte sich um. »Hauptmann!«, brüllte er.

Kurz darauf tauchte ein Mann mit einem glänzenden Harnisch und einer Feder am Helm auf.

»Der Bengel behauptet, er hätte ein totes Kind in der Sickergrube des Spitals gefunden.«

Der Hauptmann zog die Brauen hoch und rümpfte die Nase. »Er riecht auf jeden Fall so, als sei er dort gewesen«, stellte er fest und bedeutete dem Stadtknecht, Micha beim Arm zu fassen. »Bring ihn in die Stube!«, befahl er.

»Warum?«, protestierte Micha. »Ich habe nichts getan!«

»Du bleibst so lange da, bis ich weiß, ob du uns zum Narren halten willst oder nicht«, war die Antwort des

Hauptmanns. »Wenn du uns einen Bären aufbinden willst …«

»Ich muss zurück ins Spital«, flehte Micha. »Sonst bekomme ich keine Anstellung. Bitte! Ihr müsst mich gehen lassen!«

»Du kannst gehen, sobald ich mich davon überzeugt habe, dass du meine Zeit nicht verschwendest!« Ein harter Ausdruck zeigte sich auf dem Gesicht des Hauptmanns. »Willst du deine Geschichte ändern?«

Micha schüttelte erneut den Kopf. »Ich schwöre, dass es so gewesen ist! Ich habe doch auch damals nicht gelogen!«

»Damals?«

»Als das Haus gebrannt hat.«

Der Hauptmann runzelte die Stirn und betrachtete Micha genauer. »Welches Haus?«

»Das von diesem Kaufmann, das vom Mörder angezündet worden ist.«

»Von Bitterlins Mörder?«

Micha nickte eifrig. »Hätte ich nicht die Wache geholt, wäre es bestimmt schlimmer ausgegangen.« Er blickte flehend zum Hauptmann auf. »Bitte! Ich muss zurück ins Spital!« Wenn er nicht wieder auftauchte, würden die Ordensbrüder glauben, er sei abgehauen.

Der Hauptmann überlegte einen Moment lang und zuckte schließlich mit den Schultern. »Meinetwegen.« Er packte Micha am Kragen. »Aber keine Mätzchen!«

~

Gallus konnte es kaum glauben, als er Micha bei der Wachstube entdeckte. Zuerst hatte er einen weiten Bogen um den Hauptmann machen wollen, doch als er die Stimme des Jungen erkannt hatte, war er in eine der Gassen abgebogen und hatte sich im Schatten verborgen. Mit zusammengekniffenen Augen verfolgte er, wie der Hauptmann Micha packte und in Begleitung eines zweiten Wächters in Richtung Herdbrücke davonging. Obwohl er mit dem Hauptmann nicht auf gutem Fuß stand, überlegte er nicht lange, trat aus der Gasse hervor und heftete sich an die Fersen der Stadtwächter. Schnell wurde klar, dass sie auf dem Weg zum Heilig-Geist-Spital waren, in dem sie wenig später verschwanden.

»Was ist denn los?«, erkundigte sich Gallus bei einem Knecht mit einem Handkarren, der durch das Tor kam. »Was will die Wache im Spital?«

»Ein totes Kind«, brummte der Mann und zog seinen Karren weiter, als ginge ihn alles nichts an.

Gallus, der wusste, wie streng der Torhüter war, überlegte einen Augenblick, ehe er nach Hause lief, um in seine schwarz-weiße Tracht zu schlüpfen. Damit stand er kurz darauf wieder vor dem Spital, wo er eine gewichtige Miene aufsetzte und sich dem Torhüter näherte. »Ich gehöre zur Wache«, behauptete er frech.

Der Torhüter warf einen Blick auf seine Kleidung, nickte und ließ ihn ein.

Mit einem Grinsen sah Gallus sich um und entdeckte eine Ansammlung von Insassen, Ordensbrüdern und Gesinde bei einem flachen Gebäude, das sich in der Nähe der Mauer befand. Der Helm des Hauptmanns blitzte in der Sonne.

»Bringt es in die Kapelle!«, hörte er einen der Mönche sagen. »Aber, um Himmels Willen, wascht es vorher!«

Als Gallus sich der Menschentraube näherte, rümpfte er die Nase. Dem Gestank nach musste es sich bei dem Gebäude um den Abort des Spitals handeln, dessen Grube schon lange nicht mehr geleert worden war. Der Regen schien alles noch schlimmer gemacht zu haben, da sich dünne Rinnsale, die nach Jauche stanken, auf dem Boden ausgebreitet hatten.

»Eine Leichenschau wird nicht nötig sein«, hörte Gallus einen Mann sagen, dessen Stimme er kannte. Neugierig stellte er sich auf die Zehenspitzen und entdeckte Lazarus und Anna inmitten der Menge.

»Warum nicht?«, wollte der Hauptmann wissen.

»Weil es ganz sicher Mord war.«

»Woher wollt Ihr das wissen?«

»Es ist bestimmt nicht von allein in die Grube gefallen.«

Gallus schnitt eine Grimasse. Offensichtlich hatte jemand ein Kind in die Sickergrube geworfen. Wer tat so etwas?

»Und Ihr könnt nicht feststellen, wie lange es tot ist?«, ließ sich der Hauptmann erneut vernehmen.

»Nein. Ich kann nur so viel sagen, dass es noch kein halbes Jahr da drin gelegen hat.«

»Hat denn niemand etwas bemerkt?«

»Wie denn?«, ereiferte sich einer der Ordensbrüder.

»Ein verwesender Leichnam stinkt«, entgegnete der Hauptmann.

»Das ist eine Latrine. Da stinkt immer irgendwas.«

»Da mögt Ihr recht haben«, räumte der Hauptmann ein. »Ich brauche die Namen sämtlicher Wöchnerinnen, die innerhalb des letzten halben Jahres hier entbunden haben«, forderte er dasselbe wie der Magister Hospitalis.

»Und wenn es das Kind einer Besucherin war?«, ertönte Anna Ehingers Stimme.

»Warum sollte eine Besucherin ihr Kind mit ins Spital bringen, um es in die Latrine zu werfen? Sicher wäre es jemandem aufgefallen, wenn sie mit Nachwuchs gekommen und ohne wieder gegangen wäre.«

»Da bin ich mir nicht so sicher«, brummte jemand. »Ein Bündel ist ein Bündel. Wer achtet schon darauf, ob es lebt, solange es nicht schreit.«

Kapitel 17

Anna spürte Lazarus' Hand auf ihrem Arm, als sie den Mund öffnete, um erneut etwas zu sagen.

»Halt dich raus«, zischte er. »Es geht uns nichts an.«

»Was ist mit den Wöchnerinnen? Was, wenn eine von ihnen als Sündenbock herhalten soll? Haben sie es nicht schon schwer genug?«

»Vielleicht *war* es eine von ihnen«, gab Lazarus zu bedenken.

»Vielleicht aber auch nicht.«

»Wie wahrscheinlich ist es, dass eine Besucherin das Risiko eingeht, ihr Kind im Spital loszuwerden?«

Darauf hatte Anna keine Antwort. Vermutlich hatte Lazarus recht, doch den Frauen geschah so viel Unrecht, dass ihr Herz ihr befahl, für sie einzutreten. Ihre Hand wanderte zum unzähligen Mal an diesem Tag zu ihrem Bauch, und sie dankte Gott dafür, dass *sie* nicht allein und ausgestoßen in einem Spital landen würde, um ihr Kind zur Welt zu bringen. »Und wenn es gar keine Mutter war, die ihr Kind töten wollte?«

»Wer sollte so was sonst tun?«

»Jemand, der …« Anna verstummte, da sie nicht weiterreden musste. Lazarus war dabei gewesen, als der Mörder der Kinder im Funden- und Waisenhaus seine Taten zugegeben hatte.

»Ein Wahnsinniger?«

Sie stimmte zu.

Lazarus seufzte. »Wir sollten uns wirklich aus der Sache raushalten.«

Mit einem Gefühl der Trauer verfolgte Anna, wie einer der Ordensbrüder Schwester Guta zu dem Kind führte, die es behutsam aufhob und in ein sauberes Tuch wickelte. Gleichzeitig fingen die Glocken der Spitalkirche an zu läuten und riefen die Insassen zum Gebet für die Seele des armen Kindes.

Während die Begine mit dem Leichnam verschwand, zerstreuten sich die Schaulustigen nur allmählich. Anna wollte ebenfalls bleiben, um so viel wie möglich zu erfahren.

»Hätte die Grube nicht gesäubert werden müssen, wäre von dem Kind vielleicht nichts mehr übrig gewesen bis zum Winter«, stellte der Magister Hospitalis fest.

Der Junge, der den Leichnam entdeckt hatte, sah mit bleichem Gesicht vom Hauptmann zu einem der Brüder, der ihm aufmunternd zunickte.

Anna konnte sich nur schwer vorstellen, wie groß der Schreck und das Entsetzen gewesen sein mussten, als er auf den Säugling gestoßen war.

»Lasst uns beten!«, posaunte der Magister Hospitalis, kehrte der Sickergrube den Rücken und eilte in Richtung Kirche davon.

Anna und Lazarus folgten.

Nachdem die Messe beendet war, traten sie zurück auf den sonnendurchfluteten Hof, und Anna fasste einen Entschluss. »Ich gehe noch mal zu den Wöchnerinnen«, sagte sie.

»Weshalb?« Lazarus blickte sie besorgt an.

»Um herauszufinden, ob die Schwestern oder eine der Hebammen einen Verdacht haben. *Falls* es sich bei der Mörderin um eine der Frauen handelt, müsste ihnen doch etwas aufgefallen sein. Oder?«

Lazarus legte die Stirn in Falten. »Du weißt, was ich davon halte.«

»Ich *kann* nicht einfach so tun, als würde mich das nichts angehen.«

»Aber es geht dich nichts an.«

»Unrecht zu verhindern ist auch meine Pflicht.« Anna spürte Ärger in sich aufsteigen. Warum begriff er nicht, wie wichtig es war, dass sich jemand für die Frauen einsetzte? Wäre er ähnlich gleichgültig, wenn man einen Vater beschuldigen würde?

»Es ist in erster Linie die Pflicht der Wache.«

»Glaubst du das wirklich?« Empörung schwang in ihrer Stimme mit.

Lazarus seufzte. »Nein«, gab er zu. »Ich will einfach nicht, dass du wieder in etwas hineingerätst …«

»Ich gerate in nichts hinein«, versprach Anna. »Was ist schon dabei, wenn ich mich ein bisschen umhöre?«

»Vermutlich nichts, solange du es nicht an die große Glocke hängst.« Er ging an ihrer Seite bis zur Mitte des Hofes, wo die Fuhrwerke des Ordens in der Sonne trockneten. Auf Höhe der Stube der Wöchnerinnen drückte Anna seine Hand und steuerte auf das Gebäude zu, in dem nicht viel von dem strahlenden Sonnenschein zu bemerken war. Der dämmrige Eingangsbereich war kühl und ausgestorben, erst im Obergeschoss traf sie auf die Milchmutter und eine der Hebammen.

»Das zweite tote Kind an einem Tag«, sagte die Milchmutter mit einem Kopfschütteln, als Anna die Kammer der verstorbenen Mutter betrat, die immer noch mit einem Laken zugedeckt auf dem Bett ruhte. Anscheinend hatte niemand es eilig damit, sie aufzubahren. »Ich hoffe, wenigstens seine Seele findet den Weg zu Gott.«

»Oh, das Kind dieser Frau hier war getauft«, meldete sich die Hebamme zu Wort, die vor der Tür mit ihrer Tasche hantierte.

Anna hob erstaunt die Brauen.

Auch die Milchmutter wirkte überrascht.

»Martha, eine der anderen Hebammen, hat es mit einer Taufspritze im Leib der Mutter getauft.«

»Wieso?«, wunderte sich Anna. »Sie konnte doch nicht wissen, dass sie stirbt.« Diese Art der Nottaufe wurde normalerweise nur durchgeführt, wenn zu befürchten war, dass die Schwangere die Geburt nicht überleben würde. Die Taufformel, welche die Hebammen dabei sprechen mussten, lernten sie bei einer Taufprüfung durch einen Pfarrer.

»Die Mutter hat sie wohl darum gebeten«, entgegnete die Hebamme. »Manche spüren, dass ihr letztes Stündlein bald geschlagen hat.«

Anna wandte nachdenklich den Blick ab. Solche Zufälle gab es, redete sie sich ein. Daran war nichts merkwürdig. »Kannst du dir vorstellen, dass eine der Frauen, die im Spital entbunden haben, ihr Kind in die Latrine geworfen hat?«, fragte sie die Hebamme.

Diese zuckte mit den Schultern. »So gut kenne ich die Mütter nicht«, gestand sie. »Viele von ihnen sind bettelarm und verzweifelt. Wer weiß, wozu die Verzweiflung einen treiben kann.«

Diese Antwort hatte Anna befürchtet. Sie musste sich eingestehen, dass sie selbst insgeheim den Verdacht hegte, dass die Kindsmörderin im Spital gewesen war, um zu entbinden. Eine Fremde wäre gewiss nicht so abgebrüht gewesen, das Spital mit einem Kind zu betreten und ohne es zu verlassen. Warum auch? Die Gefahr, dass sie von einem der anderen Insassen dabei ertappt wurde, wie sie das Kind in die Sickergrube warf, war viel zu groß. Da gäbe es außerhalb des Spitals unauffälligere Gelegenheiten. Es musste sich um eine Tat handeln, die spontan begangen worden war. Vermutlich hatte eine der jungen Mütter ihre Notdurft verrichtet und, als sie allein in der Latrine war, die Gelegenheit genutzt, um ihr Neugeborenes loszuwerden. Anna hoffte, dass das Kind tot gewesen war, bevor es in der Kloake versunken war.

»Glaubst du, diese hier hat sich selbst entleibt?«, unterbrach die Milchmutter ihre Gedanken.

»Ob sie den Freitod gewählt hat, das weiß nur Gott«, antwortete die Hebamme.

»Der Arzt hat behauptet, sie wäre an der Starrsucht gestorben.«

»Dann wird es wohl so sein.« Die Hebamme verabschiedete sich mit einem Nicken und verschwand in einer der Kammern.

»Ich weiß, dass Gott die armen Frauen für ihre Sünden bestraft«, sagte die Milchmutter. »Aber manchmal frage ich mich, warum die Väter stets ungeschoren davonkommen.« Mit diesen Worten verließ sie ebenfalls den Raum und machte sich auf zu dem Bereich des Gebäudes, in dem sich die Neugeborenen befanden.

Kapitel 18

»Du kannst nach dem Gebet weitermachen«, hörte Gallus einen der Ordensbrüder sagen, die bei der Sickergrube standen.

Er selbst hielt einigen Abstand zu dem stinkenden Loch, um das zahllose Fliegen schwirrten.

Micha, dem anzumerken war, dass ihm nicht wohl war bei der Aussicht, wieder in die Grube hinabzusteigen, nickte schwach. Während der Bruder in Richtung Spitalkirche davoneilte, hob der Junge eine Schaufel vom Boden auf und rammte sie in den Haufen neben der offenen Luke. Anschließend starrte er missmutig auf den Boden, ehe er zum Turm der Kirche sah.

»He!« Gallus pfiff durch die Zähne.

Micha wirbelte erschrocken herum. Als er Gallus erkannte, breitete sich erst Erleichterung, dann Verwunderung auf seinem Gesicht aus. »Was tust du denn hier?«, fragte er.

»Ich suche dich«, entgegnete Gallus.

Misstrauen trat in Michas Blick. »Wieso?«

»Weil du weißt, wo der Unterschlupf von diesem verdammten Utz ist.«

Micha hob abwehrend die Hände. »Mit dem will ich nichts zu tun haben«, protestierte er. »Ich bin kein Bettler mehr.« Er machte Anstalten, in Richtung Kirche davonzulaufen.

»Warte!« Gallus hielt ihn am Ärmel fest.

»Lass mich!« Micha befreite sich mit einem Ruck. »Wenn ich nicht zum Gebet erscheine, werfen mich die Brüder bestimmt raus.«

Gallus holte ein paar Münzen aus der Tasche. »Ich bezahle dich.«

Micha zögerte.

»Ich will nur wissen, wo diese Mistkerle sich verstecken«, drängte Gallus.

»Weshalb? Du solltest dich besser nicht mit ihnen anlegen.«

»*Sie* haben sich mit *mir* angelegt«, knurrte Gallus. »Dieser verfluchte Utz behauptet, ich würde ihm zwanzig Gulden schulden.«

»Zwanzig Gulden?« Michas Augen weiteten sich. »Wie kommt er denn darauf?«

»Anscheinend wollte er dem Mörder von Bitterlin zwanzig Gulden abknöpfen. Und weil der jetzt tot ist …« Gallus winkte ärgerlich ab. »Dir gibt er genauso viel Schuld«, fügte er warnend hinzu.

»Aber ich habe doch gar nichts getan!«

»Du hast mich zu dem Versteck von dem Kerl geführt«, widersprach Gallus.

Micha stöhnte. Sein Blick wanderte erneut zu der Kirche, deren Pforten sich zum schwächer werdenden Geläut schlossen. »Ich muss gehen!« Ohne auf eine Antwort zu warten, lief er los und schlüpfte, kurz bevor die Tür ins Schloss fiel, in die Kirche.

Gallus verkniff sich einen Fluch. Als die Glocken vollends verstummt waren, beschloss er zu warten, bis Micha zurückkam. Es war einer glücklichen Fügung zu verdanken, dass er ihn so schnell gefunden hatte. Vielleicht war es ein Zeichen Gottes, dass die diebischen Gassenjungen endlich für ihre Taten zur Rechenschaft gezogen werden sollten.

Da der Gestank aus der Sickergrube mit jeder Sekunde schlimmer wurde, zog er sich unter eine Linde zurück, die mitten im Hof stand. Mit einem Prusten ließ er sich auf eine Bank unter dem Baum fallen und sah sich im Hof um. Außer ihm schienen noch einige andere den Ruf der Glocken ignoriert zu haben, auch wenn er sicher war, dass dafür Bußen verhängt wurden. Hinter den Fenstern eines langgestreckten Gebäudes tauchte ein bleiches Gesicht auf, das schnell wieder verschwand. Gallus nahm an, dass es sich um einen der Pfründner handelte, dem der Weg zur Kirche zu mühselig war.

Während er vor sich hinstarrte, schweiften seine Gedanken zum Schwarzen Utz ab, dem er die Pest an den Hals wünschte. Der Bursche war gefährlich, und wenn ihm nicht bald das Handwerk gelegt wurde, würde Gallus in ernsten Schwierigkeiten stecken. Obwohl er versuchte, sich einzureden, dass er leicht mit dem Kerl fertigwerden würde, meldeten sich immer öfter Zweifel. Utz verfügte über zahlreiche Anhänger, wohingegen Gallus alleine war. Wenn er nicht achtgab, landete er womöglich mit durchschnittener Kehle in einem Graben, wo man ihn erst finden würde, wenn die Ratten ihn bis auf die Knochen abgenagt hatten. Lange Zeit hatte die Wut die Furcht verdrängt, doch je länger er über Utz und seine Bande nachdachte, desto klarer wurde ihm, wie vorsichtig er vorgehen müsste. Ohne Michas Hilfe hatte er keine Chance.

Er schrak auf, als sich plötzlich zwei Hennen gackernd zu ihm gesellten. Eine von ihnen fing an, neben der Bank nach Würmern zu picken.

»Verschwinde!« Gallus schob sie mit dem Fuß zur Seite, was ein empörtes Aufplustern zur Folge hatte.

Mürrisch starrte er weiter vor sich hin, bis die Glocken endlich das Ende des Gottesdienstes verkündeten. Als er Micha ausmachte, erhob er sich und eilte auf ihn zu.

»Ich muss die Grube ausschaufeln«, sagte Micha, als Gallus an seiner Seite auftauchte. »Ich kann hier nicht weg.«

»Dann sag mir, wo der Unterschlupf ist!«, forderte Gallus.

»Was hast du vor, wenn du ihn findest?«

»Die Stadtknechte dort hinführen.«

Micha rieb sich die Nase. »Mich erwähnst du mit keinem Wort. Ja?«

Gallus nickte.

»Du musst aufpassen, es steht immer einer Wache davor«, warnte Micha. »Um den Schuppen zu betreten, muss man die Losung kennen.«

»Ich habe nicht vor, höflich anzuklopfen«, knurrte Gallus. »Also? Wo verstecken sich die Kerle?«

Micha beschrieb ihm den Weg. »Utz hat viele Freunde«, sagte er.

»Und mindestens genauso viele Feinde«, entgegnete Gallus. »Er bestiehlt nicht nur die Reichen.«

»Es gibt eine Treppe, die zu einem kleinen Raum führt, in dem das Diebesgut eingeschlossen wird«, sagte Micha und überlegte einen Augenblick. »Was, wenn Utz mich beschuldigt?«

»Keiner wird ihm glauben, wenn sein Diebesnest erst mal ausgehoben ist.«

»Aber ich habe auch für ihn gestohlen.« Sorgenfalten gruben sich in Michas Stirn.

Gallus klopfte ihm beruhigend auf die Schulter. »Glaub mir, er wird andere Probleme haben.«

~

Micha sah Gallus mit gemischten Gefühlen hinterher, als dieser sich Richtung Spitaltor begab. Was, wenn er unrecht hatte? Würden die Stadtwächter Utz glauben, falls er Micha des Diebstahls bezichtigte? Und was war mit dem Mädchen, das immer nett zu Micha gewesen war, als er bei der Diebesbande Unterschlupf gefunden hatte? Würde es mit am Galgen hängen? Dieben, die lediglich Kleinigkeiten stahlen, drohten weitaus geringere Strafen als jemandem wie Utz, der seit langer Zeit die Stadt unsicher machte. Das Diebesgut in dem Raum bei der Treppe würde ein Geständnis überflüssig werden lassen und jeden, der sich mit Utz im Schuppen befand, zum Tode verurteilen.

Michas Magen zog sich zusammen, als er wieder bei der Sickergrube ankam. Widerwillig griff er nach der Schaufel, schob die Gedanken an Utz und seine Helfer beiseite und zog den Hemdkragen über Mund und Nase. Dann kletterte er zurück in die Grube, um sie so schnell wie möglich auszuschaufeln. Das Verteilen der Jauche auf den Feldern konnte warten. Je eher er dieses Höllenloch leerte, desto besser. Während sich die Schaufel in den weichen Morast grub, hoffte Micha, dass ihn darin keine weiteren Überraschungen erwarteten.

Kapitel 19

Als die Kirchturmuhr endlich das Ende des langen Arbeitstages verkündete, war Anna froh, die Siechenstube verlassen zu können. Erschöpft von dem langen Tag, der auch Lazarus zugesetzt hatte, holte sie ihren Korb aus der Apotheke und trat in den schwülen Abend hinaus. Von der vorübergehenden Abkühlung durch das Gewitter war längst nichts mehr zu spüren, die Luft war warm und schwer. Der Gestank der Sickergrube stach ihr in die Nase.

»Der arme Junge«, stellte sie fest, da der Heimlichkeitsfeger immer noch dort schuftete.

»Derlei Arbeit macht demütig«, entgegnete Lazarus.

Anna schüttelte den Kopf. »Er tut mir leid. Ich weiß, wie furchtbar es ist, ein totes Kind zu finden.« Sie selbst war einmal in solch einer Lage gewesen, allerdings hatte ihr damals niemand glauben wollen, da der tote Säugling spurlos verschwunden war.

»Wenigstens hat er Arbeit«, sagte Lazarus. »Er sieht aus wie ein Bettler.«

Anna wandte den Blick von dem Jungen ab und folgte Lazarus zum Tor.

»Der Dünnschiss bereitet mir Sorgen«, brummte dieser, sobald sie auf der Straße standen. »Es werden immer mehr Kranke. Viele haben hohes Fieber, bei manchen ist die Milz geschwollen. Und bei einigen ist der Geist getrübt.«

»Es ist heiß«, gab Anna zu bedenken. »Im Sommer grassiert so was fast in jedem Jahr.«

»Schon«, räumte Lazarus ein, »aber nicht in dieser Heftigkeit.«

»Kann es was mit der vollen Sickergrube zu tun haben?«

Lazarus zuckte mit den Schultern. »Das weiß nur Gott.«

Schweigend legten sie den Weg nach Hause zurück, wo Anna von einer aufgeregten jungen Frau erwartet wurde, die sie als eine der Hübschlerinnen erkannte.

»Dem Himmel sei Dank, da bist du endlich!«, begrüßte die Frau sie. »Wir brauchen dich so schnell wie möglich! Uta fühlt sich furchtbar schlecht! Sie hat Krämpfe und bekommt kaum Luft.«

»Meine Gemahlin hat keine Zeit«, herrschte Lazarus die Hure an.

»Bitte!«, drängte die Frau. »Sonst hilft uns doch keiner. Der Frauenwirt ist zu geizig, um einen Arzt zu holen.«

Als Lazarus erneut den Mund öffnete, kam Anna ihm zuvor. »Lauf zurück, ich folge dir so schnell wie möglich.«

»Der Herr segne dich!«, murmelte die Frau, griff nach Annas Hand und küsste sie. Dann hastete sie davon.

»Es ist spät«, protestierte Lazarus. »Du bist erschöpft. Ich will nicht, dass du schon wieder ins Frauenhaus gehst.«

»Ava wird mich begleiten«, hielt Anna entgegen. »Ich kann die Frauen nicht im Stich lassen, das weißt du.«

Lazarus presste die Lippen aufeinander.

»Ich beeile mich«, versprach Anna, eilte in die Kräuterküche und packte alles ein, was gegen Krämpfe und Atemnot half. Danach suchte sie im Haus nach Ava, um sie zu bitten, mit ihr zu kommen.

Wenig später erreichten die Magd und sie die Gasse, in der sich das Frauenhaus befand, vor dessen Eingang sich zwei Männer unterhielten. Als sie die Frauen sahen, musterten sie sie mit Interesse im Blick, das erlosch, als sie Annas Haube und gerundeten Bauch wahrnahmen.

»Wo ist Uta?«, erkundigte sich Anna, als sie die Stube im Erdgeschoss betrat.

Eine der Frauen, die dort in dünnen Gewändern auf Freier warteten, zeigte mit dem Daumen nach oben. »In ihrer Kammer.«

Ohne auf die unfreundliche Miene des Frauenwirtes zu achten, erklommen Anna und Ava die Treppe und folgten dem dunklen Gang bis zu einer Tür, die nur angelehnt war. In dem Raum dahinter stöhnte jemand.

Die Hübschlerin, die Anna um Hilfe gebeten hatte, saß auf der Kante eines schmalen Bettes, in dem eine bleiche junge Frau lag. Ihre Haut war schweißnass, die Pupillen geweitet. Sie warf sich unruhig hin und her und umklammerte etwas, das auf ihrer Brust lag. Als Anna sich näherte, erkannte sie, dass es sich um ein Amulett handelte. Sie hob verwundert die Brauen. War Luna hier gewesen?

»Kannst du ihr helfen?«, fragte die Hübschlerin ängstlich.

Anna beugte sich über die Kranke und fühlte ihren Puls. Er raste. »Wie lange geht es ihr schon so schlecht?«, erkundigte sie sich.

»Ich weiß nicht. Heute Morgen war sie noch wohlauf.«

»Haut ab! Lasst mich in Frieden!«, wimmerte die Kranke und hob die Hand, als wolle sie jemanden abwehren. Ihr Blick war in eine Ecke der Kammer gerichtet, in der sich nichts befand außer einem Kruzifix. Sie umklammerte das Amulett fester, schloss die Augen und fing an, abgehackte Worte auszustoßen, die keinen Sinn ergaben.

»Wird sie sterben?«, fragte die Hübschlerin bange.

Anna betrachtete die Erkrankte besorgt. Die beschleunigte Atmung, der rasende Puls und die Krämpfe verhießen nichts Gutes. »Ich weiß es nicht«, antwortete sie mit einem Seufzen, entkorkte eine der Arzneiflaschen, die sie mitgebracht hatte, und flößte der Frau ein paar Tropfen davon ein.

Bereits nach kurzer Zeit wurde deutlich, dass das Mittel keine Wirkung zeigte. Die Unruhe der Frau nahm zu, und sie warf sich immer heftiger hin und her. Während sie um Atem rang, wurde ihr Gesicht fahl, und ihre Lippen nahmen eine bläuliche Färbung an. Bald ging ihr Atem nur noch pfeifend, bis sich ihr Brustkorb gar nicht mehr hob und senkte.

»Was ist mit ihr?«, fragte die Hübschlerin entsetzt, als Anna der Kranken eine Feder, die sie stets dabeihatte, unter ihre Nase hielt.

»Ich fürchte, sie ist tot«, sagte sie leise.

»Heilige Jungfrau Maria!«

Anna, in der ein hässlicher Verdacht aufkeimte, löste das Amulett aus den Fingern der Toten und öffnete den kleinen Beutel, der an einer Lederschnur befestigt war. Darin befand sich etwas, das sie als Herz einer Maus erkannte. Sie wusste genau, wozu derlei fauler Zauber dienen sollte: Die junge Frau musste schwanger gewesen sein. Die blau verfärbten Lippen der Verstorbenen im Spital fielen ihr ein. Hatte Luna auch dort die Finger im Spiel gehabt? Verabreichte sie den Schwangeren Gift? Hätte es sich bei der Toten nicht um eine Hure gehandelt, hätte sie Jakob oder Lazarus gebeten, eine Leichenschau zu beantragen. Allerdings wusste sie genau, dass der Rat einer solchen Bitte niemals stattgeben würde. Vermutlich würde sich nicht einmal die Wache darum scheren, dass Uta tot war.

Daher beschloss sie, Luna so bald wie möglich zur Rede zu stellen. Zuvor musste sie jedoch in Erfahrung bringen, ob die verstorbene Schwangere im Spital ebenfalls ein Amulett besessen hatte.

»Jemand muss dem Frauenwirt Bescheid sagen«, stellte die Hübschlerin tonlos fest. »Er muss für ihre Beerdigung sorgen.«

»Ich schicke ihn nach oben«, bot Anna an, sprach ein kurzes Gebet für die Tote und verließ die Kammer. Kurz darauf machte sie sich mit Ava auf den Heimweg.

Die Magd, die all die Zeit über kein Wort gesagt hatte, seufzte. »Gott ist grausam.«

»Das mag uns manchmal so erscheinen«, pflichtete Anna ihr bei. »Aber er hat für jeden von uns einen Plan.«

Ava trottete schweigend neben ihr her, bis sie Annas Haus erreichten. Dort verschwand sie in der Küche, während Anna nach oben in die Stube ging. »Ich bin wieder da«, sagte sie mit einem Lächeln, als Lazarus den Kopf hob. Er saß am Tisch und war damit beschäftigt, Eintragungen in einem kleinen Buch vorzunehmen.

Er wirkte erleichtert, als er Anna sah. »Lass uns zu Abend essen«, schlug er vor, nachdem sie sich auf die gepolsterte Bank hatte sinken lassen. Als sie nichts erwiderte, klappte er das Buch zu und fasste sie forschend ins Auge. »Was ist passiert?«

Anna erzählte es ihm.

»Zwei tote Schwangere an einem Tag?« Er rieb sich nachdenklich das Kinn. »Glaubst du, es gibt einen Zusammenhang?«

»Ich bin mir nicht sicher. Aber ich werde es in Erfahrung bringen.«

Kapitel 20

Obwohl Gallus voller Wut war, stiegen Zweifel in ihm auf, ob er das Richtige tat, als er dem Weg folgte, den Micha beschrieben hatte. Er führte ihn deutlich tiefer in das arme Viertel bei der Stadtmauer, als er gedacht hatte. Die engen Gassen waren zum Teil kaum als solche zu erkennen, überall schienen Buden errichtet worden zu sein, in denen all die Habenichtse der Stadt hausten. Gärten voller Unkraut und Dornengestrüpp machten das Fortkommen nicht immer leicht, und schon bald verlor er die Orientierung. Es dauerte nicht lange, bis er auf den ausgetretenen Pfad stieß, von dem Micha ihm erzählt hatte, und den Baum entdeckte, in dessen Krone ein altes Nest hing.

Bis zum Unterschlupf war es nicht mehr weit. Seine Hand wanderte zu dem Messer an seinem Gürtel, während ihm klar wurde, dass er keinen Plan hatte. Wenn Micha ihn nicht belogen hatte, befanden sich manchmal bis zu zwei Dutzend Gassenjungen in dem Schuppen, dem er sich vorsichtig näherte. Die Bretter, in denen zum Teil Löcher klafften, waren mit Moos bewachsen, das Dach so morsch, dass es an einer Stelle eingefallen war. Jemand schien versucht zu haben, es notdürftig mit Reisig und Ästen zu reparieren, doch dicht war es dadurch gewiss nicht geworden.

Froh über das mannshohe Unkraut, das am Wegesrand wuchs, schlich er dichter heran und entdeckte einen stämmigen Burschen, der Wache hielt. Erstaunt sah er, dass eine junge Frau bei ihm war, deren bunte Gewänder im Licht der tiefstehenden Sonne leuchteten. Ihr dunkles Haar war zu einem kunstvollen Zopf geflochten, den sie über die Schulter nach vorn gelegt hatte. An ihrem Hals funkelte Schmuck, und etwas klimperte, als sie den Arm bewegte. Selbst aus der Entfernung war zu erkennen, dass der Junge sich vor ihr zu fürchten schien, da er darauf bedacht war, genügend Abstand zu ihr zu halten.

In einer von Steinen umgebenen Feuerstelle am Boden loderten Flammen, in die die Frau einen gegabelten Stock hielt.

»Ich beschwöre dich, sommerlange Haselrute«, fing sie an, »durch Gottes Kraft, durch den Gehorsam Jesu Christi von Nazareth, Gottes und Marias Sohn, der am Kreuz gestorben ist, und wieder durch Gottes Macht, durch Gottes Wahrheit, Vater, Sohn und Heiliger Geist, der du die Wahrheit selber bist, so wahr unser lieber Herr Jesus Christi von dem Tode auferstanden ist, dass du mir zeigest, wo Silber oder Gold liegt.« Sie hob den Stecken, der augenblicklich anfing zu zucken, und ging damit zur Tür des Schuppens.

»Das ist weit genug!«, ertönte eine Stimme, die Gallus die Fäuste ballen ließ.

Als der Schwarze Utz ins Freie trat, ließ die Frau den Stock sinken und blickte ihm mit kampfeslustig vorgerecktem Kinn entgegen.

»Ich glaube dir«, tönte Utz und streckte die Hand aus. »Gib mir die Rute!«

»Nicht umsonst«, war die Antwort.

»Was willst du dafür?«

»Etwas von dem Diebesgut, das du da drin hortest.«

Gallus zog erstaunt die Brauen nach oben. Die Frau hatte Mut.

Utz schien ebenfalls überrascht zu sein, da er den Mund öffnete und ihn, ohne ein Wort zu sagen, wieder schloss.

»Etwas mit einem Smaragd würde mir gute Dienste leisten«, setzte die Frau hinzu. »Er ist stark gegen alle Schwächen und Krankheiten des Menschen. Auch gegen die Habgier«, sagte sie mit einem kühlen Lächeln.

Utz' Blick wanderte zu den Amuletten an ihrem Hals. Einige Augenblicke schwieg er, dann ging er zurück in den Unterschlupf und kehrte wenig später mit einem Gegenstand zurück, den er der Frau hinhielt. »Reicht das?«

Sie übergab ihm die Rute. »Du musst die Rute vormittags vor 12 Uhr benutzen«, riet sie ihm. »Hältst du dich daran, wird sie dir unermesslichen Reichtum bescheren. Viel mehr, als du jemals rauben könntest.«

»Du hast ein loses Mundwerk«, knurrte Utz.

»Gib acht, was du sagst«, warnte sie. »Ich könnte meine Kräfte gegen dich verwenden.«

Er hob abwehrend die Hände. »Es war nicht so gemeint«, beeilte er sich zu sagen, überlegte einen Moment und kratzte sich am Kopf. »Kannst du mir so ein Ding herstellen, mit dem jemandem Schaden zugefügt wird?«

»Einen Atzmann?«

Er nickte.

»Wenn du mich bezahlst, mache ich, was du willst«, entgegnete sie. »Solange du nicht von mir verlangst, die Dämonen der Hölle zu beschwören.«

Der Junge, den Gallus für die Wache hielt, bekreuzigte sich und sah mit furchtsamer Miene zum Himmel.

»Was verlangst du dafür?«, erkundigte sich Utz.

»Einen Schilling.«

»Spinnst du?«

»Willst du den Atzmann oder nicht?«

Utz murmelte etwas, was Gallus nicht verstand. Die Unterhaltung gefiel ihm ganz und gar nicht. Mit einem Atzmann, einer Puppe aus Wachs oder Stroh, konnte man jemand anderem Schaden zufügen. Die Dinge, die man dem Atzmann antat, widerfuhren auch dem Ziel des Schadenszaubers, und Gallus hatte eine ziemlich genaue Vorstellung davon, um wen es sich bei diesem Ziel handelte. »Der Teufel soll dich holen!«, murmelte er. Auf keinen Fall durfte er zulassen, dass dieser verdammte Utz in den Besitz einer solchen Puppe gelangte!

Da er gefunden hatte, wonach er gesucht hatte, beschloss er, sich zurückzuziehen und zum Wachhaus zu laufen. Wenn Utz und seine Bande erst im Loch saßen, würde ihnen der schönste Atzmann nichts nutzen, weil man ihnen alle Habseligkeiten abnehmen würde. Nach einem letzten Blick auf die Zauberin machte er kehrt und fing an zu laufen, sobald er eine breitere Gasse erreichte.

Wenig später langte er bei der Wachstube beim Rathaus an, die er atemlos betrat.

Zwei Stadtwächter saßen am Tisch und spielten Karten.

»Was gibt's?«, fragte einer von ihnen uninteressiert.

»Ihr müsst mitkommen!«, schnaufte Gallus.

»Wieso?« Der Ältere fasste Gallus genauer ins Auge. »Bist du nicht der Stadtpfeifer?«

»Der bin ich, und ich habe den Unterschlupf einer Diebesbande gefunden!«, stieß er hervor.

Die Männer legten die Karten nieder. »Einer Diebesbande? Wo?«

»Im Fischerviertel.«

Das Interesse erlosch. »Du meinst die Gassenbengel?«

Gallus nickte. »Ihr wisst, wo sie hausen?«

»In etwa.«

»Dann müsst ihr sie verhaften!«

»Warum?«

»Weil sie stehlen!«

»Diejenigen, die wir auf frischer Tat ertappen, bekommen ihre Strafe«, war die ungerührte Antwort.

»Aber sie horten das Diebesgut in ihrem Unterschlupf!«, drängte Gallus.

»Wer sagt das?«

»Einer, der früher …« Gallus brach den Satz ab. Wie sollte er erklären, was Micha ihm berichtet hatte, ohne den Jungen in Schwierigkeiten zu bringen?

»Einer, der …?« Der Ältere machte eine Handbewegung, um ihn zum Weitersprechen zu ermuntern.

»Ich weiß es eben«, sagte Gallus.

»Die Bengel sind der Mühe nicht wert«, brummte der Jüngere. »Wir haben ein Auge auf sie, und das wissen sie. Solange sie sich im Fischerviertel rumtreiben, geht es uns nichts an.«

»Aber …«

»Hast du nichts zu tun?«, unterbrach der Ältere ihn. »Geh pfeifen, oder was auch immer du tust, wenn du nicht unsere Zeit stiehlst.«

Gallus spürte Ärger in sich aufsteigen. »Sie haben mit Bitterlins Mörder unter einer Decke gesteckt!«, platzte es aus ihm heraus.

Die Männer lachten. »Sicher haben sie das. Und mit dem Nachtschrat stecken sie auch unter einer Decke. Mach dich nicht lächerlich, Mann!«

Gallus begriff, dass alles Reden keinen Zweck hatte. Die Kerle wollten in Ruhe Karten spielen und hatten beschlossen, ihm kein Wort zu glauben. »Ihr werdet schon noch sehen, dass ich recht habe!«, knurrte er und stürmte aus der Stube. »Deppen!«, schimpfte er und begriff, dass es nur einen Ausweg gab.

Kapitel 21

Am nächsten Morgen war Anna unausgeschlafen und erschöpft, weil das Kind in ihrem Bauch sie die halbe Nacht mit Tritten wachgehalten hatte. Mit einem Gähnen reckte sie die steifen Glieder, wusch sich und stocherte kurz darauf lustlos in ihrem Haferbrei. Zwar litt sie bereits seit einiger Zeit nicht mehr unter Übelkeit, dennoch verspürte sie oft wenig Lust auf etwas zu essen.

Lazarus, der in Gedanken vertieft mit dem Milchkrug spielte, hob den Blick, als sie ihre Schale von sich schob und sich mit einem Seufzen auf der Bank zurücklehnte.

»Geht es dir gut?«, fragte er besorgt. »Du bist bleich im Gesicht.«

»Ich habe nicht besonders gut geschlafen«, gestand Anna und streichelte über ihren Bauch. »Das Kind«, erklärte sie.

»Stimmt was nicht?«, fragte er besorgt.

»Es ist alles völlig normal«, sagte sie und lächelte.

Er wirkte erleichtert. »Ich habe über die toten Frauen nachgedacht«, sagte er nach einigen Augenblicken des Schweigens.

Anna sah ihn erwartungsvoll an.

»Blaue Lippen sind ein Zeichen dafür, dass sie erstickt sind«, fuhr er fort. »Und das erscheint mir sonderbar.«

»Mir auch«, pflichtete Anna ihm bei.

»Könnte es sein, dass die Kindsväter etwas damit zu tun haben?«

Anna schüttelte den Kopf. »Da war kein Mann, als ich im Frauenhaus war.«

»Vielleicht war er schon wieder fort.«

Anna biss sanft auf ihre Wange. »Ich weiß nicht …«, murmelte sie. »Ich glaube eher, diese Luna steckt dahinter.« Sie steckte eine Strähne zurück unter die Haube, aus der sie sich gelöst hatte. »Und das macht mir ernsthafte Sorgen.«

»Weil sie bei den Beginen wohnt?«

Anna nickte. »Was soll ich tun, wenn sich mein Verdacht erhärtet?«

»Ihn dem Hauptmann mitteilen.«

»Und wenn ich falschliege?«

Lazarus griff nach ihrer Hand. »Du solltest auf keinen Fall etwas überstürzen. Mir wäre es am liebsten, du würdest dich von dieser Frau fernhalten.«

»Sie ist keine Zauberin«, schnaubte Anna. »Das ist nichts als Aberglaube. Sie verkauft den Frauen nutzloses Zeug für teures Geld.«

»Wenn es nutzlos ist, richtet es keinen Schaden an.«

»Und wenn doch?«

Lazarus seufzte. »Sei vorsichtig«, bat er und schielte auf ihren Bauch. »Ich will nicht, dass dir oder dem Kind was passiert.«

»Das wird es nicht«, versprach Anna, leerte den letzten Schluck warme Milch und erhob sich, um sich mit ihm auf den Weg zum Spital zu machen. Dort angekommen erwartete sie ein heilloses Durcheinander. Im größeren der beiden Höfe hatte sich eine Eimerschlange vom Brunnen zu einem kleinen Gebäude neben der Spitalschmiede gebildet, dessen Dach in Flammen stand. Offenbar war ein Funken übergesprungen und hatte den Brand ausgelöst. Der dicke Qualm wurde vom Wind, der das Feuer anfachte, in alle Richtungen zerstreut.

»Beeilt euch! Trödelt nicht so!«, brüllte einer der Ordensbrüder. »Das Feuer darf nicht übergreifen!«

Ohne zu zögern, liefen Anna und Lazarus zum Brunnen und reihten sich in die Schlange ein. Die nächste Stunde waren sie damit beschäftigt, Eimer zur Schmiede zu schleppen, um den Brand unter Kontrolle zu bringen. Als die letzte Flamme schließlich erlosch, fing die Glocke an zu läuten.

»Dem Herrn sei Dank!«, hörte Anna den Magister Hospitalis sagen, der ebenfalls mit angepackt hatte.

Nahezu alle, die kräftig genug waren, einen Eimer zu halten, waren im Hof versammelt.

»Das hätte böse ausgehen können«, murmelte einer der Insassen. »Bei dem Wind …«

»Räumt alles auf!«, befahl der Magister Hospitalis. »Die Arbeit muss weitergehen!« Er winkte einen Mann zu sich, der an seiner Lederschürze als Schmied zu erkennen war, und redete aufgebracht auf ihn ein.

Der Schmied verteidigte sich mit empörter Miene, doch nach einem kurzen, heftigen Streit, nahm er die Schürze ab, pfefferte sie auf den Boden und stürmte in Richtung Tor davon.

»Jetzt hat er den Schmied verjagt«, murrte einer der Knechte. »Wer soll jetzt die Werkzeuge reparieren?«

»Wer schon?«, maulte ein zweiter Knecht. »Wir natürlich.«

Anna und Lazarus brachten die Eimer zurück zum Brunnen und trennten sich. Lazarus machte sich auf zur Siechenstube, während Annas Weg sie zur Stube der Wöchnerinnen führte. Dort hatte sie Luna verschwinden sehen, als sie den Hof betreten hatte. Sie fragte sich, warum die Frau nicht beim Löschen geholfen hatte. Führte sie etwas im Schilde und die Ablenkung kam ihr gelegen? Wollte sie ihre Spuren verwischen? Mit einem unguten Gefühl im Bauch eilte Anna die Treppe hinauf zur Kammer der verstorbenen Schwangeren, die immer noch nicht aufgebahrt worden war. Von Luna war weit und breit keine Spur zu entdecken.

Als Anna die Tür hinter sich schloss, rümpfte sie die Nase. Zwar war der Leichnam inzwischen gewaschen worden, dennoch wurde es höchste Zeit, ihn zu beerdigen. Ein Schwarm Fliegen erhob sich von dem weißen Tuch, mit dem die Tote bedeckt war, und schwirrte zu dem winzigen, offen stehenden Fenster, durch das der Geruch von Rauch in die Kammer drang. Nach kurzem Zögern ging Anna zum Bett, hob das Leichentuch an und wurde schnell fündig. Am Hals der Verstorbenen hing ein Lederbeutel, in dem sie eine Vogelkralle, mehrere Steine und eine Feder fand. Kopfschüttelnd ließ sie das Tuch wieder fallen und verließ die Kammer. Vor der Tür atmete sie ein paarmal tief ein und aus, um den schweren, süßlichen Geruch zu vertreiben, der ihr in der Nase haftete. Allerdings schien er sie bis auf den Gang zu verfolgen, und sie fragte sich, wann der Totengräber den Leichnam abholen würde, um ihn in einem Armengrab zu beerdigen.

Als am Ende des Ganges eine Gestalt auftauchte, erkannte sie in ihr eine der Hebammen. Es musste sich um Martha handeln, die Frau, die das Kind der toten Schwangeren in deren Leib getauft hatte. Mit wenigen langen Schritten war sie bei ihr und fragte: »Bist du Martha?«

Die Hebamme, eine kräftige Frau mit einem gutmütigen, runden Gesicht, nickte. »Du bist Schwester Anna«, stellte sie fest.

»Ich bin keine Begine mehr.« Anna zeigte auf ihren Bauch. »Kann ich dich was fragen?«

Martha lächelte ihr ermunternd zu.

»Warum hast du das Kind der Verstorbenen getauft? Die Milchmutter meinte, sie wäre stark und zuversichtlich gewesen.«

Martha zuckte mit den Schultern. »Die Schwangere hat mich darum gebeten«, entgegnete sie. »Sie wollte sichergehen, dass der Seele ihres Kindes nichts zustoßen kann bei der Geburt.«

Anna runzelte die Stirn. »Hat sie über Unwohlsein geklagt?«

»Das Übliche.« Martha machte Anstalten, in eine der Kammern zu gehen.

Einen Augenblick war Anna versucht, sie aufzuhalten, weil sie plötzlich den Drang verspürte, ebenfalls ihre Hilfe zu erbitten. Doch sie biss sich auf die Zunge und schalt sich eine Närrin. Ihrem Kind würde nichts zustoßen. Sie war noch Monate von der Niederkunft entfernt, eine Taufe vermutlich viel zu früh. *Gott wird mich beschützen,* dachte sie und schob die Sorgen beiseite, als Martha eine Tür öffnete, hinter der eine der Wöchnerinnen stöhnte.

Ein schwerer, würziger Geruch strömte aus der Kammer, und Anna hörte eine Frauenstimme sagen: »Stora, stora, rohla.«

Ohne nachzudenken, folgte sie Martha in die Kammer, in der sie Luna bei einer Schwangeren vorfand, die offenbar kurz vor der Niederkunft stand. Luna hielt der Gebärenden einen Becher an den Mund, aus dem diese in kleinen Schlucken trank. Auf der Brust der Schwangeren lag ein Amulett, das sie fest umklammert hielt.

»Was gibst du ihr da?«, fragte Anna scharf, eilte zum Bett und griff nach dem Becher.

Ein Teil des Inhalts schwappte über.

»Was soll das?« Luna richtete sich auf und funkelte Anna empört an. »Wieso mischst du dich ein?« Ihr Blick fiel auf Annas Bauch.

Anna antwortete nicht. Stattdessen entwand sie Luna den Becher, hob ihn an die Nase und schnupperte am Inhalt. Zu ihrer Verwunderung roch dieser nach Wein, Melisse, Lavendel, Zimt und Fenchel – eine Mischung, die sie selbst auch schon zubereitet hatte. Dieser Trank half Frauen in Kindsnöten bei der Geburt.

Die Gebärende stieß einen Schrei aus, der Martha alarmierte. »Lasst mich zu ihr!«, befahl sie, entblößte den Unterleib der Frau und öffnete ihre Tasche. »Das Kind kommt.«

Kapitel 22

WÄHREND MARTHA DIE Beine der Gebärenden weiter spreizte, packte Anna Luna am Arm und zog sie zur Tür. »Ich muss mit dir reden!«

»Sie soll hierbleiben!«, wimmerte die Schwangere. »Sonst wirkt der Schutzzauber nicht.«

»Der Zauber ist mächtig«, versicherte Luna, machte sich von Anna los und folgte ihr auf den Gang hinaus. »Was soll das? Wer bist du?«

»Ich bin Anna Ehinger.«

»Wie schön für dich.«

»Ich war früher eine Begine.«

Luna zuckte mit den Schultern. »Und?«

»Und du bist eine Betrügerin. Was hast du den Frauen gegeben?«

»Welchen Frauen?«

»Den Frauen, die gestorben sind.«

Luna verschränkte die Arme vor der Brust. »Willst du mir was unterstellen?«

»Ich war im Frauenhaus«, zischte Anna. »Ich habe das Amulett gesehen.« Sie zeigte zu der Kammer, in der die Tote lag. »*Sie* hatte ebenfalls ein Amulett. Jetzt sind beide tot.«

»Viele Leute kaufen Amulette bei mir.«

»Ach ja?«

»Ja. Sie bieten ihnen Schutz.«

»Nur Gott kann die Menschen beschützen!« Anna stach mit dem Finger nach Lunas Brust. »Du nutzt die Gastfreundschaft der Beginen aus, und das gefällt mir nicht.«

»Es ist mir gleich, was dir gefällt«, gab Luna spitz zurück. »Die Beginen vertrauen mir, sie haben mich um Hilfe bei der Herstellung von Tränken und Salben gebeten.«

Anna biss die Zähne zusammen. »Woher weißt du, was für Kräuter die richtigen sind?«

»Das habe ich von meiner Mutter gelernt.«

»War sie auch so eine wie du?«

»So eine *was*?«

»Eine, die Leichtgläubigen faulen Zauber verkauft.«

»Was meine Mutter war, geht dich nichts an!«, fauchte Luna.

»Wenn ich rausfinde, dass du den Frauen etwa Giftiges gegeben hast ...«, drohte Anna.

»Diese hier ist an der Starrsucht gestorben«, fiel Luna ihr ins Wort und zeigte den Gang entlang. »Das hat jedenfalls der Arzt behauptet. Wem wird man wohl eher glauben? Dir oder einem gelehrten Bruder?« Sie bedachte

Anna mit einem abfälligen Blick. »Plustere dich bloß nicht so auf! Du bist kein bisschen anders als ich!«

»Ich begehe keinen lästerlichen Frevel!«, empörte sich Anna.

»Ich genauso wenig. Ich rufe bei allem, was ich tue, Gott um Hilfe an!« Sie schob Anna beiseite und eilte zurück zu der Kammer, in der das Schreien der Gebärenden immer lauter wurde. »Komm mir nicht noch mal in die Quere!«, warnte sie. »Sonst wirst du es bereuen!«

Anna hielt sich nur mit Mühe davon ab, ihr hinterherzulaufen und sie … *was?*, dachte sie ärgerlich. Welche Beweise hatte sie denn? Ihr Verdacht fußte lediglich auf ihrem Misstrauen Luna gegenüber. Vielleicht war sie tatsächlich unschuldig. Während die Schreie in der Kammer immer schriller wurden, verwünschte Anna ihr unüberlegtes Handeln und beschloss, zu Lazarus in die Siechenstube zu gehen. Die Alten und Kranken benötigten ihre Hilfe, und die Gebärende war bei Martha in guten Händen. Was auch immer Luna vorhatte, heute würde sie keine Gelegenheit dazu finden. In Gedanken bei den toten Frauen, überquerte Anna den Hof und schnappte nach Luft, als sie die Siechenstube betrat. Der Gestank, der ihr entgegenschlug, raubte ihr den Atem. Erschrocken bemerkte sie, dass sich seit dem Vortag die freien Betten gefüllt hatten. Ein Helfer kam ihr mit einem vollen Nachttopf im Arm entgegen, den er vermutlich zur Sickergrube bringen wollte.

Hastig trat Anna zur Seite und hielt Ausschau nach Lazarus. Sie entdeckt ihn im hinteren Teil der Stube, wo er damit beschäftigt war, einem Mann mittleren Alters ein Klistier zu setzen. Nicht weit entfernt von ihm hantierte

Bruder Michael mit einer Fliete – einem breiten Messer, das für den Aderlass verwendet wurde.

»Anna!« Als Lazarus sie bemerkte, winkte er sie zu sich. »Ich brauche Brechmittel«, bat er. »Es werden immer mehr Kranke. Einigen geht es sehr schlecht.«

Anna ließ den Blick durch den Teil der Stube schweifen, in dem sie sich befand. Dutzende von Insassen lagen teils heftig schwitzend in den Betten, die sich einige von ihnen teilen mussten. Manche krümmten sich stöhnend zusammen, andere saßen splitternackt auf einem Nachttopf. Die Seuche schien das Spital mit voller Wucht getroffen zu haben. Sie hoffte, dass Gott Lazarus und sie davor bewahren würde, ebenfalls zu erkranken.

»Vater unser, der du bist im Himmel«, hörte sie einen der Kranken leise beten. Sein Gesicht war bleich, und er wurde von einem trockenen Husten geplagt. Die Arme, auf denen sich ein roter Ausschlag ausgebreitet hatte, hatte er blutig gekratzt.

Eilig bereitete sie warmes Wasser mit Honig und Senf zu, das sie den Kranken in großen Schlucken einflößte. Das Brechmittel fing schon bald an, Wirkung zu zeigen, doch Anna war nicht sicher, ob das Leiden dadurch ein Ende finden würde.

Der Rest des Morgens verging wie im Flug, da noch weitere Kranke in die Siechenstube gebracht wurden.

»Ich verstehe es nicht«, seufzte Lazarus kurz nach dem Stundengebet der Sext. »Wie kann sich die Krankheit so schnell ausbreiten? Und warum scheinen manche davon verschont zu bleiben?«

Darauf wusste Anna keine Antwort, allerdings fiel ihr auf, dass unter den Kranken kein einziger reicher Pfründner war. Als sie Lazarus diese Beobachtung mitteilte, rieb er sich das Kinn. »Du hast recht«, murmelte er.

»Aber was bedeutet das?«

»Ich bin mir nicht sicher«, entgegnete er, »aber ich habe einen Verdacht. Mach noch mehr Brechmittel. Ich bin gleich wieder da.« Er wusch sich die Hände in einer Schüssel mit warmem Wasser, wandte sich von dem Lager des Kranken ab und steuerte auf die Tür der Stube zu.

Als Lazarus die Siechenstube verließ, blinzelte er geblendet in die Sonne, die in der Stube kaum zu sehen war. Durch die schmalen Fenster dort fiel nur wenig Licht in die Bereiche für die Kranken, um ihren Schlaf nicht zu stören. Annas Beobachtung hatte ihn auf einen Gedanken gebracht, den er überprüfen wollte. Zwar waren Bruder Michael und der Magister Hospitalis der Ansicht, dass es sich bei der Seuche um eine Strafe Gottes für den sündigen Lebenswandel der Kranken handelte, doch die zunehmende Anzahl von erkrankten Ordensbrüdern strafte diese Ansicht Lügen. Die Tatsache, dass kein einziger reicher Pfründner erkrankt war, konnte nur bedeuten, dass die Ursache des Übels in der Küche zu finden war. Denn die Pfründner verfügten über einen eigenen Kochbereich in ihrem Wohngebäude, wohingegen die Mönche und der Rest der Insassen in der großen Gewölbeküche bekocht wurden.

Zielstrebig überquerte er den Hof, in dem ein halbes Dutzend Helfer nach wie vor damit beschäftigt war, den Ruß und die Asche zu beseitigen, die der Brand verursacht hatte. Das Dach des Gebäudes war eingefallen, doch zum Glück schien es keine Glutnester mehr zu geben. Hätte sich das Feuer weiter ausgebreitet, wären die Folgen für das Spital katastrophal gewesen. Obwohl Lazarus den Magister Hospitalis nicht ausstehen konnte, verstand er dessen Zorn auf den Schmied.

Als er das Hauptgebäude erreichte, machte er sich, ohne zu zögern, auf ins Gewölbe, in dem es heiß und stickig war. Über verschiedenen Kochstellen hingen große Kessel, auf einem Tisch kühlten frisch gebackene Brotlaibe ab. Die Küchenhelfer waren so beschäftigt, dass sie Lazarus erst bemerkten, als er einen von ihnen am Arm berührte.

»Wo ist Bruder Martin?«, erkundigte er sich.

»In seiner Zelle. Er hat sich nicht gut gefühlt.«

»Ist er krank?«

Der Bursche hob eine Schulter. »Weiß ich nicht.« Mit diesen Worten ließ er Lazarus stehen und eilte zu einem der Kessel, um darin zu rühren.

Lazarus ließ den Blick durch die Küche schweifen, allerdings konnte er auf die Schnelle nichts erkennen, was auf die Quelle der Krankheit hinwies. Es konnte alles sein, doch er vermutete, dass es sich um eine giftige Pflanze aus den Gärten des Spitals handelte. Während seines Studiums in Rom hatte Lazarus von solchen Fällen gehört und wusste, dass derlei Durchfallseuchen oft zahlreiche Todesfälle zur Folge hatten. Wenn er nicht bald herausfand, warum es immer mehr Insassen schlecht ging, würde schon bald das halbe Spital in der Siechenstube liegen. Mit einem Seufzen verließ er das Gewölbe und begab sich nach oben, wo er wenig später den Bereich betrat, in dem sich die Zellen der Ordensbrüder befanden. Er war noch nicht weit gekommen, als ihm der Magister Hospitalis in den Weg trat.

»Lazarus«, sagte er kühl. »Was hast du hier zu suchen?«

»Ich suche Bruder Martin«, entgegnete Lazarus.

»Weshalb? Du weißt, dass der Zutritt zu diesem Bereich nur Brüdern gestattet ist.«

»Es ist wichtig.« Lazarus machte Anstalten, am Spitalmeister vorbeizugehen, doch dieser hielt ihn zurück.

»Verlass das Gebäude!«, sagte der Magister Hospitalis scharf.

»Wenn ich nicht mit Bruder Martin rede, sterben Insassen!«

»Was ist das für ein Unfug?« Er funkelte ihn wütend an. »Versuchst du schon wieder, mir zu schaden?«

»Was hat das denn mit dir zu tun? Es grassiert eine Seuche im Spital, und vielleicht kann ich ihr Einhalt gebieten, wenn ich Bruder Martin ein paar Fragen stelle«, knurrte Lazarus.

»Nur Gott kann diese Geißel von uns nehmen«, war die hochmütige Antwort. »Ich sage es nicht noch mal. Verlass das Gebäude, oder ich muss den Torhüter holen!«

Kapitel 23

Obwohl Lazarus vor Wut am liebsten etwas Unbedachtes getan hätte, zwang er sich zur Ruhe, machte auf dem Absatz kehrt und stürmte aus dem Gebäude. Die Sturheit des Magister Hospitalis kostete womöglich Menschenleben, und er musste alles in seiner Macht Stehende unternehmen, um Schlimmeres zu verhindern. Als er zurück in den Hof trat, fiel sein Blick auf die Sickergrube der Latrine, die immer noch nicht ganz geleert zu sein schien. Eine Schubkarre stand neben der offenen Luke, in der ein Schopf zu sehen war. Der Gestank, der noch schlimmer war als normalerweise und von dort durch das ganze Spital wehte, war ein Hinweis darauf, wie weit sich die Krankheit bereits verbreitet hatte. Ein furchtbarer Verdacht keimte in ihm auf. Wollte jemand den Insassen des Spitals bewusst schaden? Gab es einen Zusammenhang zwischen der Seuche und der toten Schwangeren? Hatte Anna doch recht, und diese Luna steckte hinter allem? War sie mit dem Bösen im Bunde? Er vertrieb den Gedanken und ging zurück zur Siechenstube, weil ihm ein Einfall gekommen war. Wenn er herausfand, welcher der Kranken als Erster behandelt worden war, konnte dieser ihm vielleicht seine Fragen beantworten. Obwohl er sich an den meisten Tagen bemühte, sich von Bruder Michael und dem Wundarzt fernzuhalten, suchte er nun beide auf und erhielt die Auskunft, die er benötigte.

»Ich bin mir zwar nicht ganz sicher«, sagte der Wundarzt, »aber ich glaube, dieser dort war der Erste.« Er zeigte auf einen hageren Mann, der bleich und zitternd in einem der Bettkästen lag.

Als Lazarus sich dem Kranken näherte, nahm er einen säuerlichen Geruch wahr, den dessen Körper ausströmte.

Der Mann schien starke Schmerzen zu leiden, da er immer wieder stöhnte und die Hand auf seinen Unterbauch presste. Ein Nachttopf stand neben seinem Lager, und Lazarus sah, dass die Ausscheidungen blutig waren.

»Kannst du mich hören?«, fragte er und griff nach dem Handgelenk des Kranken, um seinen schwachen Puls zu fühlen.

Der Mann nickte schwach.

»Wie lange bist du schon krank?«, wollte Lazarus wissen.

Zuerst bekam er keine Antwort, dann flüsterte der Kranke: »Seit zwei Wochen.«

»Kannst du dich erinnern, etwas gegessen oder getrunken zu haben, nach dem du dich plötzlich schlecht gefühlt hast?«

Ein schwaches Kopfschütteln.

»Hast du dir einen Trank von jemandem bereiten lassen?«

»Einen Trank?« Der Mann war so schwach, dass Lazarus ihn kaum verstehen konnte.

»Hast du die Zauberin aufgesucht?«

Ein weiteres Kopfschütteln. »Ich habe nur ein paar Erdbeeren aus dem Garten genommen«, wisperte der Mann. »Straft Gott mich deswegen so hart?«

Lazarus runzelte die Stirn. Wenn die Erdbeeren direkt

aus dem Garten gekommen waren, erschien es ihm unwahrscheinlich, dass sie vergiftet gewesen waren. »Hast du sie selbst gepflückt?«

»Ja.«

Zu seinem Verdruss musste sich Lazarus eingestehen, dass ihn die Fragen nicht weiterbrachten. Der Mann war in furchtbarem Zustand, alle Anzeichen deuteten darauf hin, dass er die nächsten Tage nicht überleben würde. Der blutige Stuhl und die Schmerzen in seinem Unterleib ließen ihn Schlimmes befürchten. An den Armen des Kranken leuchtete ein roter Ausschlag, seine Zunge zeigte einen weißlichen Belag. Das Fieber, das in ihm brannte, ließ ihn im einen Moment schwitzen, im anderen zittern wie Espenlaub.

»Kannst du ein Bittgebet für mich sprechen?«, bat der Kranke schwach. »Ruf die Heiligen für mich an!« Er griff nach Lazarus' Hand.

Lazarus erschrak über die Hitze, die er ausstrahlte.

»Hast du was rausgefunden?«, ertönte Annas Stimme plötzlich hinter ihm.

»Ich bete für dich«, versprach er dem Kranken, erhob sich und zog Anna von dem Lager weg. »Ich glaube, sie haben etwas Giftiges gegessen.«

»Alle?« Annas Augen weiteten sich ungläubig.

»Anders kann ich es mir nicht erklären.«

»Der Dünnschiss grassiert jeden Sommer«, wandte Anna ein. »Vielleicht ist es eine Prüfung Gottes.«

»Das denkt der Magister Hospitalis auch«, brummte Lazarus. »Er glaubt, dass Gebete ausreichen, um die Geißel von uns zu nehmen.«

»Und was glaubst du?«

»Ich weiß nicht, was ich glauben soll«, seufzte er. »Vielleicht sehe ich Gespenster.«

»Könnte Luna was damit zu tun haben?«

»Das habe ich mich auch schon gefragt.« Er rieb sich das Kinn. »Aber es gibt keinerlei Hinweise darauf. Vermutlich ist sie nichts weiter als eine Betrügerin.«

»Ich traue ihr nicht«, sagte Anna. »Wir sollten ein Auge auf sie haben.«

»Ich sage es ungern«, seufzte Lazarus, »doch ich fürchte, du hast recht.« Er warf einen letzten Blick auf den Kranken, dessen Lider inzwischen geschlossen waren. Sein Atem war flach, das Ende schien nah zu sein. »Hast du das Brechmittel zubereitet?«, erkundigte er sich.

»Mehr als genug für alle«, entgegnete Anna. »Falls es noch mehr werden.« Sie ließ den Blick durch die volle Stube schweifen.

»Ich bete, dass das nicht passiert«, murmelte Lazarus. »Sonst fange auch ich an zu fürchten, dass Gott das Spital für etwas strafen will.« Er betrachtete Annas Bauch.

»Du glaubst, *wir* könnten der Grund dafür sein?«, hauchte Anna.

Lazarus zuckte mit den Schultern. »Falls es eine Strafe Gottes ist …«

Anna schüttelte heftig den Kopf. »So was darfst du nicht denken! Wir haben nichts Unrechtes getan! Der Orden hat dein Gelübde gelöst.«

»Ich bin mir nicht sicher, ob Gott das ebenfalls so sieht«, sagte Lazarus bedrückt. »Lass uns zurück an die Arbeit gehen.«

Die nächsten Stunden kam er kaum dazu, Atem zu schöpfen. Es war schier unmöglich, das Leid der Kranken zu lindern, und gegen Abend starb der Mann, den er befragt hatte. Dessen Bauch war aufgedunsen, die Laken blutig, und Lazarus nahm an, dass die Krankheit seinen Darm beschädigt hatte. Zwei weitere Insassen waren im Lauf des Tages der Seuche erlegen, ihre Körper bereits gewaschen und in Leichentücher eingenäht worden. In nächster Zeit würde der Totengräber viel zu tun haben, fürchtete Lazarus, dessen Stimmung niedergedrückt war, als er sich schließlich mit Anna auf den Heimweg machte. Zu Hause verschwand Anna in der Kräuterküche, und Lazarus beschloss, sich um dringende Briefe zu kümmern. Durch die Steuerzahlung hatte die Haushaltskasse ein beträchtliches Loch bekommen, doch er war froh, dass sein Schwager ihn rechtzeitig über den fälligen Betrag in Kenntnis gesetzt hatte. So war er nicht von der Erhebung überrascht worden wie viele andere in der Stadt. Bevor er sich an den Stubentisch setzte, öffnete er eines der kleinen Fenster, allerdings brachte die warme Luft nicht die gewünschte Erfrischung. Der schwache Wind ließ die trockenen Blätter der Bäume rascheln und sandte einige davon zu Boden, als hätte der Herbst verfrüht Einzug gehalten. Lazarus hoffte inständig auf ein weiteres Gewitter ohne Hagel, damit das Korn auf den Feldern nicht vertrocknen würde. Während seine Gedanken immer wieder zu der geheimnisvollen Seuche abschweiften, die nur das Spital heimzusuchen schien, spitzte er einen Federkiel an und öffnete ein Tintenfass.

Kapitel 24

JAKOB EHINGER WAR FROH, als er an diesem Abend endlich den eigenen Hof betrat. Auch der zweite Tag der Steuereintreibung war anstrengend und viel zu lang gewesen, doch in der Ratssitzung am nächsten Morgen würde er sich damit brüsten können, alle Schuldner zur Kasse gebeten zu haben. Die Anzahl derer, die nicht bezahlen konnten, war geringer als im Vorjahr, was Jakob in gutem Licht erscheinen lassen würde. Obwohl er ein paar Mitglieder einflussreicher Familien verärgert hatte, war er zuversichtlich, dem Posten des Kämmerers einen Schritt nähergekommen zu sein. Erschöpft machte er sich auf den Weg zu dem großen Tor, das in die Halle führte, wurde jedoch nach wenigen Schritten von einem Knecht abgefangen.

»Herr!«, rief er und winkte ihn zum Stall.

Mit einem Seufzen ging Jakob zu ihm. »Was ist?«

»Vier der Pferde haben Würmer«, ließ der Knecht ihn wissen. »Sie husten, und ihr Fell wird immer struppiger. Eine der Stuten hat eine Kolik.« Er zeigte auf den hinteren Teil des Hofes, wo ein Bursche ein Pferd im Kreis herumführte. »Was soll ich tun?«

Jakob verkniff sich einen Fluch. Das hatte ihm gerade noch gefehlt. Erst im letzten Sommer hatte er mehrere Pferde durch Wurmbefall verloren. Er runzelte die Stirn, als er sich an die Worte des Stadtknechts erinnerte, der ihn bei der Eintreibung begleitet hatte. War nicht die Rede davon gewesen, dass die Frau im Frauenhaus das Pferd seines Schwagers von Würmern befreit hatte? Er glaubte keinen Augenblick daran, dass es sich um eine Zauberin handelte, doch er hatte schon oft von Leuten gehört, die Tiere durch Pflaster oder Sprüche geheilt hatten.

»Wir haben den Stall bereits ausgeräuchert und einen Priester geholt, der Weihwasser verspritzt hat«, ließ ihn der Knecht wissen. »Aber es scheint alles nicht zu helfen.«

Jakob schürzte nachdenklich die Lippen.

»Es gibt eine Frau bei den Beginen …«, hob der Knecht an.

Jakob runzelte die Stirn. »Bei den Beginen?«

»Man erzählt sich in der Stadt, dass sie magische Kräfte hat«, setzte der Mann ehrfürchtig hinzu. Allem Anschein nach sprach er von der Frau, die Jakob im Frauenhaus getroffen hatte. Solche Nachrichten verbreiteten sich unter den abergläubischen Ulmern wie ein Lauffeuer, und Jakob wunderte sich, dass die Pfaffen bislang nicht vom Rat gefordert hatten, der Zauberin Einhalt zu gebieten. Er verzog das Gesicht. Vermutlich nahmen sie selbst ihre Dienste in Anspruch. »Sie ist keine Begine«, sagte er.

Der Knecht zuckte mit den Schultern. »Es heißt, sie würde im Beginenhof wohnen. Soll ich sie holen?«

Jakobs Blick wanderte zu der kranken Stute, die sich inzwischen auf den Boden gelegt hatte. Was würde Anna sagen, wenn er eine angebliche Zauberin ins Haus holte? Noch dazu eine, die bei den Beginen Unterschlupf gefunden hatte? Er wischte den Gedanken beiseite und nickte. »Warum nicht? Schlimmer wird es durch sie wohl nicht werden«, sagte er und hoffte, dass das Gesinde nicht überall darüber tratschen würde. Als einflussreiches Ratsmitglied war es wichtig, eine gewisse Frömmigkeit an den

Tag zu legen, allerdings war er auch Kaufherr. Und als Geschäftsmann konnte er es sich nicht leisten, teure Pferde zu verlieren, bloß weil er auf seinen Ruf bedacht war. Die Tatsache, dass die Frau bei den Beginen untergekommen war, genügte ihm, um anzunehmen, dass sie nicht mit bösen Mächten im Bunde war. Die Meisterin war eine derjenigen gewesen, die gegen den Bau des Münsterturms gewettert hatten, weil sie gefürchtet hatte, dass die Ulmer dadurch Gottes Zorn erregen könnten. Sie würde niemandem Gastfreundschaft gewähren, der im Dienst des Teufels stand.

Es dauerte nicht mal eine Viertelstunde, bis der Knecht mit der Frau zurückkehrte, die Jakob ohne Umschweife den Preis für ihre Dienste nannte. »Man bezahlt mich vorher«, sagte sie und hielt seinem fragenden Blick mit hoch erhobenem Kinn stand.

»Meinetwegen«, brummte er und gab ihr die geforderte Summe. »Dafür erwarte ich aber entsprechende Ergebnisse.«

»Die bekommt Ihr, keine Sorge«, versprach sie und ging zu der am Boden liegenden Stute. Während sie beruhigend auf das Tier einsprach, holte sie etwas aus ihrer Tasche, legte es dem Tier um den Hals und streichelte ihm über die Mähne. Dann befestigte sie ein großes Pflaster an seiner Flanke. »O du Wurm, o du Wurm«, hörte Jakob sie sagen, »o du schadhafter Schad, jetzt bitt du dich ab dem frohen Kreuz, da Christus der Herr so willig und so geduldig leidet, fahr aus diesem Tier.« Danach erhob sie sich und machte sich auf den Weg in den Stall. Wenig später drang der schwere Geruch einer Räucherung ins Freie.

Aus dem Augenwinkel sah Jakob, wie eine der Mägde

sich bekreuzigte und furchtsam zum Haus eilte. Vermutlich behängte sie sich mit Knoblauch oder Meerzwiebeln, die angeblich alles Böse vertreiben konnten.

»Jakob!«

Beim Klang der Stimme seiner Schwester zuckte er zusammen. *Verdammt,* dachte er schuldbewusst. Anna hatte ihm gerade noch gefehlt.

Sie stand am Zaun, der ihren Garten vom Kräutergarten seiner Frau Ella trennte, und hielt schnuppernd die Nase in die Luft. Ehe er es verhindern konnte, öffnete sie ein kleines Türchen und kam in seine Richtung.

Der Geruch der Räucherung wurde immer stärker.

»Was ist das?«, erkundigte sich Anna, als sie ihn erreichte. Ihr Blick fiel auf die kranke Stute, die langsam zu Kräften zu kommen schien, da sie versuchte aufzustehen. »Ich war auf dem Weg von der Kräuterküche zum Haus, als ich es gerochen habe«, erklärte sie.

»Die Pferde haben Würmer«, antwortete Jakob.

»Und ihr versucht, sie auszuräuchern?«

Er nickte und hoffte, dass sie ging, bevor die Zauberin wieder auftauchte.

»Womit?« Sie zog die Luft ein. »Ich könnte …« Sie verstummte, als die Zauberin aus dem Stall trat und dem Knecht etwas gab.

»Hängt das am Freitag vor dem Sonnenaufgang in einer ungeraden Stunde auf«, riet sie.

~

Anna glaubte, ihren Augen nicht zu trauen. »Ist das Luna?«, fragte sie scharf.

»Ich weiß nicht, wie sie heißt«, sagte Jakob. »Sie wohnt bei den Beginen«, setzte er hastig hinzu und warf Anna einen Blick zu, den sie aus ihrer Kindheit kannte. Darin lag eine Jakob eigene Mischung aus Trotz und Unsicherheit. »Einer der Stadtknechte hat gesagt, sie hätte die Pferde seines Schwagers von Würmern befreit.«

»Und da holst du sie ins Haus? Weißt du, wer sie ist?«

»Ich glaube nicht an derlei Unsinn. Sie ist ein Kräuterweib wie …« Er verstummte.

»Wie *ich*?« Anna schüttelte ärgerlich den Kopf. »Sie ist im besten Fall eine Betrügerin. Im schlechtesten …« Sie ließ Jakob stehen und eilte zum Stall, wo sie dem Knecht den Zettel aus der Hand nahm. »Was steht da drauf?«, fragte sie misstrauisch und funkelte Luna an.

»Dinge, die gegen giftige Luft und Pestilenz helfen«, war die bissige Antwort.

Anna entfaltete das Stück Papier und las: »†J†E†S†HSby1Sannet† Was soll das bedeuten? Ist das ein fauler Zauber?«

»Es hilft gegen Krankheiten«, entgegnete Luna. »Siehst du die Kreuzzeichen?«, fragte sie spöttisch.

»Das schließt nicht aus, dass du etwas Böses im Schilde führst«, zischte Anna. »Halt dich von meiner Familie fern!«

»Man hat mich gerufen.«

»Verschwinde auf der Stelle!« Anna zeigte zum Tor.

Luna öffnete den Mund, um etwas zu erwidern, schloss ihn jedoch wieder und rauschte davon.

Jakob blickte ihr hinterher. »Warum warst du so unfreundlich zu ihr?«, wunderte er sich.

»Weil ich sie aus dem Spital kenne. Und ihr nicht traue.«

»Warum nicht?«

»Weil Menschen sterben, wenn sie in der Nähe ist. Es wäre klüger, ihre Hilfe nicht mehr in Anspruch zu nehmen«, warnte sie.

Einen Augenblick hatte es den Anschein, als wollte Jakob protestieren, doch dann sah er nachdenklich zu der Stute, die inzwischen auf die Beine gekommen war.

»Ich an deiner Stelle würde den Zettel nicht aufhängen«, riet sie ihm. Wenig später, als er zu der kranken Stute getreten war, ging sie zurück in den Garten, um vor dem Abendessen noch ein paar Kräuter zu pflücken. Dabei wanderten ihre Gedanken immer wieder zu den Beginen und der Gefahr, die sie mit ihr womöglich in ihr Haus gelassen hatten.

Kapitel 25

Die Dämmerung war bereits hereingebrochen, als Gallus die Zauberin kommen sah. In der Zwischenzeit hatte er ihren Namen herausgefunden und in Erfahrung gebracht, dass sie bei den Beginen Unterschlupf gefunden hatte, allerdings hatte er viel Zeit mit vergeblichem Warten verschwendet. Deshalb hatte er an diesem Abend beschlossen, sich in der Nähe des Schuppens auf die Lauer zu legen, in dem die Bande des Schwarzen Utz hauste, um zu verhindern, dass sie ihm den Atzmann brachte. Seit einer Stunde kauerte er verdeckt von zwei Haselsträuchern in einer Kuhle und kämpfte dagegen an, dass ihm die Beine einschliefen. Im Unterschlupf der Bengel herrschte Ruhe. Einer hielt Wache und schnitzte gelangweilt an einem Stecken, den er immer wieder durch die Luft sausen ließ. Mehr Abstand wäre Gallus lieber gewesen, doch er brauchte einen Platz, von dem er sowohl den Schuppen als auch die Gasse überblicken konnte, die auf die verwilderte Wiese führte.

Sein Plan war einfach. Sobald Luna nah genug war, kam er hinter den Sträuchern hervor und baute sich drohend vor ihr auf. »Gib mir den Atzmann!«, forderte er.

Sie wich erschrocken zurück und umfasste eines der Amulette an ihrem Hals. »Weiche von mir!«, zischte sie. »Oder du wirst es bereuen.«

»Ich will nur den Atzmann.« Gallus streckte die Hand aus.

Ihre Augen verengten sich. »Du bist der, dem er Schaden zufügen will.« Es war eine Feststellung, keine Frage.

Gallus nickte. »Und das kann ich nicht zulassen. Also gib mir das Ding!« Als sie keine Anstalten machte, zu tun, was er verlangte, stürzte er sich auf sie und entriss ihr den Beutel, den sie über der Schulter trug.

»He!« Sie versuchte, sich gegen ihn zu wehren.

Der Ruf ließ den Jungen mit dem Stecken aufblicken und einen Pfiff ausstoßen. Augenblicklich flog die Tür des Schuppens auf und ein halbes Dutzend Bettelknaben strömte ins Freie.

»Gib schon her!« Gallus entwand Luna die Tasche, öffnete sie und drehte sie um.

Der Inhalt fiel auf den Boden.

Hastig bückte er sich nach einer Wachsfigur. Er wollte gerade losrennen, als die Jungen ihn erreichten und mit Faustschlägen angriffen.

»Das ist der Stadtpfeifer!«, hörte er einen von ihnen rufen.

Während er den Atzmann fest umklammert hielt, setzte er sich mit aller Kraft zur Wehr, doch schon bald übermannten ihn die Jungen. Ein harter Schlag traf ihn am Hinterkopf und ließ ihn mit einem Stöhnen zu Boden gehen.

»Hört auf damit!«, rief die Frau. »Ihr bringt ihn um!«

Tritte prasselten auf ihn ein, und er spürte, wie eine seiner Rippen brach. Sein Schrei ging unter in den Pfiffen und dem Händeklatschen der anderen Jungen, die ebenfalls den Schuppen verlassen hatten. Wie durch einen Schleier bemerkte er, dass sich der Kreis immer enger um ihn schloss.

»Sieh da«, ertönte die Stimme des Schwarzen Utz. »Gallus.«

Die Jungen wichen zurück, um ihm Platz zu machen. Als er bei Gallus ankam, zögerte er einen Augenblick, dann trat er ihm mit voller Wucht auf den Arm.

Ein lautes Knacken ertönte.

Gallus stieß einen heiseren Schrei aus.

»Gib mir mein Geld zurück!«, herrschte Utz die Frau an. »Ich brauche deinen Atzmann nicht mehr.«

»Ich habe ihn gemacht, wie von dir verlangt«, protestierte sie. »Er hat ihn.« Sie zeigte auf Gallus. »Wenn du nicht zu deinem Wort stehst …« Etwas Bedrohliches schlich sich in ihren Ton.

»Scheiß drauf!« Utz wandte sich von ihr ab und spuckte Gallus ins Gesicht. »Schafft ihn in den Unterschlupf. Dem werde ich zeigen, was es bedeutet, sich mir zu widersetzen! Und sie …«, er drehte sich zu der Stelle um, wo die Frau eben noch gestanden hatte. Allerdings war sie wie vom Erdboden verschwunden. »Wo ist sie hin?«

Die Umstehenden zuckten mit den Schultern.

»Sie kann sich doch nicht in Luft aufgelöst haben.«

»Sie ist eine Zauberin.«

Utz schnaubte. »Tut, was ich gesagt habe!«, herrschte er zwei Jungen an, die Gallus an Armen und Beinen packten und ihn vom Boden hochhoben.

Der Schmerz, der ihm dabei in den gebrochenen Arm fuhr, ließ ihn die Besinnung verlieren. Als er wenig später wieder zu sich kam, lag er gefesselt auf dem Boden in einer Ecke, in der es nach Rattenkot und fauligem Stroh stank. Jeder Knochen in seinem Leib tat höllisch weh, jede Bewegung schien eine Qual. Dennoch hob er vorsichtig den Kopf, um sich einen Überblick zu verschaffen.

Utz und einige andere Jungen saßen um eine kalte Feuerstelle herum und steckten die Köpfe zusammen. Die jüngeren Bettelkinder schienen sie fortgeschickt zu haben, da Gallus sie nirgends sehen konnte. Diese Tatsache ließ nichts Gutes erahnen, und zu der Wut, die Gallus erfüllte, gesellte sich Furcht. Was hatte Utz mit ihm vor? Wollte er ihn umbringen? Dann würde er die geforderten zwanzig Gulden niemals bekommen.

Einer der Burschen schien bemerkt zu haben, dass er sich bewegte, denn er zeigte in seine Richtung.

Sofort erhob sich Utz und kam breitbeinig auf ihn zu. »Wieder wach?«, fragte er höhnisch.

Gallus verzog das Gesicht. »Binde mich los!«, forderte er.

Utz lachte. »Ich denke nicht im Traum dran.«

»Was willst du von mir?«

»Mein Geld.«

»Ich habe keine zwanzig Gulden!«

»Wenn das so ist, verkaufe ich dich als Leibeigenen.«

Gallus schnaubte. »An wen denn?«

»Mir fällt schon was ein«, entgegnete Utz drohend. »Allerdings könntest du das Geld auch abarbeiten.«

»Für dich?« Wäre seine Lage nicht so ernst gewesen, hätte Gallus gelacht.

»Du kannst dich frei in der Stadt bewegen.«

»Du auch.«

»Auf dich achtet aber niemand.«

»Ich werde niemanden für dich bestehlen!«, sagte Gallus bestimmt. »Lass mich gehen!«

Etwas Hässliches trat in Utz' Blick. »Wenn du nicht tust, was ich von dir verlange, bringe ich dich um!«

Die Worte ließen Gallus' Herz einen Schlag aussetzen, doch er bemühte sich, seine Furcht nicht zu zeigen. »Ich dachte, du wolltest mich als Leibeigenen verkaufen.«

Utz kniete sich neben ihm auf den Boden und setzte ihm das Knie auf die Brust. »Reiß dein Maul besser nicht so weit auf«, knurrte er. »Sonst muss ich es dir für immer stopfen.« Er betrachtete Gallus wie ein seltenes Tier. »Irgendwie wirst du dafür sorgen, dass ich meine zwanzig Gulden bekomme. Wie du das anstellst, liegt in deiner Hand.«

»Du hast mir den Arm gebrochen!«, beschwerte sich Gallus. »Wenn du mich verkaufen willst, solltest du dafür sorgen, dass er geschient wird.«

Utz schnaubte. Ohne ein weiteres Wort stand er auf und verschwand nach draußen.

Kurz darauf tauchte ein Mädchen auf, das sich Gallus schüchtern näherte. Als es ihn erreichte, blickte es auf ihn hinab und fing an, auf seiner Unterlippe herumzukauen.

»Wer bist du denn?«, fragte Gallus.

»Ich soll nach deinem Arm sehen«, war die leise Antwort. »Ist er gebrochen?«

Gallus, dem vor Schmerz inzwischen übel war, nickte. »Du musst ihn schienen.« Er zögerte einen Moment, ehe er hinzusetzte: »Und danach hilf mir zu fliehen!«

Das Mädchen machte einen erschrockenen Satz nach hinten. »Das kann ich nicht!«, flüsterte es. »Dann bringt Utz mich um.«

Kapitel 26

Ein Poltern riss Micha mitten in der Nacht aus dem Schlaf. Nachdem er den ganzen Tag damit zugebracht hatte, die Sickergrube zu leeren und die Jauche auf den Feldern des Spitals zu verteilen, war ihm das Angebot von Bruder Martin wie ein Wunder erschienen. Zufrieden mit seiner Arbeit hatte der Ordensbruder versprochen, dafür zu sorgen, dass er eine dauerhafte Anstellung als Handlanger bekam, ihm eine dünne Decke in die Hand gedrückt und ihn zum Heuboden im Kuhstall geführt. Dort schliefen außer ihm noch drei Jungen, deren leises Schnarchen das einzige Geräusch war, das Micha hörte, als er in die Dunkelheit lauschte.

Zuerst rührte sich nichts, doch dann vernahm er das Knarren einer Tür. Mit einem Blinzeln vertrieb er den letzten Rest Müdigkeit, setzte sich auf und schlich zum Rand des Bodens. Dort tastete er nach der Leiter und kletterte nach unten. Als er erneut lauschend innehielt, vernahm er ein Flüstern, das von draußen zu kommen schien. Auf Zehenspitzen huschte er zum Stalltor und zog es so leise wie möglich einen Spaltbreit auf. Anschließend zwängte er sich hindurch und sah sich auf dem verlassen vor ihm liegenden Hof um. Dank des sternenklaren Himmels waren die Umrisse der Gebäude und der Fuhrwerke beim Brunnen zu erkennen, außerdem entdeckte Micha zwei Gestalten, die bei einem der Wirtschaftsgebäude aufeinander einredeten. Es schien sich um einen der Ordensbrüder und eine Frau zu handeln.

Micha runzelte die Stirn. Was hatten die beiden mitten in der Nacht im Freien zu suchen? Er konnte sich nicht vorstellen, dass es den Mönchen erlaubt war, sich nachts mit Frauen zu treffen. Obwohl es klüger gewesen wäre, zurück auf den Heuboden zu klettern, um weiterzuschlafen, war Michas Neugier stärker.

»Lass mich los!«, hörte er die Frau zischen.

Im Schutz des Stallgebäudes schlich er näher.

»Du wirst dein Maul halten!«, knurrte der Mann. »Wenn nicht, sorge ich dafür, dass du mit Schimpf und Schande davongejagt wirst! Oder Schlimmeres.«

»Aber was soll ich denn tun?«

»Das hättest du dir früher überlegen sollen.«

»Du kannst nicht einfach so tun, als ob …«

Ein Klatschen schnitt ihr das Wort ab. Offenbar hatte der Ordensbruder ihr eine Ohrfeige versetzt.

Als der Mond hinter einer der dünnen Wolken hervortrat, sah Micha die Gesichter der Streitenden. Er hatte sich nicht geirrt. Bei dem Mann handelte es sich eindeutig um einen der Brüder des Heilig-Geist-Spitals, die Frau war vermutlich eine Magd.

»Was soll ich jetzt nur tun?«, wimmerte sie. »Es könnte vom Teufel besessen sein.«

»Rede nicht so einen Unsinn!«, herrschte der Mönch sie an und schlug sie erneut, dieses Mal so hart, dass sie aufschrie. »Belästige mich nie wieder!« Mit diesen Worten ließ er die Frau stehen, die sich schluchzend über die Wangen fuhr. Ihr leises Weinen wurde vom Wind über den Hof getragen.

Sie tat ihm leid, doch Micha wusste, dass er ihr nicht helfen konnte. Was sollte er auch tun? Er hatte keine

Ahnung, worüber die beiden gestritten hatten, und wenn ihn jemand dabei erwischte, wie er nachts umherschlich, würde Bruder Martin ihn mit Gewissheit davonjagen. Deshalb zog er sich lautlos zurück, huschte in den Stall und schloss vorsichtig das Tor.

Auf dem Heuboden war alles so, wie er es verlassen hatte. Das Schnarchen der drei Burschen verriet, dass sie von seiner Abwesenheit nichts bemerkt hatten, und Micha beschloss zu vergessen, was er gesehen und gehört hatte. Die Geheimnisse fremder Leute gingen ihn nichts an, er hatte genug mit seinem eigenen Leben zu tun. Falls er tatsächlich als Handlanger eingestellt wurde, bedeutete dies das Ende seines Lebens als Bettler. *Und Dieb,* dachte er schuldbewusst. Sollten die heiligen Brüder jemals in Erfahrung bringen, womit er in der Vergangenheit seinen Lebensunterhalt bestritten hatte, würde ihn das nicht nur die Anstellung kosten.

Froh darüber, weit entfernt zu sein von Utz und den anderen Gassenjungen, schloss er die Augen und versuchte, Schlaf zu finden. Allerdings drängte sich schon bald das tote Kind in seine Gedanken, dessen Anblick ihn bis an sein Lebensende verfolgen würde. Er hoffte, dass die arme Seele Gnade finden würde, dass Gott gütig genug war, um es ins Himmelreich aufzunehmen. Wer auch immer es in die Sickergrube geworfen hatte, würde hoffentlich bis in alle Ewigkeit im Höllenfeuer brennen. Mit einem Seufzen drehte er sich auf die Seite und starrte in die Dunkelheit, in der Schemen zu tanzen schienen.

Kapitel 27

Der folgende Tag begrüßte die Ulmer mit einem blauen Himmel, an dem nur ein paar kleine Wolken zu sehen waren. Die Nacht hatte Stadt und Land Abkühlung gebracht, doch der strahlende Sonnenschein ließ vermuten, dass es sich schon bald wieder anfühlen würde wie in einem Backofen. Anna, die ein weiteres Mal schlecht geschlafen hatte, fühlte sich bereits beim Frühstück erhitzt, beschloss aber dennoch, an diesem Morgen einen Umweg zu nehmen, bevor sie sich zum Spital aufmachte.

»Geh ruhig vor«, bat sie Lazarus. »Ich komme nach.«

Er hob fragend die Brauen.

»Ich habe noch was bei den Beginen zu erledigen.«

»Wegen Luna?«

»Ja.« Sie hatte ihm von Jakobs Eselei erzählt. Sie war immer noch ärgerlich darüber, dass er Luna ins Haus geholt hatte.

»Sei vorsichtig«, bat Lazarus.

»Das werde ich. Aber ich muss die Meisterin warnen«, entgegnete Anna. »Vielleicht gewährt sie einer Giftmischerin Unterschlupf.«

»Wir haben keine Beweise dafür, dass sie was mit den vielen Kranken zu tun hat«, gab Lazarus zu bedenken.

»Seit sie aufgetaucht ist, mehren sich die schlimmen Vorfälle.« Anna erhob sich vom Stubentisch und ging zur Tür. »Und was ist mit den toten Frauen? Es kann kein Zufall sein, dass beide ein Amulett von Luna besessen haben.«

Lazarus stand ebenfalls auf und folgte ihr nach unten. Auf der Straße trennten sie sich. Während er in Richtung Münsterplatz eilte, machte Anna sich auf zum Beginenhof, den sie kurz darauf betrat. Auf den Dächern der Ställe und Scheunen schimpften die Spatzen, während ein Schmied die Hufe der Zugtiere neu beschlug. Es duftete nach Heu, frisch gebackenem Brot und den Blüten der Rosen, die von Bienen umschwärmt wurden. Die um den rechteckigen Innenhof angeordneten Fachwerkgebäude erstrahlten in frisch getünchtem Weiß. Die Ehehalten, die Knechte und Mägde der Beginen, waren emsig bei der Arbeit, schöpften Wasser aus dem Brunnen, misteten Ställe aus und entluden ein Fuhrwerk, das in der Mitte des Hofes abgestellt worden war. Zwei Beginen kamen aus einem der Wohngebäude, als Anna den Hof überquerte.

»Schwester Anna!«, begrüßte eine von ihnen sie und lachte. »Anna«, berichtigte sie sich. »Ich kann mich immer noch nicht daran gewöhnen, dich so zu sehen.« Sie zeigte auf Annas Kleider. Als ihr Blick auf ihren Bauch fiel, weiteten sich ihre Augen. »Oh.«

Anna lächelte.

»Wann ist es so weit?«, erkundigte sich die andere Begine.

»In drei Monaten. Wisst ihr, wo ich die Meisterin finden kann?«, fragte sie.

»Willst du wieder in die Sammlung eintreten?«, scherzte die Ältere.

Anna schüttelte den Kopf. »Ich muss mit ihr reden.«

»Sie ist in der Schreibstube.«

Anna verabschiedete sich von den beiden und tauchte in die Kühle eines Säulenganges ein, der sie zum Hauptgebäude führte. Dort, erleichtert, dass ihr Luna nicht begegnet war, erklomm sie die Stufen zum ersten Stockwerk und klopfte kurz darauf an eine Tür.

»Herein!«

Als sie die Schreibstube betrat, fiel ihr zuerst auf, dass alles wie früher war. Selbst die Meisterin sah aus wie immer, nichts schien sich seit ihrem Austritt aus der Sammlung geändert zu haben.

»Anna!«, rief die Meisterin erstaunt aus. »Was führt dich zu uns? Ich sehe, du bist in anderen Umständen.« Sie erhob sich, kam hinter dem Tisch hervor und fasste Anna bei den Händen. »Lass dich ansehen, Kind. Das Leben als verheiratete Frau steht dir gut zu Gesicht.«

Anna errötete.

»Warum bist du hier?«, wollte die Meisterin wissen.

»Ich muss mit dir über Luna reden.«

Die Brauen der Meisterin wanderten in die Höhe. »Hast du sie im Spital getroffen?«

Anna nickte.

»Sie ist uns eine große Hilfe.«

»Wie gut kennst du sie?«

Die Meisterin lächelte schwach. »So gut wie jeden anderen Christenmenschen. Sie ist eine fromme Seele.«

»Sie verkauft den Leuten Amulette und faulen Zauber«, widersprach Anna. »Manche behaupten, sie sei eine Zauberin.«

Die Meisterin machte eine wegwerfende Geste. »Gerede. Über uns Beginen hat man auch schon allerhand nicht Schmeichelhaftes erzählt«, erinnerte sie Anna.

»Ich fürchte, sie könnte schuld sein am Tod einiger Insassen und einer Hübschlerin«, platzte Anna heraus.

»Wie kommst du denn darauf?« Die Miene der Meisterin wurde ernst. »Das sind schwere Anschuldigungen.«

»Sie ist eine Betrügerin!«

»Schwester Guta ist anderer Meinung«, widersprach die Meisterin. »Sie ist dankbar für die Hilfe in der Kräuterküche. Seit du nicht mehr bei uns bist …«

»Ihr solltet sie nicht länger beherbergen«, riet Anna.

»Sei nicht selbstgerecht, Kind«, tadelte die Meisterin sie. »Brich keinen Stab über ein Kind Gottes, in dessen Seele du nicht blicken kannst.«

Anna spürte, wie ihr erneut das Blut in die Wangen schoss. »Ich will nur verhindern, dass die Sammlung erneut in Schwierigkeiten gerät.«

»Das ist nicht länger deine Angelegenheit«, entgegnete die Meisterin. »Ich versichere dir, dass du dich in Luna täuschst«, setzte sie etwas versöhnlicher hinzu.

Anna biss sich auf die Lippe, um nichts Unbedachtes zu sagen. Sie schätzte die Meisterin sehr. Sie war klug, erfahren und stets auf den Ruf der Beginen bedacht. Leiser Zweifel schlich sich ein. War es möglich, dass sie selbst sich tatsächlich von ihren Gefühlen hatte leiten lassen und Luna Unrecht tat?

»Es war schön, dich mal wieder gesehen zu haben«, sagte die Meisterin und öffnete die Tür. »Wir werden dich und dein Kind in unsere Gebete miteinschließen.«

Auch wenn der Rauswurf freundlich war, verriet die Miene der Meisterin, dass Annas Besuch nicht von Erfolg gekrönt war. Mit einer Mischung aus Enttäuschung und Scham verließ Anna die Schreibstube und war wenig später unterwegs zum Spital.

Dort fand sie Lazarus und Bruder Michael in einen

lautstarken Streit verwickelt vor. Sie standen beim Lager einer Frau, die offensichtlich vor Kurzem gestorben war, und starrten einander an wie zwei Kampfhähne.

»Ich sage dir, sie ist an der Starrsucht gestorben!«, tönte Bruder Michael.

»Warum hat sie dann blaue Flecken im Gesicht?«, hielt Lazarus entgegen. »Und siehst du das?« Er beugte sich über die Frau und zeigte auf ihre Lippen. »Das deutet auf eine andere Todesursache hin.«

»Was du sagst, ist Unsinn!«, ereiferte sich Bruder Michael.

»Willst du behaupten, du wüsstest es besser?« Lazarus richtete sich auf.

»Wir beide wissen, wer der bessere Arzt ist.«

Lazarus lachte kurz und hart. »Ich bin erstaunt, dass du es zugibst. Selbst der Rat weiß es.«

Diese Spitze ließ Bruder Michael vor Ärger erbleichen. »Du bist nur wieder hier, weil du einflussreiche Unterstützer im Rat hast!«, zischte er.

»Ich bin hier, weil *du* ein Kurpfuscher bist!«

»Das lasse ich mir nicht bieten!«, brauste Bruder Michael auf.

»Das ist mir vollkommen gleich. Ich lasse nach der Wache schicken. Nur eine Leichenschau kann zeigen, woran sie gestorben ist.«

»Das werde ich nicht zulassen!«

»Du hast wohl keine Wahl.« Lazarus kehrte ihm den Rücken und setzte sich in Bewegung. Als er Anna entdeckte, hellte sich seine Miene ein wenig auf.

»Was ist passiert?«, fragte sie.

»Eine der Mägde wurde heute Morgen tot aufgefunden.«

»Und du glaubst, sie ist ermordet worden?«

»Ihr Gesicht ist übersät von blauen Flecken. Jemand hat sie kurz vor ihrem Tod geschlagen.«

Anna warf einen Blick auf Bruder Michael, der beleidigt davonrauschte. »Wieso behauptet er dann, dass sie an der Starrsucht gestorben ist?«

»Weil er ein Narr ist!« Lazarus schüttelte ärgerlich den Kopf. »Mir scheint, er behauptet immer das Gegenteil von dem, was ich sage, in der Hoffnung, irgendwann recht zu haben.«

Anna stieß einen Seufzer aus. »So viel Leid und Tod.«

»Hattest du Erfolg bei den Beginen?«, wechselte Lazarus das Thema.

Sie verneinte. »Die Meisterin scheint Luna zu vertrauen.«

»Mit dem Tod dieser armen Frau hat sie jedenfalls nichts zu tun«, stellte Lazarus fest. »Sie hatte weder ein Amulett bei sich noch sonst etwas, was auf Luna hinweist. Ihr Ableben war gewaltsam, dafür lege ich meine Hand ins Feuer.«

Kapitel 28

Als eine halbe Stunde später der Hauptmann der Wache im Spital auftauchte, stürzte sich Bruder Michael auf ihn wie ein Habicht.

»Ihr verschwendet Eure Zeit!«, polterte er. »Diese Frau ist an der Starrsucht gestorben!«

»Bruder Lazarus scheint eine andere Todesursache zu vermuten«, erwiderte der Hauptmann.

»Er ist kein Mitglied dieses Ordens mehr!«, empörte sich Bruder Michael. »Und er hat Unrecht!«

Anna bewunderte Lazarus' scheinbare Gelassenheit. Er verriet mit keiner Regung, was er von Bruder Michael hielt, bedeutete dem Hauptmann, ihn zu begleiten, und führte ihn zum Lager der Toten.

»Seht Ihr diese Flecken?«, fragte er.

Der Hauptmann nickte. »Jemand hat sie ordentlich verprügelt.«

»Ihre Lippen sind blau. Das deutet darauf hin, dass sie erstickt ist.«

»Unsinn!«, mischte sich Bruder Michael ein. »Das ist eine Folge der Starrsucht.«

»Wärst du ein besserer Arzt, wüsstest du, dass sich bei der Starrsucht bestimmte Muskeln zusammenziehen, besonders im Gesicht«, berichtigte Lazarus ihn. »Menschen, die an der Starrsucht sterben, haben ein verkrampftes Gesicht. Diese Frau«, er zeigte auf die Leiche, »zeigt keinerlei Anzeichen dieser Mundsperre.« Er drehte die Tote auf den Bauch und betastete ihr Rückgrat. »Kein einziger Wirbel ist gebrochen, auch sonst sind alle Knochen intakt. Jeder gute Arzt weiß, dass es infolge der heftigen Krämpfe oft zu Brüchen kommt.«

»Das kannst du nicht mit Sicherheit feststellen«, hielt Bruder Michael hochmütig entgegen.

Lazarus ignorierte ihn. »Und deshalb bitte ich darum, dass der Rat eine Leichenschau anordnet«, sagte er an den Hauptmann gewandt.

»Eure Argumente leuchten mir ein«, war die Antwort. »Ich werde umgehend die Neuner aufsuchen.«

»Du willst dem Spital schaden!«, fauchte Bruder Michael. »Ich setze den Pfleger davon in Kenntnis!«

»Es würde dem Spital wohl eher schaden, wenn Dinge vorgehen, die aufgrund falscher Diagnosen nicht entdeckt werden«, war Lazarus' kühle Antwort.

»Willst du behaupten, *ich* sei für die Todesfälle verantwortlich?«

»Ich behaupte gar nichts. Ich werde bloß nicht zulassen, dass ein Mörder ungeschoren davonkommt.« Die Drohung in Lazarus' Worten war nicht zu überhören.

Ein lautes Scheppern ließ Anna und die beiden Streithähne herumwirbeln.

Ein Junge, den sie auf den zweiten Blick als den Heimlichkeitsfeger erkannte, hatte einen Arm voller leerer Nachttöpfe fallen lassen und starrte wie vom Donner gerührt auf die Tote.

»Steh nicht rum wie ein Ölgötze!«, fuhr Bruder Michael ihn an. »Heb das auf und tu deine Arbeit!«

Einen Augenblick wirkte der Junge wie erstarrt, dann

bückte er sich, sammelte hastig die Nachttöpfe ein und rannte wie gehetzt davon.

»Der Magister Hospitalis hat auch noch ein Wort mitzureden«, meldete sich Bruder Michael erneut zu Wort.

»Hier im Spital vielleicht«, brummte der Hauptmann. »Im Rat wohl eher nicht.« Mit diesen Worten tippte er sich an den Helm und verließ die Siechenstube.

Bruder Michael folgte ihm, ohne Lazarus noch einmal anzusehen.

»Bist du sicher, dass du recht hast?«, fragte Anna besorgt.

»Ja. Wenn diese Frau an der Starrsucht gestorben ist, bin ich der Papst.« Er zeigte Anna die Male in ihrem Gesicht. »Jemand hat sie kurz vor ihrem Tod geschlagen.«

»Könnte er ihr das Genick gebrochen haben?«

Lazarus schüttelte den Kopf.

Während er auf die Rückkehr des Hauptmanns wartete, beschloss Anna, sich im Spital umzuhören. Es dauerte nicht lange, bis sie den Namen der toten Frau herausfand, die als Magd im Waschhaus und in der Backstube gearbeitet hatte. Sie war erst sechzehn Jahre alt gewesen und stammte aus einer armen Ackerbürgerfamilie.

»Gerdi war eine liebe, aber einfältige Seele«, vertraute ihr eine der älteren Mägde an, die auf dem Weg zum Waschhaus war. »Wie oft habe ich ihr gesagt, sie soll sich nicht auf eine Liebelei einlassen.« Sie verdrehte die Augen. »Doch das dumme Ding war so vernarrt …«

Anna horchte auf. »In wen war sie vernarrt?«

»Das hat sie uns nicht gesagt«, mischte sich eine zweite Magd ein. Sie trug einen vollen Korb und schwitzte in der prallen Sonne. »Der liebe Gott weiß, wie oft ich sie danach gefragt habe. Sie hat ein großes Geheimnis daraus gemacht.«

»Vermutlich war es einer der Knechte«, mutmaßte die andere Frau. »Sie hat Odo oft schöne Augen gemacht.«

»Findest du?«

»Ist dir nicht aufgefallen, wie sie sich in seiner Gegenwart gebärdet hat? Wie eine dumme, kleine Gans!«

»Hatte sie jemanden, dem sie sich anvertraut hat?«, unterbrach Anna sie.

Beide zuckten mit den Schultern. »Sie hat immer viel geplappert und trotzdem nie Genaueres verraten. Ich habe sie gewarnt, aber sie hat nur auf ihr Herz gehört.«

»Was ist ihr denn passiert?«

»Das muss die Leichenschau zeigen«, entgegnete Anna.

Die Frauen schlugen erschrocken die Hand vor den Mund. »Eine Leichenschau? Wie furchtbar! Das arme Ding!«

Anna ließ sie stehen und ging weiter, brachte allerdings nichts Neues mehr über Gerdi in Erfahrung. Als sie sich auf den Rückweg zur Siechenstube machte, fiel ihr die Reaktion des Jungen ein, der die Nachttöpfe hatte fallen lassen. Wovor hatte er sich so erschrocken? Hatte er Gerdi gekannt? Wusste *er* vielleicht, an wen sie ihr Herz verloren hatte? Sie beschloss, nach ihm zu suchen, und fand ihn im hinteren Teil der Stube, wo er den Besen schwang.

Er zuckte zusammen, als sie ihn ansprach.

»Keine Angst, ich will dich nur was fragen«, beruhigte sie ihn und runzelte die Stirn. »Ich habe dich schon mal gesehen«, sagte sie nachdenklich. Dann fiel es ihr ein. »Du warst da, in der Nacht des Feuers.« Mit Schaudern dachte sie daran, als sie in dem brennenden Haus von Jakobs Schwager gefangen gewesen war.

Er senkte den Blick.

»Du hast die Wache geholt!«

Er nickte.

»Wie heißt du?«

»Micha.«

»Mein Name ist Anna. Seit wann bist du schon im Spital?«

»Seit ein paar Tagen. Ich …« Er errötete.

»Du hast das heimliche Gemach gesäubert.« Anna schenkte ihm ein Lächeln. Er schien ein anständiger Junge zu sein.

Er nickte erneut.

»Warum bist du vorhin so erschrocken?«

Er wich ihrem Blick aus.

»Kanntest du Gerdi?«

»Wen?«

»Die tote Frau?«

»Nein!«, beteuerte er hastig. »Ich hab sie noch nie gesehen.« Er trat von einem Fuß auf den anderen. »Ich muss weiterfegen. Sonst bekomme ich Ärger.« Er machte Anstalten, zum Besen zu greifen.

»Bist du sicher, dass du sie nicht kanntest?«, hakte Anna nach.

»Ich bin doch erst seit Kurzem hier«, sagte er mit einem trotzigen Unterton. »Ich weiß gar nichts.«

Anna wusste nicht, ob sie sich täuschte, aber sie hatte das Gefühl, dass er ihr nicht die Wahrheit sagte.

Kapitel 29

Gallus hatte längst jegliches Zeitgefühl verloren. Nachdem das Mädchen ihm den Arm geschient hatte, war es verschwunden, dann hatte einer von Utz' Helfern ihm grob auf die Beine geholfen und ihn eine Treppe hochgezerrt, um ihn in einen kleinen Raum zu sperren, in dem er erschöpft eingeschlafen war. Als er irgendwann wieder aufgewacht war, hatte er sich mühsam aufgesetzt und sich umgesehen. Da sich seine Augen längst an die Dunkelheit gewöhnt hatten, war ihm schnell klargeworden, dass der Raum dem Zweck diente, das Diebesgut der Bande zu horten, doch er hatte weder Augen für den Schmuck noch für die Säckchen voller Gewürze. Je länger er über seine Lage nachdachte, desto auswegloser erschien sie ihm. Warum nur hatte er dieser verfluchten Luna auflauern müssen? Ganz gewiss hätten die Bengel mit dem Atzmann nicht so viel Schaden anrichten können, wie ihm jetzt drohte. Sollte Utz wirklich vorhaben, ihn als Leibeigenen zu verkaufen, hatte er schlechte Karten. Er hatte von Leuten gehört, die bis ins Morgenland verschleppt worden waren, wo man sie zu unsagbaren Dingen gezwungen hatte. Ob die Geschichten wahr waren, wusste er nicht, und er hatte auch nicht vor, es herauszufinden. Obwohl sein gebrochener Arm trotz der Schiene noch stark schmerzte, versuchte er, sich von den Fesseln zu befreien. Als er einen vorstehenden Nagel in der Wand ertastete, biss er die Zähne zusammen und rieb den Strick so lange daran, bis dieser schließlich nachgab.

»Danke, Herrgott!«, murmelte er und kam mit weichen Knien auf die Beine. Er musste seit Stunden eingesperrt sein, weil sein Magen knurrte und seine Kehle trocken war vor Durst. So leise wie möglich durchsuchte er das Diebesgut nach etwas Nützlichem, fand jedoch nichts außer einer Spange, mit deren Verschluss er vielleicht das Schloss öffnen konnte. Auf Zehenspitzen schlich er zur Tür und legte das Ohr an das raue Holz.

Dahinter rührte sich nichts. Kein Laut drang in sein Gefängnis, und durch den Spalt war kein Licht zu sehen. Es musste immer noch mitten in der Nacht sein, sonst wäre gewiss irgendein Lebenszeichen zu vernehmen gewesen. Er suchte nach dem Schloss, musste allerdings schon bald enttäuscht feststellen, dass die Tür von außen verriegelt war. Was auch immer er gehofft hatte, mit der Spange anfangen zu können, löste sich in Luft auf.

»Mist!«, schimpfte er, und lehnte sich an das Holz, um nachzudenken. Irgendwie musste ihm die Flucht gelingen. Utz war zu allem fähig, daran zweifelte er keinen Moment mehr. Er hatte die Bengel unterschätzt, war davon ausgegangen, dass es sich um einen Haufen von Rotznasen handelte, mit denen er fertigwerden konnte. Allerdings war ihm inzwischen klar, dass Utz nicht nur ein Dieb war. In seinen Augen war deutlich zu erkennen gewesen, dass er Gallus die Kehle durchschneiden würde, ohne mit der Wimper zu zucken, falls er zu dem Schluss kam, dass er für ihn keinen Nutzen hatte. Auf die Hilfe der anderen Gassenkinder konnte er nicht zählen, da sie viel zu viel Angst vor ihrem Anführer zu haben schienen.

Während er an die gegenüberliegende Wand starrte, hatte er eine Idee. Der Raum musste einen Hinterausgang haben, da Gallus von unten gesehen hatte, dass eine zweite, schmalere Treppe nach oben führte. Vorsichtig zog er ein paar Kisten und Säcke von der Wand weg und entdeckte, wonach er suchte. Tatsächlich befand sich hinter einem mit den Beinen nach vorn an der Wand lehnenden Tisch etwas, das sich bei genauerem Hinsehen als Tür entpuppte.

Ohne zu zögern, kniete Gallus sich vor das Schloss, holte die Spange wieder aus der Tasche und fing an, darin herumzustochern. Es dauerte eine Ewigkeit, bis endlich ein leises Knacken ertönte. Mit hämmerndem Herzen drückte er die verrostete Klinke herunter und verkniff sich nur mit Mühe ein Jubeln, als sich die Tür bewegte. Mit angehaltenem Atem zog er sie auf, steckte den Kopf hindurch und blinzelte, als ihn ein Sonnenstrahl traf, der durch das löchrige Dach fiel. Draußen musste es bereits helllichter Tag sein.

Als er den Fuß auf den morschen Treppenabsatz setzte, gab eine der Dielen gefährlich unter ihm nach. Er sandte ein Stoßgebet zum Himmel, dass er nicht durch die Stufen brechen würde, dann schlich er nach unten, wo außer dem Mädchen niemand zu sehen war.

Es kniete vor der Feuerstelle und stocherte in der Asche. Als es Gallus bemerkte, stieß es einen leisen Schrei aus.

Gallus legte den Zeigefinger auf die Lippen.

»Nicht!«, flüsterte es und schüttelte warnend den Kopf. Bevor es etwas hinzusetzen konnte, tauchte wie aus dem Nichts einer der Gassenjungen auf, der nicht lange fackelte, als er Gallus erblickte. Mit einem Fluch steckte er zwei Finger in den Mund und stieß einen gellenden Pfiff aus.

Augenblicklich flog die Tür des Schuppens auf und ein halbes Dutzend Jungen kam angelaufen.

»Er will abhauen!«

Gallus reagierte sofort. Während die Bengel noch überlegten, was sie tun sollten, griff er nach einem Stück Feuerholz, das am Boden lag, schwang es wie eine Waffe und warf es einem der Jungen gegen die Schläfe.

Der fiel wie ein leerer Sack auf den Boden, doch die anderen schien das Blut, das aus einer Wunde quoll, nicht zu interessieren. Wie ein Rudel wilder Tiere umzingelten sie Gallus.

Zwei von ihnen zückten Messer.

»Ihr dürft ihn nicht umbringen!«, rief das Mädchen mit schriller Stimme.

»Halt dich raus!«

»Utz will ihn verkaufen!«

Dieses Argument schien sie einen Augenblick zu verunsichern, allerdings nicht lange genug, um Gallus die Flucht zu ermöglichen. Er schaffte es kaum ein Dutzend Schritte weit, da waren sie bei ihm, rissen ihn zu Boden und fingen an, auf ihn einzuschlagen.

Kapitel 30

Die Entscheidung der Neuner, eine Leichenschau durchzuführen, ließ nicht lange auf sich warten. Lazarus, der sich in der Siechenstube um weitere Opfer der Seuche kümmerte, nahm an, dass der Spitalpfleger Druck auf das Gremium ausgeübt hatte, dessen Aufgabe es war, Entscheidungen in Angelegenheiten zu treffen, für die nicht der gesamte Rat bemüht werden musste.

Das Gesicht von Bruder Michael sprach Bände, als ein Ratsknecht in der Stube auftauchte, um Lazarus zum Metzgerturm zu bringen, wo die Leichenschau stattfinden würde. Mit einem Schnauben ließ der Mönch alles stehen und liegen und eilte davon, um wenig später mit dem Magister Hospitalis zurückzukehren.

»Ich bin ausdrücklich gegen eine Leichenschau an der Verstorbenen!«, posaunte der Spitalmeister.

»Die Neuner haben entschieden«, war die gelassene Antwort des Ratsknechts. »Ich soll Bruder Lazarus zum Metzgerturm bringen.«

»Er ist kein Bruder mehr!«, giftete der Magister Hospitalis. »Was ist mit Bruder Michael?«, fragte er ungehalten.

»Man hat mich damit beauftragt, *ihn* zu holen.« Der Stadtknecht zeigte auf Lazarus.

»Das ist eine bodenlose Unverschämtheit!«, protestierte Bruder Michael. »*Ich* bin der Siechenmeister!«

»Wenn Ihr Euch beschweren wollt, müsst Ihr Euch an den Rat wenden«, war die Antwort.

»Wieso denkt der Rat, der Tod der Frau sei kein natürlicher gewesen?«, forderte der Magister Hospitalis zu wissen. »Bruder Michael meint, sie wäre an der Starrsucht gestorben.«

»Dem widerspreche ich«, entgegnete Lazarus so gelassen wie möglich.

»Das tut er allein deshalb, um mich in Misskredit zu bringen!«, ereiferte sich der Siechenmeister. »Ich fordere ausdrücklich, ebenfalls anwesend zu sein!«

Der Ratsknecht zuckte mit den Schultern. »Kommt meinetwegen mit, dann können der Hauptmann oder die Schöffen entscheiden, ob Eure Hilfe benötigt wird.«

Lazarus verkniff sich nur mit Mühe eine Verwünschung. Wie er Bruder Michael kannte, würde dieser versuchen, alles, was er selbst sagte, entweder ins Lächerliche zu ziehen oder ins Gegenteil zu verkehren. Daher hoffte er inständig, dass man ihm den Zugang zum Leichnam verwehren würde.

»Was ist mit dem Wundarzt?«, fragte der Magister Hospitalis ärgerlich. »Will der Rat auch auf seine Hilfe verzichten?«

»Der Henker wird bei der Untersuchung anwesend sein. Das hat der Pfleger den Neunern geraten.«

Während der Magister Hospitalis die Lippen aufeinanderpresste, atmete Lazarus erleichtert auf. Mit dem Wundarzt stand er schon lange nicht mehr auf gutem Fuß, nachdem dieser mehrmals versucht hatte, ihm zu schaden. Der Henker war ein kundiger Mann, erfahren in Fragen, die den menschlichen Körper betrafen. Wenn jemand bestätigen konnte, was Lazarus vermutete, dann er.

»Dieser Ortwin Besserer ist eine Schande für das Spital«, hörte Lazarus den Magister Hospitalis ärgerlich murmeln. Obwohl es zu Beginn den Anschein gehabt hatte, als wäre die Wahl des neuen Spitalpflegers zu seinem Vorteil gewesen, schien sich das Verhältnis zwischen ihm und Besserer inzwischen erheblich abgekühlt zu haben. Er flüsterte Bruder Michael etwas ins Ohr.

Der Siechenmeister nickte. Danach folgte er dem Ratsknecht und Lazarus und begab sich mit ihnen auf den Weg zum Rathaus. Dort wurden sie bereits vom Hauptmann der Wache und zwei Schöffen erwartet, die als Zeugen fungieren sollten.

»Wo ist denn dieser nutzlose Stadtpfeifer?«, knurrte der Hauptmann.

Lazarus wusste, dass es seit einigen Monaten zur Aufgabe des Pfeifers gehörte, auch den Beginn einer Leichenschau zu verkünden. Er selbst hielt diese Neuerung zwar nicht für klug, weil dadurch Gaffer angelockt wurden, doch der Rat hatte sich dazu entschieden, um Gerede zu vermeiden. Er winkte einen seiner Männer zu sich und trug ihm auf, Gallus aufzusuchen, um ihm die Leviten zu lesen. »Ich war von Anfang an dagegen, diesem Taugenichts den Posten des Stadtpfeifers zu geben«, schimpfte er. An die Schöffen gewandt, sagte er: »Ich schlage vor, wir fangen trotzdem an. Habt Ihr etwas dagegen, wenn der Siechenmeister ebenfalls anwesend ist?«

Die Männer schüttelten die Köpfe.

Lazarus verkniff es sich, Bruder Michael anzusehen, der ihn mit einem triumphierenden Blick bedachte, und hoffte insgeheim, dass dieser sich bei der Schau zum Narren machen würde. Schon seit ihrer ersten Begegnung hielt Lazarus nicht viel von dem jungen Arzt, der mehr auf Äußerlichkeiten bedacht war als auf das Wohl der Kranken.

Die kleine Gruppe setzte sich in Bewegung und langte wenig später bei einem kleinen Haus neben dem Metzgerturm an, in dem es nach feuchtem Stein und Verwesung roch.

Lazarus kannte den Weg nur zu gut. Eine schmale Stiege führte in einen aus Stein gehauenen Keller hinab, an dessen Wänden Moos wuchs. Der Hauptmann brachte sie zu einem langgestreckten Raum, der von mehreren Talglichtern erhellt wurde. In der Mitte befand sich ein Tisch, auf dem der Leichnam der toten Magd lag. Der Henker, der sie bereits erwartete, hatte sie entkleidet und auf die Seite gelegt, um ihren Rücken genauer in Augenschein zu nehmen.

»Fängst du ohne uns an?«, scherzte der Hauptmann.

Der Henker richtete sich auf und drehte die Frau auf den Rücken. »Ich wollte nur etwas überprüfen«, sagte er.

»Was denn?«, fragte Bruder Michael hochmütig.

»Mir ist gesagt worden, der Siechenmeister hat behauptet, sie wäre an der Starrsucht gestorben«, entgegnete der Henker.

»*Ich* bin der Siechenmeister«, versetzte Bruder Michael und verschränkte die Arme vor der Brust.

»Dann irrst du dich.« Der Henker nickte Lazarus zum Gruß zu. »Ich kann keine Spur von Starrsucht entdecken.«

»Bist du ein gelehrter Arzt?«, höhnte Bruder Michael.

»Nein, aber mit geschundenen Körpern kenne ich mich aus.«

Lazarus hatte Mühe, nicht zu lachen, als er den Ausdruck in Bruder Michaels Augen sah.

»Sie hat keinen einzigen gebrochenen Knochen im Leib außer diesem.« Der Henker zeigte auf ihr Jochbein. »Jemand hat sie verprügelt.«

»Und? Daran ist sie wohl kaum gestorben«, schnaubte Bruder Michael.

»Ich glaube, sie war schwanger«, setzte der Henker hinzu.

Lazarus trat zu ihm an den Tisch und betrachtete Bauch und Brüste der Frau. »Du könntest recht haben«, stimmte er ihm zu.

»Was hat das mit ihrem Tod zu tun?« Bruder Michael gesellte sich zu ihnen. Der Blick, mit dem er die tote Frau bedachte, ließ Lazarus frösteln.

»Vielleicht ist die Schwangerschaft der Grund für ihren Tod«, sagte der Henker. »Wenn der Vater nichts davon wusste …«

Lazarus beugte sich tiefer über die Frau und nahm ihr Gesicht genauer in Augenschein. »Diese blauen Verfärbungen könnten von Schlägen herrühren«, sagte er und zeigte auf Wangen und Schläfe. »Aber auch ihre Lippen sind blau. Das deutete darauf hin, dass sie erstickt ist.«

»Das habe ich doch gesagt!«, ereiferte sich Bruder Michael. »Viele Starrsüchtige ersticken.«

»Ich werde den Körper öffnen«, verkündete der Henker und holte ein kurzes, breites Messer aus einer Tasche, die neben ihm auf dem Boden stand.

Lazarus trat einen Schritt zurück, und Bruder Michael entfernte sich ebenfalls vom Tisch. Als gelehrten Ärzten war es ihnen verboten, menschliche Körper, die Schöpfung Gottes, zu verletzen oder gar zu verstümmeln. Sobald der Henker die Klinge ansetzte, wichen die Schöffen bis zur Wand zurück. Lediglich der Hauptmann sah interessiert zu, wie der Henker den Bauch der Toten aufschnitt.

»Ich hatte recht«, verkündete er und befreite etwas aus dem Leib, das Lazarus erst auf den zweiten Blick als Fötus erkannte.

Der Anblick schnürte ihm die Kehle zu, und er hatte Mühe, nicht auf das klaffende Loch zu starren.

Nachdem der Henker die Vorderseite der Toten untersucht hatte, drehte er sie um und betrachtete jeden einzelnen Wirbel. »Keine Brüche«, stellte er erneut fest.

»Also war ihr Tod ein natürlicher?«, wollte einer der Schöffen wissen.

Der Henker schüttelte den Kopf. »Wenn Ihr mich fragt, ist sie eines gewaltsamen Todes gestorben.«

»Dem stimme ich zu«, sagte Lazarus.

Alle Augen richteten sich auf Bruder Michael, der mit bleichem Gesicht an der Wand lehnte.

»Und Ihr?«

Er fuhr sich mit der Zunge über die Lippen. »Ich bleibe dabei, dass sie an der Starrsucht gestorben ist. Nicht immer sind die Krämpfe so stark, dass die Knochen brechen.« Er zeigte mit einem zitternden Finger auf die Blaufärbung. »Sie muss erstickt sein.«

»Da bin ich ausnahmsweise einer Meinung mit dir«, pflichtete Lazarus ihm bei. »Allerdings glaube ich, dass jemand nachgeholfen hat.«

»Wer?«, fragte der Hauptmann. »Der Kindsvater?«

»Das müsst Ihr in Erfahrung bringen.«

Kapitel 31

Als Lazarus ins Freie trat, eilte Bruder Michael an ihm vorbei und verschwand in Richtung Spital. Ganz sicher würde er dem Magister Hospitalis berichten, was bei der Leichenschau vorgefallen war, und sich über Lazarus und den Henker beschweren. Lazarus war froh, kein Bruder des Heilig-Geist-Ordens mehr zu sein, da ihm die Launen des Spitalmeisters nun relativ gleichgültig sein konnten. Solange der Pfleger der Ansicht war, dass die Hilfe eines fachkundigen Arztes benötigt wurde, solange wurde er gebraucht. Jetzt galt es nur noch, in Erfahrung zu bringen, was die Seuche ausgelöst hatte, dann kehrte vielleicht wieder Ruhe ein in der Siechenstube.

In Gedanken versunken ging er zurück ins Spital, wo Anna ihn bereits erwartete. »Und?«, fragte sie neugierig. »Was hat die Leichenschau ergeben?«

Lazarus bedeutete ihr, ihm in eine leere Badestube zu folgen, schloss die Tür und seufzte. »Die Frau ist ermordet worden.«

Anna presste sich die Hand vor den Mund.

»Und sie war schwanger.«

»Was?« Anna riss die Augen auf.

»Noch nicht lange«, erklärte Lazarus.

»Also haben die anderen Mägde die Wahrheit gesagt.«

Lazarus hob fragend die Brauen.

»Sie meinten, sie sei in einen Mann vernarrt gewesen. In einen Knecht.« Sie überlegte einen Augenblick. »Odo.«

»Das muss die Wache erfahren«, sagte Lazarus.

»Und wenn der Mann unschuldig ist?«

Lazarus rieb sich das Kinn.

»Ich glaube, der Heimlichkeitsfeger weiß was«, setzte Anna hinzu. »Ich hatte den Eindruck, dass er mir was verschweigt, als ich ihn danach gefragt habe. Ich glaube, er kannte Gerdi. Auf jeden Fall hat er sich vor irgendwas erschrocken, als er sie in der Siechenstube gesehen hat.«

»Glaubst du, er …?«

Anna schüttelte den Kopf. »Er ist viel zu jung. Außerdem hätte sie sich gegen ihn wehren können.«

»Dann sollte ich mit ihm reden«, schlug Lazarus vor. »Wenn er etwas verschweigt, wird der Hauptmann bestimmt nicht zimperlich mit ihm umgehen. Wo ist er?«

»In der Siechenstube«, antwortete Anna. »Er hat alle Hände voll zu tun mit den vollen Nachttöpfen.«

Lazarus öffnete die Tür.

»Vielleicht hat er Gerdi mit diesem Odo beobachtet«, mutmaßte Anna und folgte Lazarus in den kleineren Bereich der Stube, wo sie Micha antrafen.

Er kniete auf dem Boden und schrubbte mit einer Bürste an einem Fleck, der nach angetrocknetem Erbrochenem aussah.

Bruder Michael war zu Lazarus' Erleichterung nicht in der Nähe.

»Micha?« Anna ging auf den Jungen zu. »Das ist Lazarus. Er ist Arzt. Er hat den Leichnam der toten Frau untersucht.«

Micha kam hastig auf die Beine. Seine Augen zuckten nach links und rechts wie die eines gehetzten Tieres, das in der Falle saß. Er hielt die Bürste so fest umklammert, dass seine Knöchel weiß hervortraten. »Ich hab doch schon gesagt, dass ich sie nicht kannte!«, beeilte er sich zu sagen. »Ich bin ein einfacher Handlanger.«

»Ich glaube, du kanntest sie doch«, sagte Anna sanft. »Warum bist du so heftig erschrocken, als du sie gesehen hast?«

~

Michas Herz schlug bis zum Hals. Seit der Begegnung in der Siechenstube wusste er nicht, was er tun sollte, und fühlte sich mit jeder Stunde, die verstrich, schuldiger. Er hatte nicht nur die arme Frau erkannt, auch der Mann, den er in der Nacht dabei beobachtet hatte, wie er die Frau geschlagen hatte, war in der Stube gewesen. Ein Teil von ihm drängte ihn dazu, sich alles von der Seele zu reden, mit dem Finger auf den Ordensbruder zu zeigen und zu beichten, was vorgefallen war. Ein anderer Teil jedoch warnte ihn davor, sich in Dinge einzumischen, die ihn nichts angingen. Niemand würde ihm glauben. Er war ein Nichts, ein Handlanger, dessen Wort kein Gewicht hatte gegen das eines frommen Mannes. Außerdem war die Magd noch am Leben gewesen, als der Mönch sie verlassen hatte, weshalb er sich um Kopf und Kragen reden würde, wenn er anderweitige Behauptungen aufstellen würde.

»Hattest du was mit ihr zu tun?«, hakte Lazarus nach.

»Nein«, beteuerte er. »Ich bin erschrocken, weil sie tot war.«

»Weißt du, wer Odo ist?«, wollte die Frau wissen.

Diese Frage überraschte Micha. »Odo?«

»Ein Knecht«, erklärte Lazarus.

Micha schüttelte den Kopf. »Ich rede nicht viel mit den anderen«, sagte er. »Ich tue nur meine Arbeit.« Er drehte die Bürste hin und her, in der Hoffnung, dass sie ihn in Ruhe lassen würden, damit er weiterschrubben konnte.

»Gerdi war schwanger«, informierte ihn Anna.

Micha schluckte. Das passte zu dem, was er in der Nacht mitangehört hatte. »Ist das Kind …?«

»Es ist mit ihr gestorben.«

Er wusste nicht, was er darauf erwidern sollte, weshalb er sich bekreuzigte und den Blick senkte.

»Du weißt, dass Lügen eine Sünde ist?«, fragte Lazarus mit einem warnenden Unterton.

»Ich lüge nicht«, murmelte Micha, wagte allerdings nicht, einen der beiden anzusehen. Womöglich erkannten sie, dass er nicht die Wahrheit sagte, und bedrängten ihn so lange, bis er etwas ausplauderte, was er bereuen würde.

»Ich glaube dir«, sagte Anna nach kurzem Schweigen. »Falls dir doch noch was einfällt, wäre es klug von dir, es zuerst mir oder Lazarus zu sagen. Uns kannst du vertrauen.«

Warum?, dachte Micha. Er hatte schon lange niemandem mehr vertraut. Wer sagte ihm, dass sie ihn nicht einfach beschuldigten, etwas mit dem Tod von Gerdi zu tun zu haben? Seit er auf sich allein gestellt war, war er immer wieder in Situationen geraten, in denen es das Klügste gewesen war, zu schweigen wie ein Grab.

»Du brauchst keine Angst zu haben«, versicherte sie.

»Ich hab keine Angst«, sagte er, obwohl das nicht stimmte. »Ich habe nichts Falsches getan.«

»Niemand wirft dir was vor.«

Warum lasst ihr mich dann nicht in Ruhe? Er tauchte die Bürste in den Wassereimer, ging auf die Knie und bürstete weiter an dem Fleck herum, der bereits tief ins Holz eingedrungen war. Einer der Insassen hatte sich auf dem Weg zu seinem Lager erbrochen, und obwohl die Arbeit schmutzig war, war sie besser als das Säubern der Sickergrube. Micha wusste nicht, ob es an all den ekelhaften Gerüchen lag, dass auch ihm seit einiger Zeit übel war, allerdings nahm er an, dass die Aufregung nicht unschuldig daran war. Das, was er beobachtet hatte, bereitete ihm Bauchschmerzen, die vermutlich nichts mit der grassierenden Erkrankung zu tun hatten.

Als die beiden kehrtmachten und ihn mit seiner Arbeit alleinließen, atmete er erleichtert auf. Bei dem Ordensbruder, der Gerdi geschlagen hatte, handelte es sich um keinen Geringeren als den Siechenmeister, und er würde den Teufel tun, einen so einflussreichen Mann einer Tat zu bezichtigen, die er nicht beweisen konnte.

Kapitel 32

Obwohl sich Gallus schon oft in einer aussichtslosen Lage befunden hatte, musste er sich eingestehen, dass es dieses Mal besonders schlimm um ihn stand. Nachdem die Gassenjungen ihn fast besinnungslos geprügelt hatten, war er in eine Ecke gezerrt und wie ein Päckchen verschnürt worden und fürchtete nun mehr denn je um sein Leben. Die Rückkehr des Schwarzen Utz hing wie ein Damoklesschwert über ihm, und ihm war bewusst, dass er dieses Mal nicht glimpflich davonkommen würde. Je länger er im Unterschlupf der Bande gefangen war, desto klarer wurde ihm, wie gefährlich Utz war. Er war weit mehr als ein Gassenjunge, der ein paar Diebe anführte. In ihm steckte das Zeug zu einem skrupellosen Verbrecher und Mörder.

»Ich möchte nicht in deiner Haut stecken«, murmelte das Mädchen, das ihm mit einem feuchten Tuch das Blut aus dem Gesicht wischte. Lauter wagte es nicht zu reden, da sie von zwei Burschen beobachtet wurden, denen anzusehen war, dass sie nur auf einen Anlass warteten, Gallus die nächste Abreibung zu verpassen.

»Mach doch nicht so ein Getue um ihn!«, herrschte einer von ihnen das Mädchen an. »Der hat sowieso nicht mehr lange.«

»Was habt ihr mit ihm vor?«

»Es ist besser, wenn du das nicht weißt«, war die barsche Antwort. »Kümmre dich um deinen Kram!«

Das Mädchen zögerte einen Moment, dann tauchte es das Tuch ein letztes Mal in eine Wasserschale und drückte es Gallus auf sein zugeschwollenes Auge.

Da er seine Hände nicht frei bewegen und es nicht festhalten konnte, rutschte das Tuch langsam nach unten, während das Mädchen sich erhob und aus seinem Blickfeld verschwand.

»Ich denke, Utz wird dich an die Fische verfüttern«, höhnte einer der Jungen.

Gallus tat so, als hätte er ihn nicht gehört.

»Vielleicht schneidet er dir vorher noch die Ohren ab oder die Zunge raus.«

Gallus schwieg. Was auch immer Utz mit ihm vorhatte, angenehm würde es nach seinem missglückten Fluchtversuch bestimmt nicht sein. Sollte der Kerl den Plan, ihn als Leibeigenen zu verkaufen, aufgeben, stand es schlecht um ihn.

Als Utz eine halbe Stunde später zurückkehrte, verdunkelte sich seine Miene beim Anblick von Gallus. »Warum ist er nicht oben?«, fuhr er die beiden Jungen an.

»Er wollte abhauen.«

Utz stemmte die Hände in die Hüften. »Abhauen?« Er kam näher und blickte Gallus kalt an. In seinen Augen glomm eine gefährliche Wut. »Du dachtest wohl, wir wären bloß ein paar dumme Jungen?«

Gallus schwieg. Egal, was er jetzt sagte, es würde Utz vermutlich nur wütender werden lassen.

»Du hast Pech«, knurrte Utz. »Und ich auch. Niemand will einen Leibeigenen, der aussieht wie du.« Er zückte sein Messer. »Das bedeutet, dass ich meine zwanzig Gulden wohl abschreiben kann.«

Gallus versuchte, vor ihm zurückzuweichen, als er mit dem Messer in der Hand einen Schritt auf ihn zumachte.

»Da du versucht hast abzuhauen, kann ich dich wohl kaum laufen lassen und darauf vertrauen, dass du deine Schulden abarbeitest«, fuhr Utz fort. »Also habe ich keine Wahl.« Er packte Gallus' gefesselte Hände und zog ihn grob auf die Beine. »Gebt mir einen Lumpen!«, befahl er den zwei Jungen. Als sie das Geforderte brachten, stopfte er Gallus den Knebel in den Mund.

Gallus versuchte erfolglos, ihn auszuspucken.

»Ich werde dich hinter dem Schuppen verscharren«, knurrte Utz. »Da suchen nicht mal die Ratten nach dir.«

Gallus hörte das erschrockene Einatmen des Mädchens.

»Vorwärts!« Utz versetzte ihm einen brutalen Stoß, der ihn taumeln ließ.

Hände packten ihn an den Armen, und er wurde zu einer Hintertür bugsiert, die Utz mit so viel Wucht aufstieß, dass sie gegen die Wand des Schuppens schlug. »Da rüber!« Er zeigte zu einer Stelle dicht bei der Mauer, die von keiner der angrenzenden Katen in der Nähe einzusehen war. Sie wurde von der Krone einer mächtigen Kastanie überschattet und schien den Gassenjungen als Misthaufen zu dienen. »Grabt ein Loch!«

Gallus zerrte an seinen Fesseln, erstarrte jedoch, als er die Klinge von Utz' Messer in der Seite spürte.

»Geh näher!«, befahl Utz.

Gallus rührte sich nicht.

»Ich sage es nicht noch mal!« Die Klinge bohrte sich tiefer in Gallus' Fleisch.

Da ihm nichts anderes übrigblieb, wollte er den Befehl gerade befolgen, als sich im Unterschlupf laute Stimmen erhoben. Etwas polterte, und das Mädchen stieß einen schrillen Schrei aus. Dann stürmten mehrere Stadtwächter ins Freie und stürzten sich auf Utz und die beiden Jungen beim Misthaufen.

Gallus, der kaum begriff, was geschah, wurde von einem der Wächter von seinem Knebel befreit, während ein zweiter seine Fesseln löste. Wie im Traum verfolgte er, wie Utz und die anderen auf die Knie gezwungen wurden, während die Jungen aus dem Unterschlupf ebenfalls ins Freie getrieben wurden.

Kurz darauf tauchte der Hauptmann der Wache auf und bedachte Gallus mit einem Stirnrunzeln. »Anscheinend hat die Frau die Wahrheit gesagt«, stellte er an einen seiner Männer gewandt fest, der rote Ohren bekam.

»Woher hätten wir wissen sollen, dass sie uns nicht zum Narren hält?«, verteidigte dieser sich. »So eine hanebüchene Geschichte hättet Ihr genauso wenig geglaubt. Sie ist eine Zauberin!«

Der Hauptmann verzog das Gesicht. »Ammenmärchen«, schnaubte er. An Gallus gewandt fragte er: »In was um alles in der Welt bist du jetzt schon wieder hineingeraten?«

Gallus, dessen Mund staubtrocken war, krächzte: »Die Kerle wollten zwanzig Gulden von mir.«

»Warum?«

»Weil sie mit dem Mörder von Vinzenz Bitterlin unter einer Decke gesteckt haben«, brachte Gallus mühsam hervor. »Er hat ihnen Geld geschuldet, und sie haben mir die Schuld gegeben, dass es verloren ist, weil ich …«

»Weil du dafür gesorgt hast, dass er seine Schulden nicht bezahlen kann«, beendete der Hauptmann den Satz.

Gallus nickte. »Das sind allesamt Diebe. Oben ist ein Raum voller gestohlener Sachen.« Er schluckte mühsam. »Wie habt Ihr mich gefunden?«

»Eine Frau war gestern im Wachhaus.«

»Luna?«

Der Hauptmann zuckte mit den Schultern. »Angeblich soll sie magische Kräfte haben.« Er verdrehte die Augen. »Was auch immer sie den Leichtgläubigen erzählt, hierbei hat sie offensichtlich die Wahrheit gesagt.«

»Dem Himmel sei Dank!«, murmelte Gallus und hob den Blick, als die Wachen das Mädchen zu den Gefangenen führten.

Die Angst stand ihm deutlich ins Gesicht geschrieben.

»Sie ist keine Diebin«, sagte er. Irgendwie musste er das, was die Kleine für ihn getan hatte, wiedergutmachen.

»Was ist sie dann?«, wollte der Hauptmann wissen.

»Eine Gefangene«, behauptete Gallus. Damit war er vermutlich nicht weit von der Wahrheit entfernt, weil er nicht den Eindruck gehabt hatte, das Mädchen könnte tun und lassen, was es wollte. Es hatte sich vor Utz gefürchtet.

»Lasst sie gehen!«, befahl der Hauptmann seinen Männern und bedeutete dem Mädchen, dass es frei war. »Lauf! Verschwinde von hier und komm nie wieder!«, riet er ihm.

Mit einem Schluchzen rannte das Mädchen davon, so schnell es konnte.

»Was passiert jetzt mit denen?«, wollte Gallus wissen.

»Was wohl? Wenn es stimmt, was du sagst, und sie horten Diebesgut, landen sie allesamt im Loch.«

Kapitel 33

Die folgende Woche verging wie im Flug, und als sich Jakob Ehinger an einem warmen Morgen auf den Weg ins Rathaus machte, um der Aburteilung der Diebesbande beizuwohnen, war die halbe Stadt auf dem Marktplatz zusammengelaufen. Gallus, dessen Gesicht in allen Farben des Regenbogens schillerte, stand vor dem Eingang, doch an diesem Tag verkündete statt seiner Schalmei die Glocke auf dem Dach des Rathauses, dass es um Leben und Tod ging. Gallus war in den vorausgegangenen Sitzungen als Zeuge geladen worden, genau wie Jakob, der nochmals über die Nacht befragt worden war, in der der Mörder von Vinzenz Bitterlin den Tod gefunden hatte. Gallus hatte den Kerl aufgespürt und erstochen, weil er neben Bitterlin auch die unschuldige Ida getötet hatte. Nachdem der Anführer der Diebesbande, der Schwarze Utz, unter Folter gestanden hatte, eine Mitschuld an dem Mord zu tragen, drohte ihm und seinen Kumpanen der Galgen.

Gallus schenkte ihm ein schiefes Lächeln, als Jakob an ihm vorbeischritt und das Rathaus betrat, an dessen Front an diesem Morgen die Wappentücher der Ulmer Patrizier und Kaufmannsfamilien aufgehängt worden waren. Die Festlichkeiten rund um den Schwörmontag waren nicht mehr weit, deshalb würden sich bald zahlreiche Fahnen hinzugesellen, die an die Ulmer Geschichte erinnerten.

Die Ratsstube war voll besetzt, und Jakob musste sich den Weg zum Platz seiner Familie durch kleine Gruppen von Ratsherren bahnen, die den Hauptmann der Wache zu seinem Fang beglückwünschten. Die Diebesbande hatte viel zu lange ihr Unwesen in der Stadt getrieben, und abgesehen von Jakob schienen die meisten zu denken, dass diesem Treiben nun endgültig ein Ende gesetzt wurde. Auch wenn er hoffte, dass die Strafe für die Gassenjungen andere Langfinger abschrecken würde, war er sicher, dass bald ein neuer Anführer das Ruder übernehmen und andere Bettelknaben um sich scharen würde. Diese Habenichtse waren wie Ratten, die sich immerzu vermehrten.

Die Köpfe der Anwesenden drehten sich, als die Stadtwache den Schwarzen Utz und seine Mitgefangenen in die Stube führte.

»Ruhe!«, posaunte der Bürgermeister, der an einem Tisch mit den zwölf Richtern der Stadt saß.

Es dauerte eine Weile, bis die Stimmen verstummten und alle ihre Plätze eingenommen hatten, doch schließlich war es so still im Raum, dass nur noch das Klirren der Ketten zu hören war.

»Wir sind heute zusammengekommen, um das Urteil über diese Angeklagten zu verkünden«, erhob der vorsitzende Richter das Wort. Er betrachtete die Gefangenen mit grimmiger Miene, griff sich einen Stab vom Tisch und zerbrach ihn, bevor er ihn dem Schwarzen Utz vor die Füße warf. »Hiermit werdet ihr allesamt zum Tod am Galgen verurteilt.«

Der Schwarze Utz verriet mit keiner Regung, was er empfand, einige der jüngeren Mitgefangenen hingegen brachen in lautes Weinen und Wehklagen aus.

»Habt Erbarmen!«, flehte ein blonder Junge, dessen Gesicht so schmutzig war, dass seine Augen unnatürlich weiß wirkten. »Bitte!« Er warf sich auf die Knie und hob die gefesselten Hände.

»Ist der Henker bereit?«, erkundigte sich der Bürgermeister ungerührt beim Hauptmann.

Dieser nickte. »Er wartet unten.«

»Dann verkündet den Bürgern das Urteil und prügelt die Bengel zur Richtstätte!«

Nicht nur Jakob schien Genugtuung zu empfinden, als die Stadtknechte die Gefangenen aus der Stube nach unten brachten, wo sich noch mehr Ulmer eingefunden hatten.

»Endlich erhalten diese Langfinger ihre gerechte Strafe!«, knurrte sein Nebenmann. »Meiner Gemahlin haben sie eine wertvolle Brosche gestohlen, als sie auf dem Markt war. Ich hoffe, sie landen in der Hölle!«

»Das werden sie mit Sicherheit«, ließ sich der neue Spitalpfleger Ortwin Besserer vernehmen. Seit Jakob das Amt des Steuerherrn innehatte, war ihr Verhältnis etwas weniger angespannt. »Wäre es nach mir gegangen, hätte man ihnen vor dem Aufhängen die Hände abgehackt!«

»Sie werden auch so genug leiden, glaubt mir«, mischte sich ein Zunftoberer ein.

Jakob, der froh war, dass endlich alle Komplizen von Bitterlins Mörder unschädlich gemacht waren, schloss sich einer Gruppe von Ratsmitgliedern an, die sich ins Freie begaben, um der Verkündung des Urteils beizuwohnen. Im Anschluss daran wurden den Gefangenen die Hemden vom Leib gerissen, und zwei Gehilfen des Henkers fingen an, mit Ruten auf sie einzuschlagen.

Begleitet von Trommlern brach der Zug schließlich zum Galgenberg auf, wo die Diebesbande ihr unrühmliches Ende finden würde. Jakob, der keinen Wert auf das

Schauspiel legte, begab sich mit einem Seufzen auf den Heimweg, um seinen beiden Söhnen etwas über kostbare Gewürze beizubringen. Obwohl er Heinrich erst ab dem Spätsommer hatte ausbilden wollen, hatte der Junge so lange auf ihn eingeredet, bis Jakob schließlich nachgegeben hatte. Sein Feuereifer war entwaffnend, und er stellte sich zu Jakobs Erleichterung geschickt an. Vielleicht würde irgendwann ein ebenso guter Kaufmann aus ihm werden, wie sein Großvater es gewesen war.

~

Auch wenn Gallus' Lippe geschwollen und verschorft war, hätte er sich gewünscht, an diesem Tag die Schalmei zu blasen, um die Verurteilten zum Galgen zu begleiten. Mit einem zufriedenen Lächeln verfolgte er, wie ihre Rücken von den Ruten der Henkersknechte mit roten Striemen überzogen wurden und wie die Jungen – niedergedrückt von schweren Ketten – in Richtung Galgenberg stolperten. Die Kleinsten taten ihm leid, aber es hieß nicht umsonst: mitgefangen, mitgehangen. Einzig das Mädchen schien unverschuldet Teil der Bande gewesen zu sein, alle anderen hatten sich für ein Leben als Verbrecher mit Utz als Anführer entschieden.

Die Erinnerung an den Moment, in dem er den Tod vor Augen gehabt hatte, ließ Gallus' Herz verhärten. Wäre diese Luna nicht zur Wache gelaufen, läge er jetzt tot inmitten von Unrat. Ihm war klar, dass er ihr dankbar sein musste, dennoch empfand er beim Gedanken an sie gemischte Gefühle. Hätte sie nicht den Atzmann für Utz gemacht … Heißer Schrecken durchzuckte ihn. Wo war der Atzmann? Nachdem die Gassenjungen ihn niedergeschlagen hatten, mussten sie die Puppe an sich genommen haben. Doch was war damit geschehen? Während sich die Schaulustigen dem Zug der Verurteilten anschlossen, nagte er unentschlossen an dem Schorf an seiner Lippe. Sehr gern hätte er gesehen, wie dieser verdammte Utz am Galgen baumelte, doch es drängte ihn, endlich die Kontrolle über sein Leben zurückzugewinnen. Die Bengel konnten ihm nichts mehr anhaben. Aber was würde geschehen, wenn der Atzmann in die falschen Hände fiel? Widerwillig wandte er sich von dem Spektakel ab und beschloss, die Gelegenheit zu nutzen. Vermutlich strömte das halbe Fischerviertel in diesem Moment zum Galgenberg. Ein besserer Zeitpunkt, zum Unterschlupf zurückzukehren, würde sicher nie kommen.

Er ignorierte seine schmerzenden Rippen und begann, den Abhang in Richtung der Blau hinabzusteigen, wo tatsächlich sich nur wenige Menschen aufhielten.

Kapitel 34

Als Gallus den windschiefen Schuppen erreichte, in dem er gefangen gehalten worden war, zog sich sein Magen schmerzhaft zusammen. Er hätte nie gedacht, dass ein paar zerlumpte Bengel ihm jemals gefährlich werden könnten, doch der Vorfall mit Utz hatte ihn eines Besseren belehrt. Ganz gewiss würde er in Zukunft niemanden mehr unterschätzen, ganz gleich, welchen Platz er in der Gesellschaft einnahm.

Während die Grillen in dem hohen Gras ein ohrenbetäubendes Zirpen anstimmten, suchte er alles ab, bis er schließlich schwitzend aufgab. Von dem Atzmann war weit und breit nichts zu entdecken, dafür von seinem eigenen Blut. Ein dunkler Fleck auf dem Boden verriet, wo die Jungen ihn niedergeschlagen hatten, allerdings musste er genau hinsehen.

»Wo bist du?«, murmelte er und ging ins tiefere Gras. Vielleicht hatte einer der Jungen die Puppe weggeworfen.

Er war noch nicht weit gekommen, als er ein Rascheln vernahm. Als er aufblickte, bemerkte er eine schmale Gestalt, die in Richtung Unterschlupf davonlief.

Gallus runzelte die Stirn. Hatten sich schon neue Diebe in dem Schuppen eingenistet? Obwohl ihm sein Verstand riet, dem Unterschlupf den Rücken zu kehren und nach Hause zu gehen, zückte er mit der gesunden Hand sein Messer und schlich dichter heran. Er hatte die Tür noch nicht erreicht, als er erneut eine Bewegung aus dem Augenwinkel wahrnahm. »Bleib stehen!«, rief er.

Zu seinem Erstaunen wurde sein Befehl befolgt, und als er sich näherte, erkannte er das Mädchen, das seinen Arm geschient hatte.

»Ich ... Ich wollte nur ...«, stammelte es.

»Warum bist du zurückgekommen?«, fragte Gallus.

Es blickte ihn mit furchtsamer Miene an. »Wo soll ich denn sonst hin? Ich habe kein Zuhause.« Es sah an ihm vorbei. »Hast du die Wache mitgebracht? Komme ich jetzt auch ins Loch?« Seine Stimme zitterte. »Ich habe die Trommeln gehört.«

Gallus spürte Mitleid in sich aufsteigen. Die Kleine war mager und wirkte vollkommen hilflos. »Ich bin allein«, beruhigte er sie. »Ich suche nach dem Atzmann.«

»Dem *was*?«

»Der Puppe, die die Zauberin gemacht hat.«

Ihre Augen weiteten sich.

»Weißt du, wo sie ist?«

Sie nickte. »Ich habe sie aufgehoben. Sie hat mir gefallen.« Sie errötete. »Ich habe sie vor Utz versteckt.«

Gallus spürte Erleichterung in sich aufsteigen. »Gib sie mir!«

»Ich wollte nichts Böses damit tun«, beteuerte sie und wich vor ihm zurück, als er einen Schritt auf sie zumachte.

»Ich tue dir nichts«, versprach er, steckte das Messer in den Gürtel und bedeutete ihr, ihn in den Schuppen zu bringen.

Drinnen hatte sich nichts verändert, sogar das Feuer in der Feuerstelle brannte.

»Ich habe einen Fisch gefangen«, sagte sie mit einem Hauch von Stolz. »Ich habe noch nie was gestohlen. Utz hat mich nur dazu gezwungen, für ihn und die anderen zu kochen.«

Gallus glaubte ihr. Sie war viel zu scheu, um sich unter das Marktvolk zu mischen und Geldkatzen abzuschneiden. Vermutlich würde sie früher oder später in einem Hurenhaus landen, doch das ging ihn nichts an. Er war nur wegen einer Sache zurückgekommen. »Wo ist der Atzmann?«

Das Mädchen ging in die Hocke und hob eines der morschen Bodenbretter an. Aus dem Loch darunter zog es die Wachspuppe hervor, die Luna angefertigt hatte.

Gallus streckte die Hand aus und atmete erleichtert auf, als seine Finger den Atzmann umschlossen. »Hier.« Er warf dem Mädchen ein paar Pfennige zu. »Sieh zu, dass du dich von Ärger fernhältst. Noch mal kann ich dir nicht die Haut retten.« Mit diesen Worten ließ er es allein in dem Schuppen und machte sich auf den Weg zum Beginenhof. Dort erklärte er der Torhüterin, dass er Luna sprechen wollte.

»Warte«, war die Antwort. »Ich hole sie.«

Kurz darauf erschien die Zauberin, die Gallus mit einem Ausdruck in den Augen musterte, den er als Erleichterung interpretierte. »Sie haben dich übel zugerichtet«, stellte sie fest.

»Danke, dass du die Wache geholt hast«, entgegnete er.

»Sie wollten mir nicht glauben und haben mich weggejagt. Aber offensichtlich haben sie es sich anders überlegt.« Ihr Blick fiel auf den Atzmann. »Bist du deswegen gekommen?«

Er nickte. »Nimm den bösen Zauber von ihm!«

»Ich wirke keinen bösen Zauber«, war die Antwort.

»Es ist nichts weiter als eine Wachspuppe, für die einfältige Narren mir Geld geben.«

»Das glaube ich nicht«, knurrte Gallus. »Nimm den Zauber von ihm oder ich …«

»Oder *was*?« Sie funkelte ihn herausfordernd an.

»Bitte!« Er klemmte die Puppe unter den Arm und kramte in seiner Tasche. »Ich bezahle dich dafür.«

Etwas Spöttisches trat in ihren Blick. »Wenn du unbedingt willst …« Sie steckte das Geld ein, griff nach dem Atzmann und drehte ihn mit dem Kopf nach unten. »Komm, Herr Jesus, und nimm alles Böse von dieser Puppe, damit Gallus nur Gutes widerfahre. Ebra, debra.« Sie schlug ein Kreuz und spuckte dreimal über die linke Schulter. »Jetzt ist es nichts weiter als eine Puppe«, versprach sie und gab ihm den Atzmann zurück. »Wirf ihn ins Feuer und sprich drei Vaterunser. Dann wirkt Gott vielleicht ein Wunder für dich.«

»Wirklich?«

Sie nickte ernst. »Und jetzt geh! Ich habe zu tun.«

Gallus verharrte einige Augenblicke vor dem Tor, als Luna längst verschwunden war, ehe er sich in Bewegung setzte und in die Herberge ging, in der er wohnte. Dort entzündete er trotz der Hitze ein Feuer und starrte einige Zeit lang in die Flammen. Schließlich warf er den Atzmann hinein und tat, was Luna geraten hatte. Erst als die Flammen erstarben, stocherte er mit einem Schürhaken in der Asche und war froh, dass von der Puppe nichts mehr zu sehen war.

Kapitel 35

Die Tatsache, dass eine Magd hinter den schützenden Mauern des Spitals ermordet worden war, lastete wie Blei auf den Insassen. Zwar hatte die Wache inzwischen den Knecht Odo befragt und herausgefunden, dass er unschuldig war, dennoch hatte es in letzter Zeit zu viele Tote gegeben, die nicht an einer Krankheit verstorben waren. Anna spürte die Unruhe, als sie am Morgen der Hinrichtung den Hof überquerte, auf dem kleine Gruppen zusammenstanden und tuschelten. Erst das tote Kind, dann Gerdi, und nach wie vor gab es keine Spur. Die Liste der Wöchnerinnen, die der Magister Hospitalis dem Hauptmann übergeben hatte, war genauso nutzlos gewesen wie die Gerüchte über Gerdi. Immer öfter fragte sich Anna, ob die Morde zusammenhingen und ob sich Bruder Michael bei der Schwangeren geirrt hatte, deren Kind die Hebamme mit einer Taufspritze getauft hatte. Ging ein Mörder um, der es auf Frauen und Kinder abgesehen hatte? Und was wusste Micha wirklich? Je länger sie darüber nachdachte, desto stärker wurde ihr Verdacht, dass er vielleicht doch etwas beobachtet hatte, was Licht in die Angelegenheit bringen könnte.

Umso erschütterter war sie, als sie an diesem Morgen die Siechenstube erreichte und erfuhr, dass der Junge ebenfalls an der Seuche erkrankt war, die mehr und mehr Opfer forderte.

»Wie geht es ihm?«, erkundigte sie sich bei Lazarus.

»Nicht gut. Er hat hohes Fieber. Wenn Gott das Spital nicht bald von dieser Seuche erlöst …«

»Glaubst du wirklich, dass sie eine Strafe Gottes ist?«

Lazarus zuckte mit den Schultern. »Ich weiß nicht, was ich glauben soll. Um Gift kann es sich jedenfalls nicht handeln, dazu sind die Symptome zu unterschiedlich. Manche haben nur Durchfall und leichtes Fieber, andere sterben unter furchtbaren Qualen.« Er zeigte auf einen Ordensbruder, dessen Gesicht schweißnass glänzte. »Bei ihm erscheint es mir so, als würde er unter Fäulnis leiden.«

»Unter Fäulnis?«, fragte Anna erstaunt.

Lazarus nickte. »So wie Galen sie beschreibt«, erklärte er. »Ich glaube, es handelt sich um ein pestilenzialisches Fieber. Die Fäulnis entsteht, wenn Wärme von außen hinzukommt und die Körpersäfte verdirbt«, fuhr er fort. »Das heiße Wetter hat eine Überfüllung mit schlechten Säften begünstigt, eine Plethora«, erläuterte er weiter. »Dadurch und durch mangelnde Durchlüftung des Körpers ist es bei einigen der Kranken zur Fäulnis des Blutes gekommen.«

»Wie schlimm ist es?«, wollte Anna wissen.

»Die Kranken atmen faulige Ausdünstungen aus, die für Menschen in ihrer Umgebung gefährlich werden können«, entgegnete Lazarus und zeigte auf den hinteren Bereich der Siechenstube. »Deswegen habe ich angeordnet, die Schwerkranken von den anderen zu trennen.« Er rieb sich das Kinn. »Kannst du mir mehr Theriak bringen?«

Anna nickte. Von den Kräutern, aus denen diese Arznei hergestellt wurde, hatte sie stets einen großen Vorrat. Unter anderem benötigte sie Blaustern, Dürrwurz, Bergminze, Pfefferkraut, Marienblatt, Weinberglauch und Balsamtannenharz.

»Und ich denke, wir sollten mit Kyphi räuchern«, setzte Lazarus hinzu. »Dadurch bekämpfen wir die Fäulnis.«

»Das halte ich für eine frevlerische Verschwendung«, ertönte Bruder Michaels Stimme hinter ihnen.

Anna wandte sich erschrocken um.

»Wieso hast du die Kranken ohne mein Wissen verlegen lassen?«, fuhr Bruder Michael Lazarus an. »Ich bin der Siechenmeister. Ich ordne derlei Dinge an.«

»Du warst nicht da«, war Lazarus' ungerührte Antwort. »Jemand musste eine Entscheidung treffen. Ich denke, bei der Seuche handelt es sich um ein pestilenzialisches Fieber.«

Bruder Michael schnaubte. »Es ist Dünnschiss, nicht mehr und nicht weniger.«

»Und all die Schwerkranken?«

»Sie sind schwach und sündig.«

»Es sind auch Brüder unter den Kranken«, entgegnete Lazarus mit einem Kopfschütteln. »Willst du behaupten, sie hätten ihr Gelübde gebrochen?«

»Das hat in diesem Spital schon manch einer getan«, ätzte Bruder Michael mit einem Seitenblick auf Anna.

»Du solltest deine Eitelkeit vergessen und ...«, hob Lazarus an.

»Eitelkeit?«, fiel Bruder Michael ihm ins Wort. »Ausgerechnet *du* sprichst von Eitelkeit?«

Lazarus blies die Backen auf. »Ich will mich nicht mit dir streiten«, versuchte er zu beschwichtigen. »Aber ich halte es für das Klügste, die Schwerkranken in einem separaten Bereich der Stube zu behandeln.«

Einen Augenblick hatte es den Anschein, als wollte Bruder Michael erneut widersprechen, doch dann warf er die Hände in die Luft und knurrte: »Meinetwegen. Ich verlange, dass ich in Zukunft vorher über solche Dinge in Kenntnis gesetzt werde. Glaub nicht, dass du Narrenfreiheit hast, nur weil dich ein paar Ratsmitglieder unterstützen. Dies ist immer noch ein frommer Orden!« Mit diesem Seitenhieb rauschte er davon und verschwand in einer der Badestuben.

»Seit der Leichenschau ist er noch unausstehlicher«, stellte Anna fest.

Lazarus zuckte mit den Schultern. »Er ist kein guter Arzt. Ich frage mich, wie er es so weit gebracht hat.«

Darauf wusste Anna keine Antwort. Sie verabschiedete sich, um Lazarus' Wunsch nach mehr Theriak nachzukommen. Die Herstellung war aufwändig und kostete viel Geduld, weshalb sie wenig erbaut war, als es eine halbe Stunde nach ihrer Ankunft an der Tür der Kräuterküche klopfte.

»Herein!«, rief sie und hob hastig einen Topf von der Kochstelle, damit das Harz darin nicht verbrannte. Als sie sah, wer sie besuchte, hob sie erstaunt die Brauen. »Mina«, begrüßte sie die junge Frau, die schüchtern auf der Schwelle verharrte. Sie war eine der Hübschlerinnen aus dem Frauenhaus. »Was führt dich zu mir?«

Mina fuhr sich mit der Zunge über die Lippen und knetete unsicher das gelbe Tuch, das an ihrem Gürtel befestigt war. Sie schien sich nicht sicher zu sein, ob sie die Kräuterküche betreten sollte oder nicht.

»Ich bin sehr beschäftigt«, sagte Anna, während sie das flüssige Harz mit den restlichen Zutaten vermischte.

»Bitte entschuldige die Störung, ich komme ein andermal wieder«, sagte Mina, machte jedoch keinerlei Anstalten zu gehen.

»Brauchst du ein Mittel für deine monatliche Reinigung?«, fragte Anna.

Mina senkte den Blick. »Dafür ist es schon zu spät«, sagte sie so leise, dass Anna sie kaum verstand. »Ich muss das Kind loswerden.«

Anna hob ruckartig den Kopf. »Du willst einen Abort herbeiführen?« Sie stellte den Tiegel ab, in dem sie die Kräuter für den Theriak zerstoßen hatte. »Du weißt, dass ich keine Mittel für einen Schwangerschaftsabbruch verkaufe.« Sie erinnerte sich nur zu gut an das eine Mal, an dem sie einer Patrizierin geholfen hatte, ihr Kind loszuwerden. Die Schuldgefühle hatten sie monatelang verfolgt, und sie hatte sich geschworen, nie mehr behilflich zu sein, wenn eine Frau sicher war, bereits empfangen zu haben. Das Herbeiführen einer ausbleibenden Blutung war eine Sache, der Abbruch einer Schwangerschaft eine andere. Obwohl die Kirche das Ungeborene bis zu achtzig Tage nach der Empfängnis nicht als Lebewesen, sondern als Körperteil der Schwangeren betrachtete, war ein Abort eine schwere Sünde. Nach dem Verstreichen der Frist wurde die Seele dem Körper des Kindes eingegossen, und aus einem Abort wurde Mord.

»Aber die anderen sagen, dass du …«, hob Mina an.

»Ich kann dir kein Mittel für einen Abbruch geben«, unterbrach Anna sie.

»Dann muss ich das Frauenhaus verlassen«, wisperte Mina. »Wo soll ich denn hin?«

»Bist du sicher, dass du ein Kind empfangen hast?«, fragte Anna. Manchmal verzögerte sich die monatliche Reinigung bei den Frauen lediglich um einige Tage.

Mina nickte.

»Seit wann?«

»Seit sieben Wochen.«

Anna legte den Stößel beiseite und bedachte Mina mit einem mitleidigen Blick. »Es tut mir leid«, sagte sie. »Ich kann dir nicht helfen.«

Kapitel 36

ALS ANNA SICH zwei Stunden später auf den Weg zum Spital machte, schweiften ihre Gedanken immer wieder zu Mina ab. Sie wusste, was es für eine junge Frau bedeutete, schwanger und ohne Hilfe auf der Straße zu landen. Viele Leute nahmen an, dass Kinder, die an unerlaubten Tagen gezeugt wurden oder aus einer unredlichen Beziehung hervorgingen, zur Strafe der Eltern verkrüppelt, aussätzig, stumm, blind, blöde oder bucklig wurden. Außerdem sagte man ihnen nach, dass sie vom Teufel besessen waren oder dazu bestimmt, eines unrechten Todes zu sterben. Es würde schwer sein für Mina und ihr Kind, ein menschenwürdiges Leben zu führen. Mehr als einmal hatte sie ihre Entscheidung seit Minas Fortgehen bereut, doch es war ihr einfach nicht möglich, der Hübschlerin zu helfen. Sie hatte den Abbruch, zu dem sie der Patrizierin verholfen hatte, längst gebeichtet, dennoch lastete er immer noch schwer auf ihrer Seele. Was, wenn das Kind doch schon älter gewesen war, als die Mutter behauptet hatte? Der Gedanke, ein unschuldiges Leben ausgelöscht zu haben, verfolgte sie seitdem bis in ihre Träume.

Sie war froh, das Spital zu erreichen, weil das dort herrschende Durcheinander sie von den eigenen Sorgen ablenkte. Am Horizont türmten sich hohe Wolken auf, weshalb die Knechte eifrig damit beschäftigt waren, zwei Fuhrwerke zu entladen, auf denen sich prall gefüllte Säcke befanden. Anna nahm an, dass sie voller Mehl waren, das in der spitaleigenen Mühle gemahlen worden war. Sollte es anfangen zu regnen, würde Feuchtigkeit in die Säcke eindringen und das Mehl verderben.

»Ich bringe den Theriak«, ließ sie Lazarus wissen, den sie bei den Schwerkranken antraf.

Eine der Schwestern breitete gerade ein Leichentuch über einem frisch Verstorbenen aus, dessen Gesicht von einem schlimmen Ausschlag entstellt war.

»Dem Himmel sei Dank!«, seufzte Lazarus. »Nichts scheint zu helfen. Ich habe den Eindruck, je öfter die Kranken zur Ader gelassen werden, desto schlechter wird ihre Verfassung.« Er warf einen Blick auf das benachbarte Lager, auf dem Micha ruhte.

»Wie geht es ihm?«, fragte Anna.

Der Junge schien bei Bewusstsein zu sein, da er den Kopf in ihre Richtung drehte.

»Er wird schwächer«, murmelte Lazarus. »Ich hoffe, der Theriak kann ihn retten.«

Micha machte mühsam winkend auf sich aufmerksam.

»Ich glaube, er will, dass du zu ihm kommst«, sagte Lazarus.

Anna überließ ihm den Korb mit den Flaschen, in die sie den Theriak gefüllt hatte, und ging zu Michas Bett. »Es wird alles gut«, redete sie ihm gut zu. »Die Arznei wird dir helfen.«

Die Zähne des Jungen klapperten, als ein Schauer durch seinen Körper lief. »Ich habe gelogen«, sagte er so leise, dass Anna ihn kaum verstand.

Sie beugte sich über ihn. »Was?«

»Ich habe dich angelogen«, wiederholte er und rang einige Augenblicke um Atem. »Ich will nicht als Lügner sterben.«

»Du wirst nicht sterben.« Anna griff nach seiner Hand.

»Ich weiß, wer Gerdi geschlagen hat.«

Anna sah ihn fragend an.

»Ich habe nachts was gehört«, fuhr er mit sichtlicher Mühe fort. »Und da hab ich gesehen, wie ein Ordensbruder sich mit Gerdi gestritten und sie geschlagen hat.«

Annas Herz setzte einen Schlag aus. »Ein Ordensbruder?«, hauchte sie.

Micha nickte schwach.

»Hast du ihn erkannt?«

Einen Moment lang hatte es den Anschein, als wäre er eingeschlafen, doch dann flüsterte er: »Es war der Siechenmeister.«

Anna zuckte zurück, als habe sie jemand verbrannt. »Bruder Michael?«

»Ja.«

»Heilige Muttergottes! Bist du sicher?«

Micha nickte erneut. »Es tut mir leid«, murmelte er.

»Ich wollte nicht lügen, ich hatte Angst. Straft Gott mich deswegen?«

Anna wurde es schwer ums Herz. Sie strich ihm sanft das verschwitzte Haar aus der Stirn und zog die dünne Decke höher. »Ich bin sicher, Gott vergibt dir diese Lüge.«

Seine Augen schlossen sich, und wenig später wurde sein Atem ruhiger. Anna hoffte, dass ihm der Theriak helfen würde, den sie ihm einflößen würde, sobald er wieder wach wurde. Den armen Jungen schien die Krankheit besonders schwer getroffen zu haben, doch er schien stärker zu sein, als er zunächst den Eindruck machte. So Gott wollte, würde er schon bald wieder auf den Beinen sein.

Sie erhob sich von seinem Lager und bedeutete Lazarus, ihr nach draußen zu folgen. Dort führte sie ihn hinter das Gebäude, wo sie niemand belauschen konnte.

»Was ist?«, fragte er verwundert.

»Micha weiß, wer Gerdi verprügelt hat«, erklärte sie.

Lazarus runzelte die Stirn. »Hat er nicht behauptet ...?«

»... nichts zu wissen?«, ergänzte Anna. »Er hat gelogen.«

»Warum?«

»Weil er Angst hatte.« Sie sah sich um, um vollkommen sicher zu sein, dass sie allein waren. »Es war Bruder Michael.«

Lazarus war wie vom Donner gerührt. »Ist er sicher?«, fragte er.

»Das ist er.«

»Dieser verdammte Mistkerl!« Lazarus warf einen entschuldigenden Blick zum Himmel und bekreuzigte sich. »Vergib mir, Vater«, murmelte er.

»Was sollen wir jetzt tun?«

»Ihn zur Rede stellen!« Lazarus machte Anstalten, nach drinnen zu laufen.

Anna hielt ihn am Ärmel zurück. »Das ist kein guter Einfall«, warnte sie ihn.

»Was willst du sonst tun? Ihn damit davonkommen lassen? Er hat behauptet, Gerdi sei an der Starrsucht gestorben, um von der wirklichen Ursache abzulenken!«

»Meinst du, *er* hat sie getötet?«

»An der Starrsucht ist sie jedenfalls nicht gestorben!«

»Ich denke, es wäre klüger, wenn wir dem Hauptmann sagen, was Micha beobachtet hat«, schlug Anna vor.

»Dieser Mistkerl ist ein Ordensbruder!«, brauste Lazarus auf. »Ich will, dass er bei allem, was ihm heilig ist, schwört, dass er nichts mit Gerdis Tod zu tun hat.« Ehe Anna ihn davon abhalten konnte, stürmte er in die Siechenstube und stürzte sich wie ein Habicht auf Bruder Michael.

»Was soll das?«, empörte sich dieser, als Lazarus ihn am Kragen packte und von dem Lager wegzog, an dem er gestanden hatte.

Ohne auf den Protest zu achten, zerrte Lazarus ihn in die Spitalapotheke und knallte die Tür zu, als auch Anna im Raum war.

»Spinnst du?«, keifte Bruder Michael.

»Du falsche Schlange!« Auf Lazarus' Stirn pochte eine Ader. »Ich weiß, was du getan hast!«

Bruder Michael befreite sich ärgerlich von ihm und zog den Stoff seines Habits glatt. »Was für ein Dämon ist denn in *dich* gefahren?«, fragte er mit aufgesetztem Hochmut.

»*Du* hast Gerdi verprügelt!«, schleuderte Lazarus ihm ins Gesicht.

Bruder Michael erbleichte. »Wie kannst du es wagen?«, zischte er.

»Es gibt einen Zeugen!« Lazarus stach mit dem Finger nach seiner Brust. »Man hat euren Streit belauscht!«

»Wer?« Die Frage war Bruder Michael entschlüpft, bevor er sich auf die Zunge beißen konnte.

»Also gibst du es zu?«

»Ich gebe gar nichts zu!« Bruder Michael stieß Lazarus beiseite und floh aus dem Raum.

Kapitel 37

Als der Helfer, den Lazarus losgeschickt hatte, um den Hauptmann zu holen, eine halbe Stunde später mit der Wache zurückkehrte, war von Bruder Michael keine Spur zu entdecken.

»Wo ist er?«, fragte Lazarus einen der Ordensbrüder, der gerade einem der Kranken die Beichte abgenommen hatte.

»Ich weiß nicht«, war die unbefriedigende Antwort.

Als Anna auftauchte, schüttelte sie den Kopf als Antwort auf Lazarus' fragenden Blick.

»Bringt mich zu dem Jungen, der den Streit angeblich mitangehört hat!«, forderte der Hauptmann, und Lazarus führte ihn zu Michas Lager.

»Er schläft«, stellte er fest.

»Dann weckt ihn auf!«

»Das wird nicht so einfach sein.« Lazarus zog einen Schemel heran und befühlte Michas Stirn. Sie war glühend heiß. Der Atem des Jungen war flach, und auch auf seiner Haut breitete sich allmählich ein Ausschlag aus. Er warf sich unruhig hin und her, allerdings gelang es Lazarus nicht, den tiefen Fieberschlaf zu stören.

»Er hat mir alles gesagt«, ließ sich Anna vernehmen. »Ich weiß, was er beobachtet hat.«

Obwohl es Lazarus lieber gewesen wäre, wenn Anna nicht in die Angelegenheit verwickelt worden wäre, sah er ein, dass es keinen anderen Weg gab. Jetzt, wo er Bruder Michael konfrontiert hatte, musste der Sache auf den Grund gegangen werden. Was, wenn *er* Gerdis Tod zu verantworten hatte? Lazarus hatte noch nie viel von dem aufgeblasenen Wichtigtuer gehalten, trotzdem hatte er ihm nie einen Mord zugetraut.

Nachdem Anna berichtet hatte, was sie von Micha erfahren hatte, rieb sich der Hauptmann nachdenklich das Kinn. »Und er war sicher, dass es sich um den Siechenmeister gehandelt hat?«

Anna nickte.

»Vermutlich war das Kind von ihm«, brummte Lazarus.

»Glaubt Ihr, er hat sie deshalb zu Tode geprügelt?«

»Ich weiß nicht, was ich noch glauben soll«, gestand Lazarus. »Sicher ist nur, dass Gerdi keines natürlichen

Todes gestorben ist. Ob er sie zu Tode geprügelt oder erwürgt hat …«

»Das sind schwere Anschuldigungen.«

»Deshalb wollte ich, dass er sich rechtfertigt«, entgegnete Lazarus. »Aber er hatte nichts zu sagen, um den Verdacht zu entkräften.«

»Begleitet mich zum Magister Hospitalis!«, forderte der Hauptmann Lazarus auf. »Es liegt gewiss auch in seinem Interesse, den Fall so schnell wie möglich aufzuklären. Erst das tote Kind, jetzt die tote Magd …« Er rückte seinen Helm zurecht. »Es muss ihm am Herzen liegen, wenigstens den Täter für einen dieser Morde zu finden.«

Das müsste es, dachte Lazarus grimmig. Allerdings war er sicher, dass der Spitalmeister mehr auf seinen Ruf als auf Gerechtigkeit bedacht war.

Wenig später wurde seine Befürchtung bestätigt. Als er und der Hauptmann die Schreibstube des Magister Hospitalis betraten, fanden sie Bruder Michael dort vor. Die beiden Ordensbrüder waren in ein hitziges Gespräch vertieft, das verstummte, als der Hauptmann an die Tür klopfte.

»Du hast wirklich die Wache geholt?«, spuckte Bruder Michael hasserfüllt aus und betrachtete Lazarus mit einer Miene, die all seine Verachtung ausdrückte. »Wegen irgendwelcher Lügen?«

»Was habt Ihr zu dem Vorwurf zu sagen?«, wollte der Hauptmann wissen. »Hattet Ihr einen Streit mit der Toten oder nicht?«

Bruder Michael tauschte einen Blick mit dem Magister Hospitalis, der kaum wahrnehmbar nickte. »Ich hatte einen Streit mit ihr«, gab er zu. »Aber ich habe nichts mit ihrem Tod zu tun!«

»Habt Ihr sie geschlagen?«

»Ich musste sie ohrfeigen, weil sie frech und aufsässig war«, verteidigte sich Bruder Michael. »Ich hatte sie davor gewarnt, die Hilfe dieser Gottlosen in Anspruch zu nehmen.«

»Welcher Gottlosen?«

»Dieser Luna.« Bruder Michael plusterte sich mit einem Ausdruck selbstgerechter Empörung auf.

»Der Zauberin?«, fragte der Hauptmann stirnrunzelnd. »Was hat die denn damit zu tun?«

»Die Magd …«, Bruder Michael gab vor, einen Moment zu überlegen, »… Gerdi, sie hat ein Kind erwartet. Ein Kind der Schande!«

»Von wem?«

Der Siechenmeister zuckte mit den Schultern. »Woher soll ich das wissen? Sie hat sich mir anvertraut und mich gebeten, etwas für sie zu tun.« Er hob das Kinn. »Für ein Kind des Teufels!«

»Und *habt* Ihr etwas für sie getan?«

»Natürlich nicht! Ich bin ein Mann Gottes!«, empörte sich Bruder Michael. »Da ist sie frech geworden.«

»Und Ihr habt sie geschlagen?«

Er nickte. »Sie hat gesagt, dass sie die Zauberin um Hilfe bitten würde, wenn ihr sonst niemand beisteht.« Seine Miene wurde grimmig. »An Eurer Stelle würde ich mir diese Luna genauer ansehen. Ich bin sicher, diese Gottlose hat noch mehr Leben auf dem Gewissen. Sie ist mit dem Leibhaftigen im Bunde!«

»Wenn sie mit dem Leibhaftigen im Bunde ist, warum erlaubt Ihr ihr dann, im Spital ein und aus zu gehen?«, wandte sich der Hauptmann an den Magister Hospitalis.

»Sie kümmert sich um die Schwangeren und Wöchnerinnen«, gab dieser gleichgültig zurück. »Für diese Frauen ist die Meisterin zuständig.«

»Ihr weist also alle Schuld von Euch?«

Der Magister Hospitalis und Bruder Michael bejahten kräftig.

»Befragt diese Luna!«, forderte Bruder Michael erneut. »Ihr werdet schon noch merken, dass ich die Wahrheit sage.«

Nachdem der Hauptmann und Lazarus die Schreibstube verlassen hatten, wandte sich der Hauptmann an Lazarus. »Was denkt Ihr? Ist an der Anschuldigung was dran?«

»Diese Frage kann ich nicht beantworten«, gab er zurück, obwohl er selbst Luna bereits verdächtigt hatte. Gerdis Tod hingegen erschien ihm zu brutal, als dass Luna etwas damit zu tun haben konnte.

»Ich habe gehört, sie wohnt bei den Beginen«, stellte der Hauptmann fest. »Wie gut, dass Eure Gemahlin kein Mitglied der Sammlung mehr ist.« Mit diesen Worten tippte er sich an den Helm und ließ Lazarus stehen, um zum Tor zu eilen.

»Was habt ihr rausgefunden?«, wollte Anna wissen, als Lazarus in die Siechenstube zurückkehrte. Sie erhob sich vom Lager einer alten Frau, deren Beine so wund waren, dass sie an einigen Stellen eiterten. Sie stellte den Salbentiegel, den sie in der Hand hatte, ab, und trat auf Lazarus zu.

»Bruder Michael behauptet, Luna wäre die Mörderin«, sagte er leise.

»Luna?« Anna zog die Brauen hoch. »Du hast doch gesagt, dass sie mit Gerdis Tod nichts zu tun haben kann.«

»Vielleicht habe ich mich geirrt. Gerdi hatte blaue Lippen, genau wie die tote Schwangere.«

»Hatte sie ein Amulett?«

Lazarus schüttelte den Kopf.

»Glaubst du ihm?«

»Er hat zugegeben, Gerdi geschlagen zu haben«, sagte Lazarus nachdenklich. »Angeblich hat sie ihn um Hilfe gebeten, weil sie ein Kind der Schande erwartet hat.«

»Ausgerechnet *ihn*?«, fragte Anna ungläubig. »Warum ist sie nicht zu mir oder zu einer der Hebammen gekommen? Was weiß Bruder Michael schon über die Belange einer Frau?«

»Es erscheint mir ebenfalls nicht sehr glaubwürdig.«

Anna schwieg. Ihr war anzusehen, dass es in ihrem Kopf arbeitete.

»Wir sollten abwarten«, riet Lazarus. »Vielleicht ergibt die Befragung von Luna etwas.« Da in diesem Moment Bruder Michael die Siechenstube betrat, verstummte er und bedeutete Anna, in den hinteren Bereich zu gehen. Auf keinen Fall wollte er, dass der Siechenmeister seine Wut an ihr ausließ.

Kapitel 38

Obwohl es noch ein paar Wochen dauern würde, bis Gallus' Arm wieder zu gebrauchen war, zog es ihn an diesem Nachmittag zu der Hure, deren Namen er immer noch nicht kannte.

»Sieh an«, begrüßte sie ihn mit einem wissenden Lächeln. »Ich dachte schon, du hättest dich in Luft aufgelöst.« Sie war mit einem durchsichtigen Gewand bekleidet, durch das man die üppigen Rundungen ihrer Brüste mehr als nur erahnen konnte. Ihre blauen Augen funkelten schelmisch, als Gallus sich an ihr vorbei in die Kammer drängte. »So stürmisch?« Ihr Blick fiel auf seinen Arm. »Was ist denn mit dir passiert?«

»Nichts«, log er. »Ein Missgeschick.«

»Oh, ich verstehe«, gurrte sie. »Und jetzt brauchst du ein bisschen Trost.« Sie zog an einer Schnur des Gewandes und ließ es zu Boden gleiten. Dann streckte sie die Hand aus.

Gallus legte ein paar Münzen hinein.

»Das reicht nicht, weil ich ja die ganze Arbeit machen muss«, sagte sie und deutete auf seinen Arm.

»Willst du mich ausnehmen?«

»Nur zwei Pfennige«, beruhigte sie ihn. »Wenn du nicht bezahlen willst …« Sie bückte sich nach dem Gewand.

»Warte!« Auch wenn ihn ihre Gier ärgerte, wollte er nicht unverrichteter Dinge abziehen. Seit der Atzmann im Feuer geschmolzen war, fühlte er sich wieder frei und wollte die Hinrichtung von Utz und seiner Bande feiern. Die Hilflosigkeit, die er in Gefangenschaft empfunden hatte, lähmte ihn manchmal auch jetzt noch, und es war höchste Zeit, etwas mehr Leichtigkeit in sein Leben zu bringen.

Nachdem er ihr die zwei Pfennige gegeben hatte, schob sie ihn zum Bett, drückte ihn nieder und fing an, an seinem Hosenlatz zu nesteln. Dabei baumelten ihre Brüste verlockend vor seiner Nase. Als ihre Finger seine Männlichkeit umschlossen, stöhnte er leise.

»Leg dich hin!«, forderte sie ihn auf, spreizte die Beine und kniete sich über ihn. Langsam ließ sie sich auf ihn sinken und fing an, sich auf und ab zu bewegen.

Gallus schloss die Augen.

Je schneller ihre Bewegungen wurden, desto weiter baute sich das unbeschreibliche Gefühl auf, das der Grund dafür war, weshalb er immer wieder zu ihr kam, bis er sich schließlich mit einem Stöhnen in sie ergoss. Einen Moment lang fühlte er sich wie im Paradies, dann stieg sie von ihm herunter, zog ihr Gewand an und bedeutete ihm aufzustehen.

»Kann ich nicht ein bisschen hierbleiben?«, fragte er noch halb benommen.

»Wenn du dafür bezahlst. Solange du da bist, kann ich keinen anderen Freier bedienen.«

Kurz war Gallus versucht, ihr mehr Geld zu geben, um sich weiter von ihr verwöhnen zu lassen, doch schließlich richtet er sich mit einem Seufzen auf und sah ihr dabei zu, wie sie seinen Hosenlatz schloss.

»Falls unten jemand wartet, schick ihn hoch«, bat sie ihn, während sie mit einer Strähne ihres kupferfarbenen Haares spielte. »Es ist noch früh.«

Als Gallus vors Haus trat, traf er niemanden an, was ihn zu seinem Erstaunen mit einem Gefühl der Erleichterung erfüllte. *Sie ist eine Hure,* dachte er kopfschüttelnd. Was erwartete er eigentlich von ihr? Obwohl seine Besuche nie von langer Dauer waren, schlich sich allmählich eine Art von Besitzdenken ein, das ihn ärgerte. Sie war nicht im Entferntesten wie Ida.

Er hielt inne. Wo war der Gedanke so plötzlich hergekommen? »Woher wohl?«, murmelte er missmutig, weil er ganz genau wusste, warum er in letzter Zeit wieder öfter an Ida dachte. In dem Moment, in dem er um sein Leben gefürchtet hatte, war ihm einmal mehr klargeworden, dass er ganz gewiss nicht im Himmel landen würde. Sein Leben war erfüllt von Sünde, wohingegen Ida eine reine Seele gehabt hatte. *Er* würde mit Sicherheit im ewigen Feuer brennen, eine Aussicht, die ihm in letzter Zeit mehr Angst bereitete als bisher.

Mit einem ärgerlichen Brummen wischte er den Gedanken beiseite und machte sich auf den Weg zurück zum Marktplatz. In dem schäbigen Viertel, in dem sich die Unterkunft der Hure befand, stank es an diesem Abend noch stärker als sonst, was vermutlich daran lag, dass sich vor einem der Häuser ein riesiger Misthaufen auftürmte. Ratten huschten davon, als er daran vorbeiging.

Ein Grollen in der Ferne kündigte ein von der Alb ins Tal ziehendes Gewitter an, das hoffentlich etwas Abkühlung bringen würde. Der Tag war heiß gewesen, und einen Moment lang stellte er sich vor, wie Utz und seine Kumpane auf dem Weg zum Galgen geschwitzt hatten. Ob sie wohl dieselbe Todesangst verspürt hatten wie Gallus, als Utz ihm das Messer in die Seite gebohrt hatte? Er hoffte, dass sie von Entsetzen erfüllt vor den Henker getreten waren und beim letzten Atemzug begriffen hatten, dass ihre Qualen erst begonnen hatten.

Als er den Marktplatz erreichte, wurde er von zwei Stadtknechten abgelenkt, die eine Frau aus der Wachstube in Richtung Metzgerturm führten. Ihre Hände waren gefesselt, ihr Kopf gesenkt, doch Gallus erkannte sie an den bunten Gewändern. »Luna?«, entfuhr es ihm.

Einer der Wächter musterte ihn fragend.

»Warum habt ihr sie verhaftet?«, wollte Gallus wissen.

»Was geht's dich an?«, war die barsche Antwort.

»Ich bin der Stadtpfeifer«, entgegnete Gallus. »Früher oder später erfahre ich es sowieso.«

»Sie soll eine Mörderin sein.«

Luna sah auf und blickte Gallus flehend an. »Ich bin unschuldig«, flüsterte sie. »Bitte, hilf mir!«

Die Worte waren wie Nadelstiche.

»Wen soll sie ermordet haben?«, wollte Gallus wissen.

»Ein Kind und eine Schwangere.«

»Ich habe niemanden umgebracht!«, verteidigte sie sich. »Das ist eine Lüge!«

»Du bist eine Zauberin«, spuckte einer der Stadtknechte aus. »Mir ist unklar, warum man dich so lange hat gewähren lassen. Wie viele arme Tröpfe wolltest du noch töten?«

»Niemanden! Ich bin nichts weiter als eine Kräuterfrau.«

»Und die Zaubersprüche?«

»Ich rufe Gott und den Herrn Jesus an!«

»Das kannst du dem Rat erzählen«, knurrte der Wächter, der ihr am nächsten war. »Vorwärts!« Er versetzte ihr einen groben Stoß, der sie nach vorn stolpern ließ.

»Bitte!« Luna hob die gefesselten Hände. »Ihr tut mir unrecht!«

Gallus blickte ihr nach, als die Wächter sie den Abhang hinab zum Metzgerturm brachten, dessen Tür sich kurz darauf hinter ihr schloss. Ihre Bitte hatte sein Herz berührt, weil er ihr das eigene Leben verdankte. Sollte er versuchen, in Erfahrung zu bringen, ob sie die Wahrheit sagte?

Er schüttelte den Kopf über seine eigene Torheit. Hatte er nicht genügend eigene Probleme? Nun, da Utz und seine Bande ihn nicht mehr belästigen konnten, sollte er besser versuchen, Ordnung in sein Leben zu bringen.

Kapitel 39

»Was passiert jetzt mit Luna?«, fragte Anna, als sie und Lazarus sich an diesem Abend auf den Heimweg machten. »Glaubst du, der Rat ordnet eine peinliche Befragung an?«

Lazarus zuckte mit den Schultern. »Bist du nicht froh, dass man sie eingesperrt hat?«

»Ich weiß nicht …« Anna war sich nicht sicher, was sie denken sollte. Obwohl sie selbst Luna verdächtigt hatte, etwas mit dem Tod der Schwangeren in der Stube der Wöchnerinnen und im Frauenhaus zu tun zu haben, erschien es ihr seltsam, dass sie Gerdi etwas angetan haben sollte. Eine Durchsuchung der Kammer, die Gerdi sich mit einer anderen Magd geteilt hatte, hatte kein Amulett zutage gefördert, und sie hatte auch keins bei sich gehabt. Keine der Mägde erinnerte sich daran, dass Gerdi Hilfe bei der Zauberin gesucht hatte. »Was, wenn jemand anders Gerdi getötet hat?«

»Wer denn?«

»Wenn doch nur Micha aufwachen würde!« Dem Jungen ging es nach wie vor nicht besser, sein Zustand hatte sich sogar noch verschlechtert. Sie hob den Blick zu Lazarus. »Und was ist mit den Beginen? Man wird ihnen wieder die Schuld an allem geben.«

»Du hast die Meisterin gewarnt.«

»Es gibt mir zu denken, dass sie Luna so uneingeschränkt vertraut.« Voller Scham erinnerte Anna sich an die tadelnden Worte der Meisterin. War sie selbstgerecht gewesen? Was, wenn Luna tatsächlich unschuldig war? Hatte sie die Falsche beschuldigt? Ihr war selbst nicht klar, warum sich auf einmal solcher Zweifel in ihr regte. Bis vor Kurzem hätte sie geschworen, dass Luna nichts Gutes im Schilde führte. Lag es daran, dass Bruder Michael sie des Mordes bezichtigt hatte?

»Wir können nichts für sie tun«, sagte Lazarus, als sie ihr Haus erreichten. »Der Rat muss entscheiden, was mit ihr geschieht.«

»Ich bete zu Gott, dass sie die Beginen dieses Mal raushalten«, murmelte Anna und beschloss, nach dem Essen in die Sammlung zu gehen, um die Meisterin darüber in Kenntnis zu setzen, was vorgefallen war. Das war sie ihr schuldig.

Obwohl Lazarus nicht erbaut war, als sie ihm mitteilte, was sie vorhatte, zeigte er Verständnis für ihren Wunsch. »Soll ich dich begleiten?«

Anna schüttelte den Kopf. »Ich brauche nicht lange. Ich will nur nicht, dass die Wache bei den Beginen auftaucht, bevor sie wissen, was passiert ist.« Sie drückte seine Hand und trat ins Freie, wo sie von einer Wand aus schwüler Luft empfangen wurde. Die Wolken, die aus Richtung Alb ins Tal zogen, hatten die Farbe von Blei, und es war vollkommen windstill. Die Stimmung war bedrückend, und Anna hatte den Eindruck, dass Unheil in der Luft lag.

Dieser Eindruck wurde bestätigt, als sie wenig später die Sammlung erreichte und sah, dass sich zwei Stadtwächter mit der Torhüterin stritten.

»Ich kann euch nicht einlassen!«, hörte Anna die Beschließerin protestieren. »Die Schwestern sind beim Gebet!«

»Dann müssen sie ihr Gebet eben unterbrechen!« Einer der Wächter machte Anstalten, den Hof trotz des Protests der Torhüterin zu betreten.

»Das ist nicht recht!«, schimpfte diese.

»Wir sind auf Befehl des Hauptmanns hier!«, war die barsche Antwort. »An deiner Stelle würde ich mich nicht so aufspielen!«

Obwohl es klüger gewesen wäre, sich herauszuhalten und zu Lazarus zurückzukehren, zog es Anna zum Tor, wo sie von der aufgebrachten Beschließerin empfangen wurde.

»Ich weiß, warum sie zur Meisterin wollen«, flüsterte sie. »Bring mich zu ihr!«

»Das geht nicht!«

»Es ist wichtig. Ich muss sie warnen, dass man womöglich wieder versucht, euch die Schuld an einem Verbrechen zu geben.«

Die Torhüterin erbleichte.

»Ich weiß, dass das Gebet noch nicht begonnen hat«, drängte Anna. »Wo ist die Meisterin? In der Schreibstube? In der Bibliothek?«

»Sie ist nicht da«, gestand die Beschließerin. »Sie ist unterwegs in eines unserer Dörfer.«

»Wer vertritt sie?«

»Die Zinsmeisterin.«

»Bring mich bitte zu ihr!«

Die Torhüterin zögerte einen Augenblick, ehe sie Anna einließ und sie in den Hof brachte. Außer der Meisterin gab es in der Sammlung noch weitere Amtsschwestern – eine Kornmeisterin, eine Schreiberin, eine Kellerin und eine Zinsmeisterin. Letztere trafen sie in einem kleinen Raum an, in dem sich eine schwere, mit mehreren Schlössern versehene Truhe, ein Schreibtisch und ein Bücherregal befanden.

»Anna?«, stellte die Zinsmeisterin erstaunt fest, als die Torhüterin sie in das Zimmer brachte. »Was führt dich hierher?« Ihr Blick fiel auf Annas gerundeten Bauch, und ein Lächeln spielte um ihre Lippen. Sie war hager und hochgewachsen und besaß strahlend blaue Augen. »Wir haben eine neue Novizin«, teilte sie Anna fröhlich mit. »Aber deswegen bist du vermutlich nicht gekommen.«

Anna schüttelte den Kopf.

»Die Wache will dich und die anderen Amtsschwestern sprechen«, ergriff die Beschließerin das Wort. »Ich habe behauptet, ihr wärt im Gebet.«

»Was will die Wache von uns?« Die Zinsmeisterin schloss die schwere Truhe und hob fragend die Brauen.

»Luna ist verhaftet worden«, erklärte Anna.

Die Zinsmeisterin schien weniger erstaunt zu sein, als Anna erwartet hatte. »Das musste ja so kommen«, murmelte sie.

»Wie meinst du das?«

»Ich war von Anfang an dagegen, sie in der Sammlung aufzunehmen«, entgegnete die Zinsmeisterin. »Doch ich wurde überstimmt. Wir brauchten eine neue Kräuterkundige, nachdem du …« Sie brach den Satz ab.

»Warum hat nicht eine der Schwestern die Kräuterküche übernommen?«, fragte Anna verwundert. Es war alles vorhanden, was man benötigte: Kräuter, Bücher, in denen die Herstellung der wichtigsten Salben und Tränke beschrieben wurde, und die Gerätschaften, die dafür notwendig waren. Außerdem war sie nicht die einzige Begine gewesen, die sich um die Arzneien gekümmert hatte.

»Schwester Guta wollte in deine Fußstapfen treten, aber da stand plötzlich diese Luna vor der Tür.« Die Zinsmeisterin seufzte. »Zuerst hat sie nur darum gebeten, ihre eigenen Tränke in unserer Küche herstellen zu dürfen, doch dann kam eins zum anderen.«

»Sie ist keine Begine!«

Die Zinsmeisterin verzog das Gesicht. »Das habe ich der Meisterin auch mehrfach gesagt und sie meinte, eine gottesfürchtige Seele ist eine gottesfürchtige Seele, ganz gleich, ob sie ein Mitglied der Sammlung ist oder nicht.« Sie befestigte einen schweren Schlüsselbund an ihrem Gürtel und bedeutete Anna und der Torhüterin, den Raum zu verlassen. »Was wird Luna vorgeworfen?«, erkundigte sie sich.

»Sie soll eine Mörderin sein.«

Als Anna den Beginenhof einige Zeit später wieder verließ, hatte sie ein dumpfes Gefühl im Bauch. Obwohl die Zinsmeisterin und die weiteren Amtsschwestern versucht hatten, die Wachen davon zu überzeugen, dass Luna ein redlicher Mensch war, schienen die Stadtknechte nicht besonders überzeugt zu sein. Vielmehr hatte Anna den Eindruck gehabt, dass die Schwestern genau das getan hatten, wovor sie sie hatte warnen wollen: den Verdacht auch auf sich zu lenken.

Nachdem die Wachen die Beginen befragt hatten, hatten sie Lunas Kammer durchsucht und all ihre Habseligkeiten beschlagnahmt. Ein Teil von Anna fürchtete, dass sich Gift darunter befinden könnte, ein anderer Teil hoffte auf einen derartigen Fund. Wenn klar wurde, dass Luna die Beginen getäuscht hatte, würde man die frommen Frauen in Ruhe lassen. Sollte im Rat allerdings der Verdacht geäußert werden, dass die Beginen mit Luna unter einer Decke steckten … Ihre Sorge für die Schwestern nahm mit jedem Schritt zu, den sie sich von der Sammlung entfernte.

Kapitel 40

Als Jakob Ehinger am nächsten Tag zur Ratssitzung gerufen wurde, schüttete es wie aus Eimern. In der Nacht war ein Gewitter über der Stadt niedergegangen, und seitdem hatte der Regen kaum nachgelassen. Zwischen den Pflastersteinen hatten sich kleine Rinnsale gebildet, in denen Blütenblätter und trockene Grashalme schwammen. Jakob, der sich die Kapuze seines Mantels übergestülpt hatte, beeilte sich, den Münsterplatz zu überqueren, und schüttelte das Wasser aus dem Stoff, sobald er das Rathaus betreten hatte. Drinnen staute sich die feuchtwarme Luft und ließ die Fenster beschlagen. Obwohl der Morgen unwirtlich war, war die Stube schon voll besetzt, als er diese kurz darauf betrat. Kurz vor seinem Aufbruch hatte er erfahren, dass die Frau, die seine Pferde von den Würmern befreit hatte, in den Turm gebracht worden war, und er nahm an, dass die Sitzung ihretwegen einberufen worden war.

Als wenig später Bürgermeister und Richter ihre Plätze einnahmen, verstummten die Ratsherren. Die meisten Anwesenden wandten sich erwartungsvoll der Tür zu, durch die ein Ratsknecht erschien und eine mit Ketten gefesselte Gefangene nach vorn brachte.

Die Frau, bei der es sich tatsächlich um Luna handelte, senkte den Kopf und faltete die Hände.

»Der Rat ist heute zusammengekommen, um darüber zu entscheiden, ob diese Frau einer peinlichen Befragung unterzogen werden soll«, hob der Bürgermeister an und bedeutete dem Hauptmann, vor die Bank zu treten. »Berichtet, was man ihr vorwirft!«

Der Hauptmann verneigte sich. »Der Siechenmeister des Spitals behauptet, sie sei schuld am Tod der Magd, deren Leichenschau Ihr erst vor Kurzem angeordnet habt.«

»Hat er Beweise für seine Behauptung?«

Der Hauptmann verneinte. »Anscheinend haben mehrere Insassen den Tod gefunden, seit sie im Spital ist.«

»Wie viele?«

»Eine Schwangere, ein Kind und die Magd.«

»Was hast du zu deiner Verteidigung zu sagen?«, wandte sich der Bürgermeister an Luna.

»Ich bin eine fromme Frau«, sagte sie leise. »Gott ist mein Zeuge, dass ich niemanden getötet habe. Meine Aufgabe ist es, Menschen zu helfen, sie und ihr Vieh mit frommen Sprüchen vor Schaden zu bewahren.«

»Fromme Sprüche?«, rief einer der Ratsherren. »Wohl eher mit faulem Zauber!«

»Ich schwöre bei Gott, dass ich niemandem mit meiner Kunst geschadet habe!«, sagte sie heftig und wandte den Blick zur Decke. »Herr Jesus, sei mit mir!« Sie bekreuzigte sich.

»Hast du einen Fürsprecher?«, fragte einer der Richter.

Luna schüttelte den Kopf. »Nur Gott, der Herr, ist mein Zeuge.«

»Sie hat bei diesen gottlosen Weibern Unterschlupf gefunden!«, rief einer der Zunftmeister, die am anderen Ende der Stube saßen.

»Bei welchen gottlosen Weibern?«, fragte der Bürgermeister.

»Bei den Beginen!«

Einige der anwesenden Patrizier sahen sich vielsagend an, und Jakob war einmal mehr froh, dass Anna die Sammlung verlassen hatte.

»Lasst die Beginen aus dem Spiel!«, knurrte ein Mann, dessen Familie ebenso alt war wie die von Jakob. »Wie oft wollt Ihr sie noch für Eure Machtspiele missbrauchen?«

»Wieso sollte sie die Insassen ermordet haben?«, ergriff Jakob das Wort.

»Weil sie mit dem Teufel im Bunde ist«, entgegnete der Hauptmann. »Jedenfalls behauptet das der Siechenmeister.«

»Bezichtigt Ihr den Siechenmeister der Lüge?«, fragte ein Mitglied eines aufstrebenden Geschlechts.

»Nein. Aber die Frau, an der die Leichenschau vorgenommen worden ist, war schwanger.«

»Was hat denn das damit zu tun?«

»Sollte man da nicht zuerst nach dem Kindsvater Ausschau halten? Meiner Erfahrung nach steckt meist ein Mann hinter einem solchen Mord, und die Durchsuchung der Kammer der Gefangenen hat nichts ergeben.«

»Er hat recht!«, pflichtete ihm ein Ratsherr bei, dessen älteste Tochter ein Mitglied der Beginensammlung war.

»Die Leichenschau hat ergeben, dass die Frau gewaltsam zu Tode gekommen ist«, setzte der Hauptmann hinzu. Er schien nicht von Lunas Schuld überzeugt zu sein.

»Vielleicht hat sie einen Dämon angerufen.«

»Ich bin gegen eine peinliche Befragung!«, ließ sich einer der Patrizier vernehmen, der ebenfalls eine Verwandte im Beginenhof hatte. »Zuerst sollte die Wache ihre Arbeit tun und nach dem Kindsvater suchen.«

»Was, wenn sie gar nicht lange suchen muss?«, schnaubte einer der Patrizier. »Manch Pfaffe hat Dreck am Stecken. Im wahrsten Sinne des Wortes.«

Einige der Anwesenden verkniffen sich nur mit Mühe ein Lachen.

»Unterstellt Ihr einem der Ordensbrüder …?«, hob einer von Jakobs Sitznachbarn an.

»Da braucht man nicht viel zu unterstellen«, fiel ihm ein anderer ins Wort. »Mir kann keiner weismachen, dass diese Heuchler vor der fleischlichen Lust gefeit sind.«

Jakob schwieg, da er keine unnötige Aufmerksamkeit auf Anna oder Lazarus lenken wollte. Alle im Rat wussten, dass Lazarus früher ein Ordensbruder gewesen war.

»Wer für eine peinliche Befragung ist, hebt jetzt die Hand!«, forderte der Bürgermeister, nachdem er sich kurz mit den Richtern beraten hatte.

Nicht ganz die Hälfte der Anwesenden reagierte.

Jakob sowie sämtliche Mitglieder der älteren Familien rührten sich nicht.

»Damit ist die Sache vorerst entschieden«, verkündete der Bürgermeister. »Bringt die Gefangene zurück ins Loch und begebt Euch auf die Suche nach dem Kindsvater. Sollte sich der Verdacht gegen die Gefangene erhärten, werden wir die Abstimmung wiederholen.«

»Die Suche könnt Ihr Euch sparen«, brummte Jakobs Hintermann. »Der Kindsvater ist bestimmt längst über alle Berge.«

Jakob wusste nicht, was er von der Sache halten sollte, und blickte Luna nach, als sie aus der Stube gebracht wurde. Zwar war Anna nicht gut auf sie zu sprechen, doch Luna hatte ein kleines Wunder gewirkt und Jakob vor einem beträchtlichen Verlust bewahrt. Wären seine Pferde gestorben, hätte ihn das eine Stange Geld gekostet. Außerdem hatte Luna bei der Ergreifung der Gassenjungen geholfen, wenn er sich nicht irrte. Warum hätte sie das tun sollen, wenn sie mit dem Teufel im Bunde war? Als er das Rathaus verließ, traten die Gedanken an sie in den Hintergrund. Der Regen hatte inzwischen nachgelassen. Um nicht noch mehr Zeit zu verlieren, beeilte er sich, nach Hause zu kommen, wo mehrere Ladungen teurer Weine darauf warteten, in den Keller gebracht zu werden. Was auch immer mit Luna geschah, es hatte nichts mit ihm und seiner Familie zu tun. Und dafür war er unendlich dankbar.

Kapitel 41

Die nächsten Tage verstrichen, als wäre nichts geschehen. Anna, die von Jakob von der Ratssitzung erfahren hatte, war froh, dass man die Beginen in Ruhe ließ, trotzdem nagte ein unbestimmtes Schuldgefühl an ihr. Hätte sie die Sammlung nicht verlassen, wäre all das vielleicht nie geschehen, redete sie sich ein, als sie allein in der Kräuterküche stand und grübelte. Noch hatte sich nichts Neues in Hinblick auf den Vater von Gerdis Kind ergeben, und sie hoffte inständig, dass die Wache den Mann bald ausfindig machen würde. Falls nicht, sah es schlecht aus für Luna, und die Feinde der Beginen gewannen womöglich wieder Oberwasser.

Während sie Arzneien gegen Husten, Wassersucht, Gicht und Ohrwürmer herstellte, schweiften ihre Gedanken zu ihrem eigenen Kind ab, das sich immer häufiger durch Tritte bemerkbar machte. Ihr war bewusst, dass sie dankbar sein musste, weil sie einen liebevollen Gemahl und ein Heim besaß, dennoch nahm die Furcht vor der Niederkunft mit jedem Tag zu. Wenn sie doch nur nicht so viel über das Wochenbett wüsste, dachte sie, während sie Rosenöl und Minze zu einer wohlriechenden Tinktur vermischte. Als sie nach den getrockneten Blüten der Thapsie griff, hielt sie einen Moment inne. Aus einem spontanen Impuls heraus vermischte sie einen Teil davon mit Heilwurz, Beifuß, Salbei, Flohkraut, Wacholderbeeren und weiteren Zutaten und warf alles in einen Topf mit kochendem Wasser. Obwohl sie sich geschworen hatte, nie mehr einer Schwangeren dabei zu helfen, ihr Kind loszuwerden, ging ihr die Hübschlerin Mina nicht aus dem Kopf. Was, wenn der Säugling ein ähnliches Schicksal erlitt wie das arme Kind, das in der Sickergrube gefunden worden war? Lastete dann nicht eine noch größere Schuld auf ihrem Gewissen? Noch beging sie nur eine Sünde, für die sie um Vergebung bitten konnte.

Nachdem sie die anderen Arzneien in Flaschen abgefüllt und diese sorgfältig verkorkt hatte, beschloss sie, auf dem Weg ins Spital beim Frauenhaus vorbeizugehen. Sicher hatte Lazarus keine Einwände, wenn sie es zu dieser Zeit ohne die Begleitung der Magd Ava aufsuchte. Sie drehte die Flasche versonnen hin und her und stellte sie zu den restlichen Arzneien. Obwohl die Einnahme des Trankes nicht ganz ungefährlich für die Schwangere war, würde Mina dadurch einem Leben in noch mehr Elend entgehen. Mit einem Seufzen packte sie alles in einen flachen Weidenkorb, löschte das Feuer und verließ die Kräuterküche. Draußen atmete sie ein paarmal tief ein und aus, warf einen Blick zum Himmel und hoffte, dass Gott ihr verzeihen würde. Seufzend trat sie auf die staubige Straße, auf der sich ein halbes Dutzend Fuhrwerke vor dem Hoftor ihres Bruders staute. Jakobs Geschäfte schienen gut zu laufen. Als Anna Heinrich entdeckte, der mit gerötetem Gesicht von einem Fuhrknecht zum nächsten lief, musste sie schmunzeln. Sie war froh, dass Jakob den Jungen ebenfalls in die Lehre genommen hatte, denn es hätte ihr das Herz gebrochen, wenn er das Haus verlassen hätte, um als Lehrling bei einem anderen Kaufmann unterzukommen.

»Tante Anna!« Er winkte, als er sie entdeckte.

Anna winkte zurück, ehe sie sich abwandte und den Mailand entlangging. Vor der verschlossenen Tür des Frauenhauses zögerte sie einige Augenblicke, ehe sie sich ein Herz fasste und das dämmrige Innere betrat. Die meisten Frauen schliefen zu dieser Stunde noch, der Frauenwirt war bereits auf den Beinen.

»Sonst kommst du doch immer abends«, stellte er mürrisch fest. »Hast du keine Angst, dass man dich für ein loses Weib halten könnte, wenn du am helllichten Tag hier auftauchst?«

»Ich will zu Mina«, wich Anna der Frage aus.

»Nur zu. Du weißt, wo du sie findest.« Er machte eine wegwerfende Handbewegung und wandte sich wieder einer Truhe zu, an der er herumhantiert hatte, als Anna den Raum betreten hatte.

Während die unterschiedlichsten Gefühle Widerstreit in ihr hielten, erklomm sie die schmale Treppe und ging zu der Tür, hinter der sich Minas Kammer befand. *Noch kannst du wieder gehen*, fuhr es ihr durch den Kopf, doch sie wusste, dass sie Mina nicht im Stich lassen konnte. Vielleicht wollte Gott ihren Glauben prüfen, weil es in diesem Fall keine richtige Entscheidung gab. Oder er wollte sie strafen, weil Lazarus und sie ihm den Dienst aufgekündigt hatten. Was auch immer Gottes Plan war … Sie wischte die Zweifel beiseite und klopfte an.

Nichts rührte sich.

»Mina!«

Aus einer der angrenzenden Kammern waren Geräusche zu hören und eine Hübschlerin lugte vorsichtig in den Gang. Als sie Anna erkannte, wich die Sorge aus ihrem Blick. »Es ist offen«, sagte sie. »Geh einfach rein.«

Anna griff nach dem Knauf und betrat einen winzigen Raum, in dem es nicht mal ein Fenster gab. Es roch nach abgestandener Luft und etwas anderem, das die feinen Härchen auf Annas Unterarmen aufstehen ließ.

»Mina?« Sie öffnete die Tür weiter, um Licht in die Kammer zu lassen.

Eine reglose Gestalt lag auf dem Bett, und etwas an der Art, wie ihre Glieder verdreht waren, ließ Annas Herz einen Schlag aussetzen.

»Mina!« Sie eilte zum Bett und griff nach der Hand der jungen Frau.

Sie war eiskalt.

»Gütiger Gott!« Anna wich vom Bett zurück und eilte in den Gang. »Ich brauche eine Lampe!«, rief sie der Hübschlerin zu, die nach wie vor auf der Schwelle ihrer eigenen Kammer stand. »Schnell!«

»Was ist denn los?«

»Ich fürchte, Mina ist tot!«

Entsetzen trat in den Blick der jungen Frau, und es dauerte ein paar Augenblicke, bevor sie tat, was Anna verlangt hatte. Als sie mit einer Kerzenlampe in den Korridor trat, nahm Anna sie ihr ab und lief in Minas Kammer.

Das Licht bestätigte ihre schlimmsten Befürchtungen. Minas Augen waren weit geöffnet und stumpf, ihr Gesicht und ihr nackter Körper von blauen Flecken und Striemen übersät. Auf einem kleinen Tischchen neben ihrem Bett lag ein Amulett. Noch vor wenigen Tagen hätte Anna Luna verdächtigt, etwas mit dem Tod der jungen Frau zu tun zu haben, doch Luna saß im Loch.

»O mein Gott!«, hauchte die Hübschlerin. »Er hat sie totgeschlagen!«

Anna wirbelte herum. »Wer?«

»Dieser verdammte Mistkerl!«

»Wer?«, drängte Anna erneut.

»Ich kenne seinen Namen nicht, aber er war gestern bei Mina. Er verlangt ständig verbotene Dinge von uns.« Sie sah zu Boden.

»War es derselbe, mit dem ich mich neulich gestritten habe?«, erkundigte sich Anna.

Sie nickte.

»Wieso hat der Frauenwirt ihn wieder eingelassen?«

»Er ist ein guter Kunde.«

Einige Türen öffneten sich und immer mehr Frauen verließen ihre Kammern.

»Was ist denn los?«

»Was ist mit Mina?«

»Sie ist tot«, entgegnete Anna tonlos. »Jemand muss den Frauenwirt holen.«

»Heilige Muttergottes!«, murmelte die Hure mit dem Muttermal am Bauch, das auch an diesem Tag durch ihr Gewand zu sehen war. Ihr Gesicht war aschfahl, unter den Augen lagen dunkle Ringe. »Ich wusste, dass so etwas passieren würde«, hauchte sie.

Eine der älteren Hübschlerinnen warf einen kurzen Blick in Minas Kammer, bekreuzigte sich und lief die Treppe hinab. Kurz darauf tauchte sie in Begleitung des Frauenwirtes wieder auf.

»Was steht ihr rum wie die Ölgötzen?«, herrschte er die Frauen an und betrachtete Anna mit finsterer Miene. »Ihr sollt schlafen, sonst seht ihr heute Abend hässlich aus.«

»Ich fürchte, es gibt größere Probleme«, sagte Anna. »Ihr solltet nach der Wache schicken.«

Kapitel 42

»Ich soll die Wache holen?«, empörte sich der Frauenwirt. »Glaubst du im Ernst, die interessieren sich auch nur einen Dreck dafür, was in diesem Haus geschieht?« Er ging in die Kammer und nahm Mina genauer in Augenschein. »Wer sagt denn, dass sie nicht eines natürlichen Todes gestorben ist?«

Anna glaubte, nicht richtig zu hören. »Eines natürlichen Todes? Sie ist eindeutig zu Tode geprügelt worden!«

»Kannst du das beweisen?« Er schüttelte ärgerlich den Kopf. »Jetzt muss ich schon wieder für eine Beerdigung aufkommen.«

»Erscheint es dir nicht seltsam, dass innerhalb so kurzer Zeit zwei der Frauen gestorben sind?«, fragte Anna und wünschte, sie hätte Utas Körper genauer untersucht. Vielleicht war sie ebenfalls vor ihrem Tod verprügelt worden. Hatte sie sich damals von ihrem Verdacht gegen Luna in die Irre führen lassen? Minas Lippen waren blau, so wie ein Großteil ihres Halses und ihres Gesichtes. War Anna zu selbstgerecht gewesen, um zu erkennen, dass die Frauen Opfer eines Mannes geworden waren? Handelte es sich um ein und denselben Täter, der die armen Seelen erst schwängerte und dann umbrachte, wenn sie ein Kind von ihm erwarteten? Sie versuchte, sich daran zu erinnern, wie der Kerl ausgesehen hatte. Da er lediglich mit einem Bettlaken bekleidet gewesen war, hatte sie ihn nicht allzu genau in Augenschein genommen. Sie wusste nur noch, dass sein Haar dunkel und zerzaust gewesen war und er sie um mehr als eine Haupteslänge überragt hatte.

Der Verdacht gegen Bruder Michael löste sich in Luft auf. Gewiss hatte er nichts mit Utas und Minas Tod zu tun. Um sicherzugehen, fragte sie: »Hat in letzter Zeit ein Ordensbruder das Frauenhaus aufgesucht?«

Der Frauenwirt schnaubte. »Die würden sich wohl eher entmannen als hier aufzutauchen. Die sind doch die ganze Zeit damit beschäftigt zu predigen, dass in diesem Haus schlimmere Zustände herrschen als in Sodom und Gomorrha.« Er runzelte die Stirn. »Was soll denn ein Ordensbruder damit zu tun haben?« Er deutete mit dem Kinn auf Minas Leichnam.

Anna zuckte mit den Schultern. »War der Kerl, der Mina geschlagen hat, auch bei Uta?«, erkundigte sie sich bei den Hübschlerinnen.

»Er war bei fast jeder von uns«, war die leise Antwort der Frau mit dem Muttermal. »Wir haben alle Angst vor ihm.«

Anna fasste den Frauenwirt scharf ins Auge. »Vielleicht solltest du der Wache von ihm erzählen. Weißt du, wie er heißt?«

»Was geht's dich an?«, herrschte er sie an. »Kümmre dich um deine Angelegenheiten!«

»Ich kann nicht zulassen …«

»Verschwinde!«, fiel er ihr ins Wort. »Du hast hier gar nichts zu sagen! *Ich* bin der Frauenwirt! *Ich* sorge dafür, dass getan wird, was getan werden muss!«

Anna hielt seinem drohenden Blick stand. »Mein Bruder ist ein einflussreicher Ratsherr«, sagte sie. »Wenn sich herausstellt, dass du einen Mörder schützt …« Sie brach den Satz ab.

Der Frauenwirt ballte die Fäuste. »Himmel, Arsch und Zwirn!«, fluchte er. »Dann hole ich eben die Wache!«

Obwohl es klüger gewesen wäre, das Frauenhaus zu verlassen und ins Spital zu gehen, hatte Anna keine andere Wahl als zu warten, bis der Hauptmann der Wache auftauchte. Als er sie bemerkte, schüttelte er mit einem Brummen den Kopf.

»Warum treffe ich immer entweder dich oder deinen Gemahl an, wenn ich zu einem Leichnam gerufen werde?«, fragte er.

Anna schwieg. Was hätte sie auch antworten sollen? Dass sie und Lazarus sich um diejenigen kümmerten, die am Rand der Gesellschaft lebten?

»Ich kann nicht sagen, ob sie ermordet worden ist«, stellt er fest, nachdem er Minas Körper genau betrachtet hatte. »Wenn es keine Zeugen gibt …«

Anna glaubte, ihren Ohren nicht zu trauen. »Ihr wollt einen Mörder einfach davonkommen lassen?«

»Wer sagt, dass es einen Mörder gibt?«, schoss der Hauptmann zurück. »Ich sehe eine Hure, die grün und blau geschlagen wurde. Das ist alles. Vermutlich ist ihr Tod eine Strafe Gottes für ihr sündiges Leben.« Er zuckte mit den Schultern. »Eine Leichenschau wird der Rat für so eine ganz gewiss nicht anordnen.« Er hob das Amulett auf, das Anna ebenfalls bemerkt hatte. »Wenn ich mich nicht irre, spricht das hier eher dafür, dass die Schuldige bereits im Turm sitzt.«

Anna verkniff sich ein Stöhnen. »Und wie hätte Luna sie töten sollen?«

»Durch einen bösen Zauber. Wie denn sonst?« Der Hauptmann steckte das Amulett ein und ging zur Treppe.

»Ich nehme an, der Rat wird seine Meinung ändern und eine peinliche Befragung anordnen, wenn ich den hohen Herren diesen Beweis vorlege. Dann kommt die Wahrheit ans Licht.«

»Wartet!« Anna lief zu ihm. »Was ist mit dem Kerl, der die Frauen ständig verprügelt?«

Der Hauptmann schürzte die Lippen. »Solange er dafür bezahlt ...« Er ließ sie stehen und verschwand nach unten.

Der Frauenwirt folgte ihm. Als er an Anna vorbeikam, packte er sie beim Arm. »Verschwinde!«, knurrte er. »Und tauch hier nicht mehr auf!«

Anna versuchte, sich aus seinem Griff zu befreien, doch er war zu stark. Während die Hübschlerinnen ihr furchtsam hinterhersahen, stolperte sie die Treppe hinunter und fand sich kurz darauf auf der Straße wieder.

»Du und dein Gemahl solltet euch wirklich endlich aus Dingen heraushalten, die euch nichts angehen«, riet der Hauptmann ihr, bevor er in Richtung Wachstube davoneilte.

Anna biss sich auf die Zunge, um eine Verwünschung zu unterdrücken. Warum hatte sie Mina das Mittel zum Schwangerschaftsabbruch nicht gleich gegeben? Vielleicht wäre sie dann noch am Leben.

Mit einem nagenden Gefühl der Schuld machte sie sich auf zum Spital, wo sie Lazarus berichtete, was vorgefallen war.

»Du wolltest ihr helfen, einen Abort herbeizuführen?«, fragte er ungläubig.

Anna senkte den Blick. »Sie hat mir leidgetan.«

»Es wäre eine furchtbare Sünde gewesen«, tadelte Lazarus sie.

»Ich weiß.« Sie seufzte. »Aber jetzt ist alles noch schlimmer als vorher. Ich bin sicher, dass dieser furchtbare Freier die Frauen umgebracht hat und nicht Luna.«

»Auch Gerdi?«

Anna nickte.

»Du glaubst, er war im Spital?«

»Nein. Ich glaube, sie hat ihn anderswo getroffen.«

»Das wäre ein gewaltiger Zufall«, gab Lazarus zu bedenken.

»Wie willst du es sonst erklären, dass die Frauen auf so ähnliche Art und Weise den Tod gefunden haben?«

»Ich kann es mir nicht erklären«, gestand Lazarus. »Nur eins erscheint sicher: dass Bruder Michael die Wahrheit gesagt hat.« Er klang zerknirscht.

»Er hat Luna zu Unrecht bezichtigt«, murmelte Anna.

»Wir müssen die Angelegenheit der Wache überlassen«, mahnte Lazarus mit einem Blick auf ihren Bauch. »Versprich mir, dass du dich nicht wieder in Gefahr begibst!«

»Ich kann die Beginen nicht im Stich lassen!«

»Die Beginen können auf sich selbst aufpassen! Hätten sie Luna nicht aufgenommen, wäre all das nicht passiert.«

»Du gibst *ihnen* die Schuld?«

»Natürlich nicht!«, verteidigte er sich. »Aber ...«

»Ich werde nichts tun, was mich oder unser Kind in Gefahr bringt«, versprach Anna. Allerdings vermied sie es zu sagen, dass sie aufhören würde, Fragen zu stellen. Sie hatte den Mann gesehen, der vermutlich Uta und Mina auf dem Gewissen hatte. Sollte er doch im Spital gewesen sein, würde sie es herausfinden. Vielleicht erfuhr sie seinen Namen. Und dann konnte sie ihm womöglich mithilfe einer der Hübschlerinnen eine Falle stellen. Auf keinen Fall durfte eine Unschuldige für seine Taten büßen oder eine weitere Frau seiner Brutalität zum Opfer fallen.

»Lass uns in die Siechenstube gehen«, schlug Lazarus vor. »Die Kranken brauchen uns. Zwar scheint die Seuche allmählich abzuebben, trotzdem gibt es immer noch viel zu viele Schwerkranke.«

»Wie geht es Micha?«, erkundigte sich Anna.

»Er ist auf dem Weg der Besserung«, war die Antwort, die sie mit Erleichterung erfüllte. »Deine Arzneien haben geholfen.«

Kapitel 43

Zwei Tage später ordnete der Rat die peinliche Befragung von Luna an. Anna erfuhr davon am Morgen eines etwas kühleren Tages, als sie Jakob traf, der eines der genesenen Pferde an einem langen Zügel über den Hof führte.

»Ich habe dagegen gestimmt«, sagte er mit einem abwehrenden Unterton. »Ich glaube nicht, dass Luna schuldig ist.«

»Ich auch nicht.«

Jakob sah sie erstaunt an. »Ich dachte, du traust ihr nicht, weil Menschen sterben, wenn sie in der Nähe ist«, sagte er.

»Ich habe meine Meinung geändert. Ich weiß, wer die Frauen umgebracht hat.«

Jakob hob die Brauen. »Du *weißt,* wer der Mörder ist? Warum steht er dann nicht längst vor Gericht?«

»Weil der Hauptmann mir nicht glaubt.« Sie berichtete ihm von dem, was im Frauenhaus vorgefallen war.

Jakob übergab das Pferd einem seiner Knechte und rieb sich das Kinn. »Das überzeugt mich nicht«, gab er zu. »Es könnte ein Zufall sein.«

»Hat die Wache inzwischen den Vater von Minas Kind gefunden?«, fragte Anna.

Er schüttelte den Kopf.

»Was, wenn es ein und derselbe Mann ist?«

»Kennst du seinen Namen?«

»Nein«, gab Anna zu. »Aber ich versuche, ihn in Erfahrung zu bringen.«

»Überlass das der Wache. Falls der Kerl die Frauen auf dem Gewissen hat, wird er zur Rechenschaft gezogen.«

»Die suchen ja nicht mal nach ihm! Und was ist, wenn Luna unter der Folter gesteht?«

»In dem Fall hast du dich geirrt«, entgegnete Jakob mit einem Schulterzucken.

»Du weißt ganz genau, dass die Leute alles gestehen, wenn man sie nur lange genug foltert!«

»Wenn sie unschuldig ist, wird Gott ihr die Kraft geben, die Qualen auszuhalten.«

»Und wenn sie zerbricht? Was ist dann mit den Beginen?« Anna spürte Ärger in sich aufsteigen.

»Das wird sich zeigen«, war die wenig befriedigende Antwort. »Ich kann jedenfalls nichts mehr für sie tun. Und du solltest dich in Zukunft vom Frauenhaus fernhalten. Es ist ohnehin nicht ziemlich für eine Frau in deinem Zustand.« Mit diesen Worten ließ er sie stehen und verschwand in der großen Gewölbehalle, in der Martin und Heinrich auf ihn zuliefen.

Wütend blickte sie ihm hinterher und beschloss, sich trotz aller Warnungen und Versprechungen, die sie Lazarus gemacht hatte, umzuhören, um den Namen des Freiers in Erfahrung zu bringen. Da der Frauenwirt ihr den Zutritt zum Frauenhaus verwehrte, würde sie sich gedulden müssen, bis eine der Hübschlerinnen wieder eine Arznei von ihr benötigte und zu ihr kam. Bis dahin blieb ihr nur, die Mägde im Spital ein weiteres Mal auszufragen, in der Hoffnung, dass sich doch jemand an etwas erinnerte. Während sie zurück zu ihrem Haus ging, wo Lazarus auf sie wartete, beschloss sie, ihr Glück zuerst bei den Wöchnerinnen zu versuchen. Gerdi war dort ein und aus gegangen, und vielleicht hatte sie sich einer der Schwangeren anvertraut. Keine der Frauen, die in der Stube der Wöchnerinnen lagen, hätte sie für das verurteilt, was ihr widerfahren war. Wenn es sich beim Kindsvater um den Kerl handelte, der die Huren verprügelte, hatte er Gerdi vermutlich zur Unzucht gezwungen. Den Weg zum Spital legte Anna schweigend zurück.

Bevor sie die Wöchnerinnen aufsuchte, folgte sie Lazarus in die Siechenstube und stattete Micha auf seinem Lager einen kurzen Besuch ab, um zu sehen, ob der Junge wach war. Sie war froh, als sie feststellte, dass sich sein Zustand weiter verbessert hatte und sein Fieber gesunken war. Auch der Ausschlag war inzwischen verblasst, dennoch war der Junge noch sehr schwach.

»Wie geht es dir?«, erkundigte sie sich.

Micha lächelte schwach. »Ich habe Durst.«

Sie holte Dünnbier und half ihm beim Trinken.

Während er mühsam schluckte, zuckte sein Blick von links nach rechts, und er versteifte sich.

Anna drehte sich um und sah, was ihn erschreckt hatte. Bruder Michael war im vorderen Teil der Stube damit beschäftigt, einen Kranken zur Ader zu lassen. »Er ist nicht schuld an Gerdis Tod«, sagte sie.

Micha ließ den Kopf in die Kissen sinken.

»Ein anderer hat sie umgebracht.«

»Wer?«, flüsterte er.

»Das werde ich rausfinden, so wahr mir Gott helfe!«

»*Du*?« Micha legte verwirrt die Stirn in Falten.

»Die Wache glaubt mir nicht«, sagte sie. »Aber das muss dich nicht kümmern. Du brauchst all deine Kraft, um wieder auf die Beine zu kommen.« Sie drückte seine Hand und erhob sich. Ohne auf Bruder Michaels verächtliches Mienenspiel zu achten, verließ sie die Siechenstube und überquerte den Hof.

Wenig später betrat sie die Stube der Wöchnerinnen, wo sie Martha und eine weitere Hebamme antraf. Beide waren damit beschäftigt, sich um eine Frau zu kümmern, die vor Kurzem entbunden hatte. Die Milchmutter wiegte einen Säugling mit einem roten Gesicht im Arm und entblößte ihre Brust, um ihn zu stillen.

Um sie nicht zu stören, begab sich Anna in den Bereich der Stube, in dem sich die Frauen befanden, die kurz vor der Niederkunft standen. Die meisten ruhten auf ihren

Lagern, nur eine saß am Fenster und hantierte mit einem Stickrahmen.

Da es keinen Sinn hatte, um den heißen Brei herumzureden, beschloss Anna, ohne Umschweife zur Sache zu kommen. »Hat eine von euch einen großen, dunkelhaarigen Mann im Spital gesehen, der sich an die Mägde herangemacht hat?«, fragte sie.

Die Frauen wandten sich ihr schweigend zu. Zwei von ihnen schüttelten die Köpfe.

»Hier gibt es viele Männer, auf die deine Beschreibung zutrifft«, stellte die Schwangere mit dem Stickrahmen fest.

»Er ist kein Ordensbruder.«

»Ein Knecht vielleicht?« Sie legte den Stickrahmen beiseite.

»Ist dir jemand aufgefallen?«

Sie zuckte mit den Schultern.

»Warum interessiert dich das?«, ertönte eine Stimme hinter ihr.

Anna drehte sich um.

Martha stand auf der Schwelle und schien das Gespräch mitangehört zu haben.

»Ich denke, in Ulm geht ein Mörder um, der es auf Schwangere abgesehen hat«, entgegnete Anna. »Er tötet Huren und arme Seelen wie Gerdi, die in Schande ein Kind von ihm empfangen haben.«

Marthas Augen weiteten sich. »Ein Mörder?«

Anna nickte und beschrieb den Kerl aus dem Frauenhaus. »Wenn eine von euch ihm begegnet ist, kann ich den Hauptmann vielleicht umstimmen. Er denkt, Luna sei für die Morde verantwortlich.«

»Und wenn es so ist?« Martha verschränkte die Arme

vor der Brust. »Sie war mir von Anfang an unheimlich. All die Amulette und Sprüche ...«

Annas Mut sank. War es möglich, dass sie sich schon wieder irrte? Oder schwiegen die Frauen, weil sie Angst hatten vor dem Mörder? Ein Blick in die Gesichter der Schwangeren verriet ihr, dass sie von ihnen nichts Nützliches erfahren würde.

»Du solltest dich nicht in Dinge einmischen, die dich nichts angehen«, ermahnte Martha sie. »Wenn diese Luna gesteht ...«

Anna biss sich auf die Zunge, um sich eine scharfe Antwort zu verkneifen, da Martha nichts für die Ungerechtigkeit konnte. Sie mochte vorschnell urteilen, so wie Anna selbst es getan hatte, trotzdem war es nicht ihre Schuld, dass der Rat die peinliche Befragung angeordnet hatte. Wenn doch nur nicht alles so verzwickt wäre! Mit einem Seufzen wandte sie sich von den Frauen ab und ging zurück an ihre Arbeit.

Kapitel 44

»Was ist denn heute los mit dir?« Die Hure, die sich zwischen Gallus' Beinen zu schaffen machte, sah ihn halb verwundert, halb vorwurfsvoll an. »Gefalle ich dir nicht mehr?«

Gallus, der sie wider besseres Wissen erneut aufgesucht hatte, brummte etwas Unverständliches. Seit er erfahren hatte, dass der Rat die peinliche Befragung von Luna angeordnet hatte, musste er ständig an sie denken. Er begriff nicht, warum er sich überhaupt um sie scherte. Wenn es stimmte, was man ihr vorwarf, war sie nicht besser als der Schwarze Utz und seine Bande. Andererseits hatte sie ihn vor dem Tod bewahrt und beteuerte, dass sie unschuldig war.

»He!« Die Hure ließ von ihm ab und setzte sich auf. »Es geht mich ja nichts an, wenn du dein Geld verschwenden willst …« Sie warf einen Blick auf seine schlaffe Männlichkeit. »Worüber zerbrichst du dir deinen hübschen Kopf?«

»Über nichts.«

»Das glaubst du doch selbst nicht.« Sie zog die Beine an und warf sich ein dünnes Laken über. »Du musst trotzdem bezahlen«, warnte sie.

Er verzog das Gesicht.

»Komm schon! Welche Laus ist dir über die Leber gelaufen?«

»Ich muss immerzu an diese Zauberin denken«, sagte er.

»An die, die sie für eine Mörderin halten?« Die Hure schnaubte. »Das sind Narren!«

Gallus runzelte die Stirn. »Wieso?«

»Weil sie ganz bestimmt niemanden umgebracht hat.«

Gallus richtete sich auf. »Wie kannst du da so sicher sein?«

»Weil schon Frauen gestorben sind, lange bevor sie in der Stadt aufgetaucht ist. Vor allem Hübschlerinnen.«

»Was?« Gallus blinzelte verwundert.

»Das geht seit dem letzten Winter so«, sagte die Hure. »Warum, glaubst du wohl, bin ich nicht im Hurenhaus, obwohl es unter normalen Umständen viel sicherer wäre?«

»Weil dort ein Mörder umgeht?« Gallus schüttelte ungläubig den Kopf. »Warum weiß die Wache nichts davon? Und der Frauenwirt? Hätte er nicht Alarm geschlagen?«

»Den interessieren die Frauen einen Scheißdreck!« Sie schürzte die Lippen. »Und die Pfaffen und alle anderen ach so wohlanständigen Ulmer denken, dass Gott uns Huren für unser sündhaftes Leben straft.«

»Wie viele Tote gab es?«

»Bestimmt ein halbes Dutzend.«

»Alle im Frauenhaus?«

»Nein. Zwei von ihnen waren Bademägde, die mehr als die üblichen Dienste angeboten haben.« Sie zeigte auf seinen Schritt. »Du weißt, was ich meine.«

»Und die Wache …?«

»Hat keinen Finger krumm gemacht«, fiel sie ihm ins Wort.

Gallus wusste nicht, wie viel davon er ihr glauben konnte. Wollte sie sich nur wichtigmachen? Oder gab es tatsächlich einen Mörder, der es auf lose Weiber abgesehen hatte? Einen Eiferer? Falls das, was sie behauptete, stimmte, gelang es ihm vielleicht, mehr in Erfahrung zu bringen und Luna zu helfen.

»Diese Zauberin …«, hob die Hure an und kaute versonnen an einem ihrer Fingernägel. »Man wird sie sicher hinrichten.«

»Warum?«

»Weil sie der Folter niemals widerstehen wird. Hast du schon mal die Schreie aus dem Metzgerturm gehört? Es muss furchtbar sein, was man den armen Teufeln da unten antut.« Sie schauderte.

Gallus hatte genug. Seine Lust war ohnehin längst verpufft, weshalb er nach seinen Kleidern griff, sich anzog und die Kammer verließ. Er hatte mitbekommen, dass Anna Ehinger ebenfalls Fragen stellte. Vielleicht gelang es ihm mit ihrer Hilfe, ein Unrecht zu verhindern. Auch wenn er sich einen Esel schalt, weil er Luna nicht einfach ihrem Schicksal überließ, packte ihn ihre Verhaftung bei der Ehre. Obwohl er nur wegen ihres Atzmannes in Schwierigkeiten geraten war, schuldete er ihr etwas, und er hasste es, eine derartige Schuld nicht zu begleichen.

Da es an diesem Tag nichts mit der Schalmei zu verkünden gab, machte er sich auf den Weg zum Spital, das er dank seiner städtischen Tracht ohne Schwierigkeiten betreten konnte. Der Torhüter schien sich an ihn zu erinnern und immer noch zu glauben, dass er ein Mitglied der Wache war.

Es dauerte nicht lange, bis er Anna in der Siechenstube fand, wo er zu seinem Erstaunen auch Micha entdeckte.

Als der Junge ihn ebenfalls sah, erbleichte er und suchte die Stube hinter Gallus mit den Augen ab.

»Was ist mit ihm?«, fragte Gallus an Anna gewandt und zeigte mit dem Daumen auf Micha.

»Er leidet unter der Seuche, die im Spital umgeht, aber fühlt sich schon besser.« Sie musterte ihn forschend. »Was tust *du* hier?«

»Ich habe gehört, dass du Fragen stellst«, entgegnete er.

»Fragen?«

»Über die toten Frauen.«

»Wo hast du das gehört?«

»Da und dort«, wich er aus. »Ich glaube nicht, dass Luna die Mörderin ist«, platzte er heraus.

Anna hob die Brauen. »Kennst du sie?«

Gallus wiegte den Kopf hin und her. »Kennen wäre zu viel gesagt, aber ich verdanke ihr mein Leben.« Er erzählte ihr, was im Unterschlupf der Bande vorgefallen war. »Wäre sie nicht gewesen ...« Er schauderte.

»Du schuldest ihr was«, stellte Anna fest.

Er zuckte mit den Schultern. »Eine ...«, er zögerte, »*Frau,* die ich ab und zu besuche, meint, es wären bereits lange vor Lunas Ankunft in Ulm Frauen ermordet worden. Huren und Bademägde, um die sich weder die Wache noch der Frauenwirt geschert hat.«

»Ist sie sicher?«

»Ich glaube ihr.«

»Sie hat vermutlich recht«, bestätigte Anna und berichtete von dem Freier, der die Hübschlerinnen zu widernatürlicher Unzucht zwang. »Ich war selbst Zeuge davon, wie er eine der Frauen misshandelt hat. Ich glaube, *er* hat sie umgebracht.«

»Alle?«, fragte Gallus verwundert.

»Das gilt es herauszufinden, wenn wir Lunas Unschuld beweisen wollen.«

Gallus kratzte sich am Kinn.

»Vielleicht kannst du in Erfahrung bringen, wer er ist«, sagte Anna. »Und ob jedes der Opfer schwanger war.« Sie verstummte, als sich ein hochmütig wirkender Ordensbruder näherte. Er bedachte Gallus und sie mit einem verächtlichen Blick, ehe er im hinteren Teil der Stube verschwand. »Du solltest gehen«, drängte sie. »Viel Glück.«

~

Micha, dessen Herz bis zur Kehle schlug, behielt Gallus im Auge, der auf den Ausgang der Siechenstube zusteuerte. Als er die Stube betreten hatte, war Micha sicher gewesen, dass ihm die Stadtknechte folgen würden, um ihn zu verhaften, weil Utz ihn der Mittäterschaft bezichtigt hatte. Da nichts dergleichen geschehen war, fragte er sich, ob Gallus den Unterschlupf der Bande überhaupt gefunden hatte und ob Utz nach wie vor sein Unwesen in der Stadt trieb. Die Erleichterung darüber, dass sich kein Stadtwächter auf ihn gestürzt hatte, war allerdings nur von kurzer Dauer gewesen – bis zum Auftauchen von Bruder Michael.

Da der Siechenmeister inzwischen wissen musste, dass Micha ihn verraten hatte, fürchtete er sich jedes Mal, wenn der streng dreinblickende Mann in die Nähe seines Lagers kam. Wenn er ihn kommen sah, stellte er sich stets schlafend, allerdings wusste er nicht, wie lange diese List ihn noch vor dem Zorn des Ordensbruders bewahren würde.

Wenn er doch nur schneller gesund werden würde! Dann würde Bruder Michael ihn vielleicht vergessen, und er brauchte nicht zu fürchten, wegen dessen Grolls aus dem Spital geworfen zu werden. Das Gerede der Mägde und Knechte bestätigte, was Anna gesagt hatte – dass der Siechenmeister unschuldig war und man die Zauberin verhaftet hatte. Seitdem kehrte er in Gedanken immer wieder zu seiner ersten Begegnung mit ihr zurück, und er fragte sich, ob sie ihn damals zum Narren gehalten hatte. War es doch ein Säugling gewesen, der im Feuer in Flammen aufgegangen war? Hatte sie ihn mit einem Zauber belegt, damit er etwas sah, was nicht da gewesen war? Was, wenn die Mutter gar kein Kind in den Armen gehalten hatte, sondern er lediglich gedacht hatte, ein Neugeborenes vor Augen zu haben? Hatte sie auch das Kind in der Sickergrube umgebracht? Er wusste nicht mehr, was er denken sollte, vor allem, weil in seinen Fieberträumen alles durcheinandergeraten war. Als er aus dem Augenwinkel wahrnahm, dass Bruder Michael sich dem Bereich der Stube näherte, in dem er lag, schloss er hastig die Lider und versuchte, so flach wie möglich zu atmen.

Kapitel 45

Tief in Gedanken versunken nach dem Gespräch mit Gallus machte Anna sich auf die Suche nach Lazarus, der, wie sie erfuhr, zu einem der reichen Pfründner gerufen worden war. Da sie ihn nicht stören wollte, beschloss sie, bis zu seiner Rückkehr in der Apotheke nach dem Rechten zu sehen und mehr Dinkelsuppe für die Kranken zuzubereiten. Die Seuche schien zwar inzwischen abzuklingen, dennoch wurden jeden Tag weitere Insassen in die Stube gebracht. Viele waren gestorben, das Totengeläut der Spitalkirche ein ständiger Begleiter in der letzten Zeit. Allerdings, so behauptete der Magister Hospitalis, zeigten die Bittgebete Wirkung und Gott hatte ein Einsehen.

Anna war nicht sicher, was zu der Verbesserung der Umstände geführt hatte, aber sie war dankbar dafür, dass das Sterben allmählich ein Ende fand. Der Tod war in der Siechenstube ohnehin ein ständiger Begleiter, ein Lichtstreif am Horizont dringend nötig. Als sie plötzlich ein Geräusch hinter sich hörte, schrak sie zusammen und wirbelte herum. Zu ihrem Erstaunen stand Bruder Michael auf der Schwelle.

»Brauchst du eine Arznei?«, fragte sie, nachdem sie den ersten Schreck überwunden hatte.

Er schloss wortlos die Tür und ging mit schnellen Schritten auf sie zu. »Ich weiß, dass du versuchst, die Unschuld dieser Gottlosen zu beweisen«, zischte er.

Anna wich vor ihm zurück. Er musste Gallus und sie belauscht haben.

»Wenn ich du wäre, würde ich mich raushalten«, knurrte er.

»Warum?«, fragte sie gepresst. »Hast du Angst, dass etwas zutage kommt, was dir nicht gefallen könnte?«

Er ballte die Fäuste. »Wollt ihr immer noch *mir* die Schuld am Tod dieser Magd in die Schuhe schieben?« Er trat so dicht vor sie, dass sie den Kopf in den Nacken legen musste, um zu ihm aufzublicken. »Ich würde an deiner Stelle daran denken, wie gefährlich es sein könnte, zu behaupten, dass die Zauberin unschuldig ist«, drohte er. »Wie leicht könnte jemand den Eindruck gewinnen, dass *du* etwas mit dem Tod der armen Frauen zu tun haben könntest.«

»*Ich*?« Anna machte einen Schritt nach hinten und drückte sich an ihm vorbei in Richtung Tür. Seine Gegenwart war bedrohlich. »Wieso sollte jemand so etwas denken?«

»Weil nicht nur diese Luna den losen Weibern geholfen hat«, zischte er. »Ich habe mich umgehört und erfahren, dass du ihnen Arzneien verkauft hast. Gott weiß, was für Arzneien.«

Annas Kehle wurde eng. Wollte er behaupten, sie hätte die Frauen umgebracht? Sie spürte, wie ihre Knie weich wurden.

»Du solltest über meine Worte nachdenken«, sagte er, ehe er sich umdrehte und aus der Apotheke verschwand.

Anna blieb wie vom Donner gerührt zurück. Mit solch einer Drohung hatte sie nicht gerechnet. Jetzt war es noch wichtiger, den Mörder zu finden, um einer falschen

Anschuldigung durch Bruder Michael zuvorzukommen. Sie beschloss, dieses Mal keine Geheimnisse vor Lazarus zu haben, ganz gleich, wie sehr er sich aufregen würde. Die Drohung betraf auch ihn. Bruder Michael war ein hinterhältiger und verschlagener Mann, der eine Demütigung nicht vergaß. Er würde Lazarus niemals verzeihen, dass der Rat ihn an seiner Stelle als Arzt eingesetzt hatte. Wenn sie nicht achtgaben ...

Als Lazarus eine halbe Stunde später in die Siechenstube zurückkehrte, erzählte sie ihm von Bruder Michaels Drohung.

»Er will *dir* die Schuld geben?«, fragte er fassungslos.

Anna nickte. »Ich traue ihm das Schlimmste zu. Er ist eitel und gekränkt.«

»Er ist ein Mistkerl!« Lazarus machte Anstalten davonzustürmen, zweifelsohne, um den Siechenmeister zur Rede zu stellen.

»Lass es sein!« Anna hielt ihn mit einem Griff an den Arm davon ab. »Wenn wir ihn noch mehr reizen, bereuen wir es womöglich. Gallus versucht herauszufinden, wer der Mann ist, der die Huren verprügelt hat.«

»Und was soll das bringen?« Lazarus warf die Hände in die Luft. »Wenn die Wache bis jetzt keinen Finger gerührt hat, wird das den Hauptmann wohl kaum umstimmen. Wie wollt ihr beweisen, dass der Kerl die Frauen auf dem Gewissen hat?«

»Das weiß ich nicht«, sagte Anna kleinlaut. »Aber wenn wir erst seinen Namen kennen ...«

»Nein.« Lazarus schüttelte den Kopf. »Genug ist genug! Wenn Luna die Morde gesteht, ist die Sache erledigt. Ich will nicht, dass du dich weiter einmischst!«

Anna glaubte, nicht richtig gehört zu haben. »Ich soll tatenlos dabei zusehen, wie eine Unschuldige hingerichtet wird?« Sie fasste Lazarus scharf ins Auge. »Das wird sie nämlich, wenn sie unter der Folter gesteht.«

»Wie gesagt, dann ist sie keine Unschuldige.« Er verschränkte die Arme vor der Brust. »Himmelherrgott, Anna!«, brauste er auf. »Du erwartest ein Kind! Ich verbiete dir, dich in Gefahr zu bringen!« Er packte sie bei den Schultern und schüttelte sie sanft. »Ich bin dein Gemahl, du bist mir zu Gehorsam verpflichtet!«

Anna schwieg. Ein Teil von ihr musste ihm recht geben, doch ein anderer Teil sträubte sich dagegen, der Drohung von Bruder Michael nachzugeben. Denn nur sie konnte der Grund sein, warum Lazarus so heftig reagierte. »Würde Gott nicht wollen, dass wir ein Unrecht verhindern?«, fragte sie.

»Das ist Gottes Aufgabe, nicht unsere!« Lazarus ließ sie los und seufzte. »Bitte, Anna! Ich mache mir Sorgen um dich und das Kind. Allein die Vorstellung, dass man *dich* verdächtigen könnte, eine Mörderin zu sein ...«

»Wer sagt denn, dass Bruder Michael nicht trotzdem versucht, es so hinzustellen?«

»Das würde er nicht wagen!«

»Er will dich loswerden«, gab sie zu bedenken. »Welcher Weg wäre einfacher als dieser?«

»Aber wenn Luna gesteht ...«

»... findet er einen anderen Vorwand. Wenn wir ihm jetzt nicht die Stirn bieten, wird er nie aufhören.«

Lazarus überlegte einige Augenblicke.

»Du weißt, dass ich recht habe«, drängte Anna. »Er hat die Falsche beschuldigt, um von seinem Streit mit

Gerdi abzulenken. Wer weiß, womöglich ist doch er der Kindsvater.«

»Wenn es dafür einen Beweis gäbe …« Lazarus zog die Unterlippe zwischen die Zähne.

»Möglicherweise finde ich was in Gerdis Kammer«, sagte Anna.

»Die hat die Wache bereits durchsucht.«

»Womöglich nicht gründlich genug. Es ist einen Versuch wert.«

Obwohl Lazarus anzusehen war, dass er nicht begeistert war von dem Vorschlag, stimmte er schließlich zu.

»Wenn die Oberen in Rom erfahren, dass Bruder Michael eine der Mägde geschwängert hat …«

»… wird er nach Rom gerufen«, beendete Lazarus den Satz.

Anna nickte. »Und er kann uns nicht mehr drohen. Dann gelingt es uns vielleicht doch noch, den wahren Mörder zu finden.« Sie fasste Lazarus bei der Hand. »Stell dir vor, er tötet straflos weiter? Wer weiß, wie viele wehrlose Frauen ihm noch zum Opfer fallen werden. Willst du das wirklich zulassen?«

Lazarus verzog das Gesicht. »Ich will vor allem nicht zulassen, dass *dir* was passiert«, brummte er. »Du hattest schon zu oft einen Schutzengel nötig.«

»Ich passe auf mich auf«, versprach sie, ließ ihren Mann los und beschloss, ihr Vorhaben sofort in die Tat umzusetzen.

Kapitel 46

Als Anna in den Hof trat, kniff sie geblendet die Augen zusammen. Die Sonne fing sich in den Metallbeschlägen der schweren Gerätschaften, die beim Brunnen standen. Zwei Knechte waren damit beschäftigt, einen Ochsen anzuspannen, das Tier schien allerdings keine Lust auf Arbeit zu haben. Es warf mit einem lauten Brüllen den Kopf hin und her und trat mit den Hinterhufen nach einem der Männer.

»Was ist denn heute los?«, schimpfte der Knecht. »Sei ruhig, du Mistvieh!« Er packte den Ochsen bei den Hörnern, während der andere Mann ihm das Joch auflegte.

Anna konnte das Tier verstehen, auf dessen dunklem Fell die Sonne sicher noch mehr brannte als auf dem Teil ihres Haares, der nicht von ihrer Haube bedeckt war. Die Kühle des Morgens hatte sich schnell verflüchtigt, der Wind auf Süd gedreht. Auch die Wolken am Horizont hatten sich verzogen, und die Hoffnung auf Regen hatte sich in Luft aufgelöst. Trotz der vereinzelten Gewitter der vergangenen Wochen war der Boden trocken, und dem Getreide fehlte Wasser. Wenn es nicht besser wurde, würden bald wieder Kinder mit Eimern vom Fluss auf die Felder ziehen, um die Pflanzen vor dem Verdorren zu bewahren. So war es oft, wenn der Schwörmontag nahte.

Ohne weiter auf die Knechte und den Ochsen zu achten, überquerte Anna den Hof und betrat kurz darauf das flache Gebäude, in dem sich die Kammern des Gesindes befanden. Die Mägde teilten sich meist zu dritt einen Raum, und es dauerte nicht lange, bis sie herausfand, wo Gerdi geschlafen hatte.

»Die Türen sind nie verschlossen«, ließ eine der jungen Frauen sie wissen. »Wer sollte von uns schon was stehlen.« Sie eilte davon und ließ Anna in dem dämmrigen Gang allein.

Das Erste, was Anna auffiel, als sie die Kammer betrat, war, dass es nur ein breites Bett gab. Die Mägde mussten sich das Lager geteilt haben, weshalb es ausgeschlossen war, dass Gerdi ihr Kind in diesem Gebäude empfangen hatte. Vermutlich hatte sie den Kindsvater irgendwo auf dem Feld oder in einem der Gärten getroffen, wo eins zum anderen gekommen war. Anna war sich nicht im Klaren, ob sie wirklich Bruder Michael für den Verführer hielt, denn eigentlich glaubte sie daran, dass der Kerl aus dem Frauenhaus auch Gerdi auf dem Gewissen hatte. Dennoch fing sie an, alles gründlich zu durchsuchen.

Außer einer kleinen Flasche, die unter dem Bett lag, fand sie jedoch nichts. Kein Hinweis verriet, ob Bruder Michael mehr für Gerdi gewesen war als ein Mitglied des Ordens, bei dem sie Hilfe gesucht hatte.

Als die Dielen im Gang knarrten, richtete sich Anna hastig auf und lauschte. »Ist da jemand?«, rief sie, erhielt jedoch keine Antwort.

Mit der kleinen Flasche in der Hand ging sie zur Tür und sah durch den Spalt in den Flur, allerdings war weit und breit niemand zu entdecken. Vermutlich hatte sie sich geirrt. Da die Flasche von jeder der drei Bewohnerinnen stammen konnte, legte sie sie zurück unters Bett und gab ihre Suche schließlich auf. *Was hattest du auch erwartet?*, fragte sie sich selbst. Bruder Michael war kein Narr. Falls er der Kindsvater war, hatte er gewiss dafür gesorgt, dass niemand jemals davon erfahren würde.

~

Es kostete Lazarus all seine Selbstbeherrschung, sich nach dem, was Anna ihm erzählt hatte, nicht auf Bruder Michael zu stürzen und ihm eine Abreibung zu verpassen. Der verschlagene Mistkerl drückte sich im hinteren Teil der Siechenstube herum und warf Lazarus immer wieder heimliche Seitenblicke zu. Lazarus schalt sich einen Narren, weil er gehofft hatte, dass der Zwist zwischen ihm und dem Magister Hospitalis, dessen Zögling der Siechenmeister war, irgendwann begraben werden könnte. Allerdings war der Magister Hospitalis nachtragend und böswillig, Bruder Michael nichts weiter als ein Werkzeug. Vermutlich war der Magister Hospitalis erst zufrieden, wenn Anna und Lazarus für die Demütigung bezahlten, die ihm Annas Bruder zugefügt hatte. Jakob hatte dafür gesorgt, dass er nach Rom beordert worden war, doch inzwischen war er zurückgekehrt. Annas und Lazarus' Glück musste ihm ein Dorn im Auge sein, der ihn täglich plagte.

Er warf einen Blick zu dem großen Kruzifix am Kopfende der Stube und sandte ein kurzes Gebet zum Himmel. Anna und er taten täglich ihre Christenpflicht, sicher konnte Gott ihnen irgendwann vergeben, dass sie ihre Orden verlassen hatten. Grübelnd ging er von Bett zu Bett und begutachtete den Inhalt von Nachttöpfen und Harngläsern, bis Anna wiederauftauchte. Sie gab ihm mit einem Wink zu verstehen, ihr in den kleinen Garten hinter dem Gebäude zu folgen.

»Hast du was gefunden?«, erkundigte er sich neugierig.

»Leider nicht. Ich bin mir allerdings sicher, dass Gerdi und ihr Liebhaber sich nicht in ihrer Kammer getroffen haben. Das wäre unmöglich gewesen, ohne dass die anderen Mägde etwas bemerkt hätten.«

»Irgendein Hinweis auf Bruder Michael?«

»Nur eine leere Flasche unter dem Bett, die könnte von jedem stammen.«

»Was für eine Flasche?«

Anna zuckte mit den Schultern. »Eine ganz normale, so wie ich sie auch gebrauche.«

»Vielleicht hat sie eine Arznei enthalten«, mutmaßte Lazarus.

»Von Bruder Michael?«

Er schüttelte enttäuscht den Kopf. »Wohl eher von Luna.« Das war zum Auswachsen!

»Sie *muss* sich irgendjemandem anvertraut haben!«, sagte Anna heftig. »Ich kann mir nicht vorstellen, dass keine der Frauen weiß, mit wem Gerdi sich getroffen hat.«

»Aber du hast dich doch schon umgehört.«

»Vielleicht habe ich nicht alle gefragt.« Anna warf einen Blick über die Schulter. »Der Schuppen da drüben ist nur von hier einzusehen«, stellte sie fest. »Weißt du, was da drin ist?«

Lazarus runzelte die Stirn. »Nein.«

»Dann sollten wir nachsehen!« Ohne auf eine Antwort zu warten, setzte Anna sich in Bewegung und steuerte auf das kleine Holzgebäude zu. Die Tür war mit einem alten

Vorhängeschloss gesichert, das so rostig war, dass es nicht mehr richtig schloss.

Obwohl Lazarus ein dumpfes Gefühl im Magen hatte, zog er die Tür auf und betrat den Schuppen.

Der Boden war aus gestampftem Lehm, durch die Ritzen zwischen den Brettern fiel Sonnenlicht ins Innere. Zwei alte Leitern lagen auf dem Boden, an einer der Wände hing ein kaputtes Wagenrad. Mehrere beschädigte Tonnen und Bottiche stapelten sich in einer Ecke, sonst war der Schuppen leer.

»Nur alter Plunder«, stellte Anna enttäuscht fest.

»Plunder, für den sich bestimmt niemand interessiert«, sagte Lazarus. »Ein geeigneter Ort für ein heimliches Treffen.«

»Du glaubst, Bruder Michael und Gerdi haben hier …?« Anna drehte sich ungläubig um die eigene Achse. »Inmitten all dieser Sachen?«

»Warum nicht? Es ist sicher vor neugierigen Blicken.«

»Aber wenn man sie erwischt hätte …«

»Wer hätte sie denn erwischen sollen? Ich bin sicher, sie haben sich im Dunkeln getroffen. Bruder Michael hat die Aufsicht über die Helfer in der Siechenstube und alle Schlüssel. Er hätte bloß die Hintertür abschließen müssen, dann hätte ihm niemand folgen können.«

»Aber es gibt keinerlei Hinweis auf seine Gegenwart«, seufzte Anna. »Mit bloßen Behauptungen kommen wir nicht weiter.«

»Mir reicht es«, knurrte Lazarus. »Wenn er es noch mal wagt, dich zu bedrohen, schleife ich ihn eigenhändig her und prügle die Wahrheit aus ihm raus!« Die Vorstellung, dass Bruder Michael diesen Ort missbraucht haben könnte, um sich an Gerdi zu vergehen, machte ihn noch wütender, als er ohnehin schon war.

Ein lautes Geräusch ließ ihn und Anna zusammenzucken.

»Was war das?«, hauchte sie.

»Die Tür«, sagte Lazarus, setzte sich in Bewegung und versuchte vergeblich, sie zu öffnen. »Jemand hat uns eingesperrt!«

Kapitel 47

Annas Herz setzte einen Schlag aus. »Eingesperrt?«, fragte sie ungläubig.

Lazarus versetzte der Tür einen Tritt. »Wir sitzen in der Falle«, knurrte er.

Annas Blick zuckte zu einer der Ritzen zwischen den Brettern des Schuppens, durch die sie eine Bewegung wahrgenommen hatte. »Da draußen ist jemand«, flüsterte sie.

»Natürlich ist da draußen jemand«, schimpfte Lazarus. »Ich kann mir gut vorstellen, wer da rumschleicht!«, rief er laut. »Lass uns sofort raus!«

Anstelle einer Antwort ertönte ein Geräusch, das verriet, dass ein Mensch davonlief.

»Dieser Mistkerl!« Lazarus sah sich im Schuppen um, ging in den hinteren Teil und kehrte mit einer alten Mistgabel zurück. Wütend rammte er die Zinken in den Türspalt und drückte kräftig.

Das Holz gab mit einem Splittern nach. Ein weiterer Tritt sorgte dafür, dass die Tür aufsprang.

Wutentbrannt stürmte Lazarus in Richtung Siechenstube, wo er nach Bruder Michael Ausschau hielt. Als er ihn im vorderen Teil entdeckte, wo er einen Mann zur Ader ließ, verlangsamte er die Schritte.

»Er kann es nicht gewesen sein«, stellte Anna fest, die ebenfalls das breite Messer und die Schale zum Auffangen des Blutes entdeckt hatte. »So schnell hätte er niemanden zur Ader lassen können.«

Lazarus nickte grimmig.

»Wer war es dann?«, fragte Anna mit einer Mischung aus Neugier und Unbehagen. Wer außer Bruder Michael konnte ein Interesse daran haben, ihnen Angst einzujagen? Denn daran, dass der böse Streich dazu gedacht gewesen war, bestand in ihren Augen kein Zweifel.

»Das ist die Frage, nicht wahr?«, murmelte Lazarus und suchte die Siechenstube misstrauisch mit den Augen ab.

»Glaubst du, wir sind auf dem Holzweg?« Anna wandte sich ihm zu.

Er schürzte die Lippen. »Ich weiß es nicht.«

»Was sollen wir jetzt tun?«

»Darüber muss ich in Ruhe nachdenken. Auf jeden Fall wissen wir nun eins: Irgendjemand im Spital hat was zu verbergen. Und er will verhindern, dass es ans Licht kommt.«

»Sollen wir uns den Schuppen noch mal ansehen?« Ihnen war zwar beim ersten Mal nichts aufgefallen, aber womöglich war ihnen etwas entgangen.

Lazarus schüttelte den Kopf. »Für einen Tag war es genug Aufregung«, sagte er. »Lass uns zurück an die Arbeit gehen.«

Es fiel Anna schwer, sich auf die Kranken zu konzentrieren, denen sie in den nächsten Stunden Arzneien einflößte. Immer wieder schweiften ihre Gedanken zu dem Schuppen ab und der Frage, wer sie eingesperrt hatte. Als sie bei Michas Lager anlangte, gab sie dem Jungen eine kräftigende Suppe mit einem fiebersenkenden Mittel und wartete, bis er die Schale ausgelöffelt hatte. Dann fragte sie: »Hat der Siechenmeister sich heute anders verhalten als sonst?«

Micha runzelte die Stirn. »Wie meinst du das?«

»Hat er sich irgendwann aus der Stube geschlichen?«

»Ich glaube nicht«, entgegnete Micha. »Aber ich vermeide es, ihn anzusehen.« Er senkte den Blick. »Ich habe Angst vor ihm.«

»Weil du verraten hast, dass er Streit mit Gerdi hatte?«

Micha nickte.

»Das war richtig, und er weiß ja gar nicht, dass du es warst«, versuchte Anna, ihn zu beruhigen, obwohl sie nachvollziehen konnte, wie er sich fühlte. Er war ein einfacher Handlanger, Bruder Michael ein einflussreicher Ordensbruder.

»Wo soll ich hin, wenn ich nicht mehr im Spital arbeiten darf?«, fragte Micha bange.

»Wo warst du denn vorher?«

»In einem Schuppen bei der Stadtmauer.«

»Allein?«

Er zuckte mit den Schultern.

»Hast du gebettelt?«

Beschämt bejahte er.

Anna spürte, wie ihr Herz weich wurde. Sie kannte viel zu viele Jungen wie Micha, die sich mutterseelenallein durchschlagen mussten. Oft landeten sie früher oder später im Loch oder am Galgen, weil sie sich in ihrer Not nicht anders zu helfen wussten, als zu stehlen. »Woher kommst du?«, fragte sie.

»Von der Alb.«

»Wo sind deine Eltern?«

»Sie sind tot.« Er zog die Nase hoch und wandte den Blick ab, um die Tränen zu verbergen, die ihm in die Augen schossen. »Schon lange«, setzte er gepresst hinzu.

»Du bist ein fleißiger Junge«, sagte sie und nahm ihm die leere Schale ab. »Wer hat dich eingestellt? Bruder Martin?«

Er nickte.

»Dann wird er bestimmt ein gutes Wort für dich einlegen, sobald du wieder gesund bist«, versprach sie. *Bruder Michael wird ohnehin damit beschäftigt sein, auf Lazarus und mich wütend zu sein,* dachte sie und erhob sich. »Schlaf noch ein bisschen«, riet sie und trat an das nächste Krankenlager.

Der Rest des Tages verging schneller als gedacht, und als die Dämmerung hereinbrach, war Anna froh, das Spital verlassen zu können. Der Vorfall im Schuppen war ihr die ganze Zeit über nicht aus dem Kopf gegangen und hatte den aufkeimenden Zweifel daran, dass Bruder Michael der Kindsvater war, größer werden lassen. Konnte es sein, dass der Mörder Zugang zum Spital hatte? Und falls es der Kerl aus dem Frauenhaus war, wie war es möglich, dass sie ihm hier noch nie begegnet war? Auch wenn sie ihn wegen seiner Blöße nur flüchtig angesehen hatte, würde sie ihn gewiss wiedererkennen. Oder? Sie versuchte, sich sein Gesicht in Erinnerung zu rufen und musste sich eingestehen, dass er aussah wie viele Männer in Ulm.

»Woran denkst du?«, fragte Lazarus, der schweigend neben ihr herging.

»An das, was im Schuppen passiert ist«, antwortete sie.

»Macht es dir Angst?«

Sie zuckte mit den Schultern. »Es war unheimlich.«

»Ich habe im Gras nach Spuren gesucht«, gestand Lazarus.

Anna zog erstaunt die Brauen hoch. »Und?«

»Nichts Brauchbares.« Er ballte ärgerlich die Faust. »Warum kann unser Leben nicht einfach mal in ruhigen Bahnen verlaufen?«

Darauf wusste Anna keine Antwort.

Kapitel 48

Mit einem Schnaufen setzte Gallus die Fanfare ab, mit der er das Schließen der Tore verkündet hatte, und stieg vom Turm, für dessen Türmer er nach seiner Rückkehr aus dem Spital erneut hatte einspringen müssen. Allem Anschein nach war der Kerl nicht allein mit Ungeschicklichkeit, sondern auch mit Faulheit geschlagen, weil ihn die Wache nicht hatte ausfindig machen können. Ärgerlich über die zusätzliche Arbeit begab Gallus sich auf den Heimweg, um die schwarz-weiße Tracht loszuwerden und ins Frauenhaus zu gehen, wo er hoffte, endlich Antworten zu erhalten. Wider besseres Wissen war er auf seinem Weg zum Turm beim Metzgerturm vorbeigegangen und hatte auf Schreie aus den Tiefen des Lochs gelauscht. Zu seiner Erleichterung war alles still geblieben, doch das hieß nicht, dass man Luna nicht Unvorstellbares antat. Inzwischen war ihm klar, dass der Drang ihn ihm, ihr zu helfen, nicht nur durch die Tatsache ausgelöst worden war, dass er ihr sein Leben verdankte; auch das immer noch an ihm nagende Schuldgefühl wegen Idas Tod drängte ihn dazu, dieses Mal ein unnötiges Opfer zu verhindern.

Nachdem er sich umgezogen hatte, ging er geradewegs ins Frauenhaus, wo ihn der Frauenwirt mit einem falschen Lächeln empfing.

»Wonach steht Euch der Sinn?«, fragte er mit einem anzüglichen Blick auf Gallus' Latz.

»Nach Zerstreuung«, log er.

»Wollt Ihr die ganze Nacht bleiben?«

Gallus nickte.

»Gebt mir drei Pfennige Schlafgeld, dann könnt Ihr Euch eine Hure aussuchen.« Der Frauenwirt streckte die Hand aus.

Obwohl Gallus die Ausgabe reute, entrichtete er die Summe wortlos und erklomm wenig später die Treppe. Anna würde ihm die Kosten erstatten, dessen war er sich sicher. Als er oben ankam, öffneten sich verschiedene Türen. Junge Frauen in durchscheinenden Gewändern lächelten ihn mehr oder weniger gequält an, während aus den verschlossenen Kammern eindeutige Geräusche drangen.

»Ich bin kein Freier«, beeilte er sich zu sagen, obwohl beim Anblick mancher der Frauen Bedauern in ihm aufkeimte. »Anna Ehinger schickt mich. Sie hat mich gebeten, euch ein paar Fragen zu stellen.« Auch wenn er nicht wusste, ob es Anna recht war, hatte er beschlossen, ihren Namen zu erwähnen, um das Misstrauen der Huren zu zerstreuen.

»Anna?« Die Frauen sahen sich verwundert an.

»Ich habe das Schlafgeld entrichtet«, sagte Gallus. »Ihr braucht keine Angst vor dem Frauenwirt zu haben.«

»Warum kommt Anna nicht selbst?«, wollte eine der Hübschlerinnen wissen.

»Weil der Frauenwirt sie rausgeworfen hat«, wusste eine andere. »Sie haben sich gestritten.«

Einige der Huren tauschten vorsichtige Blicke, ehe eine von ihnen vortrat. »Komm mit in meine Kammer«, forderte sie Gallus auf. »Dort können wir reden.« Sie ging voran, und die meisten der Frauen folgten.

Da der Raum klein war, drängten sich die Hübschlerinnen auf dem Bett, während Gallus stehen blieb und wartete, bis die Tür geschlossen war.

»Was will Anna wissen?«, erkundigte sich die Hure, in deren Kammer sie sich befanden.

»Sie will wissen, ob ihr den Namen des Mannes kennt, der euch zu widernatürlicher Unzucht zwingen wollte«, kam er ohne Umschweife zur Sache. »Der euch oft schlägt.«

Einige der Frauen zogen hörbar die Luft ein.

»Was hat sie vor?«, fragte eine junge blonde Frau, auf deren Wangenknochen die Überreste von blauen Flecken zu sehen waren.

»Sie will rausfinden, wer all die Hübschlerinnen und Bademägde getötet hat«, entgegnete Gallus. »Ich weiß, dass seit letztem Winter immer wieder Frauen gestorben sind und sich die Wache einen Dreck dafür interessiert.«

»Und *du* interessierst dich dafür? Warum?«

»Weil ich nicht zulassen kann, dass eine Unschuldige für etwas bestraft wird, was sie nicht getan hat.«

»Die Zauberin? Luna? Kennst du sie?«, fragte eine ein wenig ältere Hure.

»Ich verdanke ihr etwas.«

»Was?«

»Mein Leben.«

Die Frauen steckten die Köpfe zusammen und fingen an zu tuscheln, während Gallus sich allmählich dumm vorkam. Wussten sie überhaupt was? Oder hatte er die drei Pfennige verschwendet?

»Er ist Schmied«, sagte schließlich die Hure, die ihn zuerst angesprochen hatte. »Seinen Namen kennen wir nicht. Aber wir wissen, wo er wohnt.« Sie beschrieb ihm den Weg zu einem der schäbigeren Viertel der Stadt.

»Wisst ihr, ob alle toten Frauen schwanger waren?«, erkundigte sich Gallus.

»Du glaubst, er hat sie geschwängert und deswegen umgebracht?«

Gallus bejahte.

»Uta war krank«, gab eine der Frauen zu bedenken. »Sie ist an einem Fieber gestorben, dachte ich. Wie hätte er das bewerkstelligen sollen?«

»War sie eine der Frauen, bei der er …« Gallus machte eine Handbewegung.

Sie nickte.

»Uta und Mina waren in anderen Umständen«, mischte sich eine Frau mit einem großen Muttermal am Bauch ein. »Zwei der anderen, die gestorben sind, ebenfalls.« Sie legte die Stirn in Falten. »Wenn wirklich *er* alle umgebracht hat …« Sie zog schaudernd die Schultern hoch.

»Von dir wollte er doch nie was«, schnaubte die Frau, die neben ihr saß. »Du hattest immer Glück. Schau dir Maria an!« Sie zeigte auf die Hure, deren Gesicht die Spuren der Misshandlung trug.

»Soll ich etwa dankbar dafür sein, dass ihr mir die Freier wegnehmt?«, war die bissige Gegenfrage.

Gallus, der keine Lust auf einen Streit unter Weibern hatte, verdrehte die Augen und beschloss, dass er genug gehört hatte. Für ihn gab es keinen Zweifel mehr, dass Annas Verdacht berechtigt war. Jetzt galt es noch, den Kerl zu finden und zu einem Geständnis zu bewegen.

Als der Frauenwirt ihn nach unten kommen sah, hob

er erstaunt die Brauen. »Hast du nicht gefunden, was du gesucht hast?«, fragte er.

»Keine Angst, ich will mein Geld nicht zurück«, schnaubte Gallus. »Die Frauen trifft keine Schuld.« Mit diesen Worten verließ er das Haus und eilte in Richtung Norden davon. Bald würden die Nachtwächter mit ihren Hunden auf den Straßen auftauchen, um dafür zu sorgen, dass sich keine Taugenichtse herumtrieben. Wenn Gallus den Kerl rechtzeitig aufspürte, konnte er womöglich dafür sorgen, dass er noch in dieser Nacht im Loch landete.

Kapitel 49

Anna hatte gerade die letzten Zutaten für eine Flechtensalbe in einen Tiegel gegeben, als es heftig an der Tür der Kräuterküche klopfte. Nach der Rückkehr aus dem Spital war Lazarus zu einem Patrizier gerufen worden, den die Gicht an diesem Tag schlimmer denn je plagte. Also hatte Anna beschlossen, die Feuerstelle erneut anzuheizen und einige Arzneien zuzubereiten, die drohten, zur Neige zu gehen. Als es erneut klopfte, schob sie verwundert den Tiegel beiseite und rief: »Wer ist da?«

»Ich brauche Hilfe!«, ertönte eine hohe Stimme. »Meine Schwester stirbt! Bitte! Du musst ihr helfen!«

Mit einem Seufzen verließ Anna die Kochstelle und öffnete einem Mädchen, das kaum älter als zehn Jahre sein konnte. Sein dunkles Haar war zu einem schlampigen Zopf geflochten, das Gesicht starrte vor Schmutz. Tränen hatten helle Spuren auf der Haut hinterlassen.

»Was ist mit deiner Schwester?«, fragte Anna.

»Es geht ihr furchtbar schlecht. Sie hat Krämpfe und kriegt kaum Luft. Bitte!« Das Mädchen griff nach Annas Hand und sah sie flehend an. »Die Leute sagen, dass du Wunder wirken kannst!«

Obwohl es bereits spät war und sie Lazarus versprochen hatte, nichts Unbedachtes zu tun, konnte Anna dem Kind unmöglich die Hilfe verwehren. »Hat sie etwas gegessen, was ihr nicht bekommt?«

Das Mädchen schüttelte heftig den Kopf. »Sie erwartet ein Kind. Vielleicht will Gott sie dafür strafen.«

Anna horchte auf. »Ist sie …?« Sie wusste nicht, welche Worte sie wählen sollte.

»Eine Hure?« Das Mädchen hob abwehrend die Hände. »Nein, sie …« Es biss sich auf die Lippe. »Bitte, sie braucht dich!«

Anna überlegte nicht lange. Auf keinen Fall durfte sie zulassen, dass eine weitere unschuldige Frau ihre Hilflosigkeit mit dem Leben bezahlte. »Ist ein Mann bei ihr?«, fragte sie.

»Nein!« Das Mädchen verfolgte mit ängstlichen Augen, wie Anna einige Sachen in einen Korb packte, das Feuer löschte und die Tür der Kräuterküche hinter sich schloss.

»Bring mich zu ihr!«, forderte sie.

Das Mädchen griff nach ihrer Hand, zog sie zur Straße, in Richtung Griesbad und Seelgraben. Vor einem schäbigen Gebäude, dessen Dach fast bis zum Boden reichte, machte es Halt.

»Wohnt ihr hier?«, fragte Anna.

Das Mädchen nickte. »Da oben.« Es zeigte auf ein Fenster unter dem Giebel, hinter dem schwacher Kerzenschein tanzte. »Komm!« Es brachte Anna zu einer Hintertür, über die man eine steile Stiege erreichte, die nach oben führte. Der untere Teil des Hauses war von dort aus nicht zugänglich. Behände erklomm es die Treppe und wartete, bis Anna den Absatz ebenfalls erreichte.

Im Inneren des Gebäudes war es so dunkel, dass Anna kaum etwas sehen konnte. Nur ein schmaler Lichtstreifen zwischen Tür und Dielenboden verriet, wo sich der Raum befand, in dem die beiden Schwestern wohnten.

Das Mädchen eilte zur Tür.

Als es sie öffnete, fiel Annas Blick auf eine winzige Kammer, in der zwei Strohsäcke auf dem Boden lagen. Eine wurmstichige Kiste stand in einer Ecke, sonst war der Raum kahl. Auf einem der Strohsäcke lag eine junge Frau, deren Haut schweißnass glänzte. Ihr Atem kam stoßweise, und ihr Körper wurde von heftigen Krämpfen geschüttelt.

Eine weitere Frau befand sich im Raum, deren Anwesenheit Anna überraschte.

»Martha!«, rief sie erstaunt aus.

Die Hebamme kniete zwischen den Beinen der Kranken und hantierte mit einem Gegenstand, den Anna für eine Taufspritze hielt. Einen Moment lang wirkte sie erschrocken, doch dann erkannte auch sie Anna.

»Die arme Seele«, sagte Martha bedauernd. »Ich fürchte, sie wird die Nacht nicht überleben.« Ihr Blick fiel auf das Mädchen. »Wieso bist du weggelaufen?«, fragte sie tadelnd.

»Ich habe Hilfe geholt.«

»Es gibt keine Hilfe mehr für sie«, entgegnete Martha. »Der Herr wird sie zu sich nehmen.«

Anna ging zu der Kranken und kniete sich neben dem Strohsack auf den Boden. Die Augen der jungen Frau waren furchtgeweitet, ihr Atem rasselte. Ihr Gesicht war unversehrt, ihr Körper schien ebenfalls nicht von blauen Flecken entstellt zu sein. »Weißt du, ob sie Männerbesuch hatte?«, wandte sie sich an Martha.

»Was glaubst du denn?«, seufzte die Hebamme. »Die armen Dinger wissen sich nicht anders zu helfen.«

»Hast du ihn gesehen?«

Martha schüttelte den Kopf.

Anna griff nach dem Handgelenk der Kranken und fühlte ihren Puls. »Er rast«, murmelte sie.

»Kannst du ihr helfen?«, drängte das Mädchen. »Ich weiß nicht, was ich ohne sie machen soll.« Seine Stimme erstickte. Schluchzend fiel es neben seiner Schwester auf die Knie und legte die Handflächen aneinander. »Lieber Herr Jesus, hilf ihr! Lass nicht zu, dass sie stirbt!«

Anna und Martha tauschten einen Blick.

»Sie wollte doch nichts Böses tun!«, weinte das Mädchen. »Sie hat gesagt, der Herrgott würde ihr vergeben.«

Anna runzelte die Stirn. »Was sollte der Herrgott ihr vergeben?«, fragte sie. »Die sündige Empfängnis?«

»Ach, das Kind weiß doch nicht, was es sagt!«, brummte Martha.

Das Mädchen sah auf. »Du hast auch gesagt, es wäre eine Sünde«, brachte es erstickt hervor.

»Natürlich ist es eine Sünde, ein Kind zu empfangen, wenn man vorher nicht den Bund der Ehe eingegangen ist«, brauste Martha auf. »Sei still und bete!«

Das Mädchen wischte sich über die Augen. »Und du hast gesagt, du hilfst ihr!«, sagte es anklagend.

»Wobei?«, fragte Anna verwundert. Der Bauch der Kranken war noch nicht sichtbar gerundet, die Entbindung in weiter Ferne.

»Sie wollte es loswerden«, murmelte das Mädchen.

»Das Kind?«

Es nickte.

Anna begriff. »Solltest du einen Abort herbeiführen?«

Einige Sekunden arbeitete es in Marthas Gesicht, ehe sie sagte: »Ja, aber ich war zu spät. Der Barmherzige hat ihre Sünde vorhergesehen und sie gestraft, bevor sie sie begehen konnte.« Sie legte die Taufspritze beiseite. »Wir sollten für ihre Seele beten.«

Kapitel 50

Es dauerte nicht lange, bis Gallus das Viertel erreichte, in dem der Kerl wohnte, der die Frauen getötet hatte. An die bescheidenen Holzhäuser grenzten kleine Gärten an, in denen Obstbäume und Sträucher wuchsen. Es stank nach Mist und rußenden Herdfeuern, nach Ziegen und etwas, was Gallus nicht benennen konnte. Die Schmiede lag am Ende der Straße, in der Nähe eines Ziehbrunnens, der vermutlich sicherstellen sollte, dass Brände schnell gelöscht wurden.

Die meisten Läden waren verschlossen, und auch hinter den Fenstern der Schmiede war alles dunkel. Als Gallus vorsichtig an der Tür rüttelte, fand er sie verschlossen vor. Das angrenzende Wohnhaus war ebenfalls zugesperrt, weshalb er sich dazu entschied, sich auf die Lauer zu legen. Früher oder später musste der Kerl nach Hause zurückkehren, und dann würde er Gallus direkt in die Arme laufen.

Die Vorstellung, dass der Mann für all die Morde verantwortlich war, machte Gallus wütend. Immer wieder schweiften seine Gedanken zu Ida ab und zu dem feigen Mörder, der ihr das junge Leben geraubt hatte. Ob sie wohl jemals mit ihm vor den Altar getreten wäre? Die Vorstellung schmerzte, obwohl er beschlossen hatte, die Vergangenheit hinter sich zu lassen. Es war einfacher gesagt als getan, sein Herz zu verhärten, wenngleich es ihm an den meisten Tagen recht gut gelang. Er war ein

Bruder Leichtfuß, ein Leben in den engen Schranken der Ehe hätte ihn vermutlich in den Wahnsinn getrieben. Dennoch wünschte er sich manchmal, er könnte ähnliches Glück erfahren wie Anna und Lazarus. Die beiden schienen glücklich zu sein, obwohl er nicht begriff, was sie an ihm fand. Für Gallus war Lazarus nach wie vor ein langweiliger Pfaffe, auch wenn er sein Habit abgelegt hatte.

Er suchte sich eine Stelle zwischen Haus und Schmiede, wo man ihn nicht sehen konnte, und wartete, während es um ihn herum zunehmend dunkler wurde. Nach einiger Zeit hörte er ein Scheppern und einen Schrei, der aus einem der angrenzenden Gebäude ins Freie drang. Vermutlich hatte jemand etwas zerbrochen und war umgehend dafür bestraft worden. Als wieder Ruhe einkehrte, lauschte er auf das Rauschen des Windes in den Bäumen, auf das Knarren der Stämme und die Laute der Tiere in den Ställen. Irgendwann, er wusste nicht, wie viel Zeit vergangen war, vernahm er das Geräusch von schlurfenden Schritten. Vorsichtig lugte er aus seinem Versteck hervor und entdeckte eine hochgewachsene Gestalt, die sich schwankend näherte.

Erleichterung breitete sich in ihm aus, als er erkannte, dass der Mann, der geradewegs auf die Schmiede zusteuerte, sturzbetrunken war. Mit einem Rülpsen kramte der Kerl in der Tasche und förderte einen Gegenstand zutage, den Gallus für einen Schlüsselring hielt. Ein metallisches Klirren gab ihm recht.

Als der Schmied sich seinem Haus näherte, stolperte er über eine Unebenheit am Boden und wäre beinahe hingefallen. »Verflucht noch mal!«, lallte er und rang einige Augenblicke um sein Gleichgewicht, ehe er die

Stufen erklomm, die zur Haustür führten. Mit sichtlicher Mühe versuchte er, den Schlüssel ins Schloss zu stecken.

Obwohl jeder Muskel in Gallus' Körper angespannt war, zwang er sich zu warten, bis es dem Schmied endlich gelang, die Tür zu öffnen. Wenn er ihn auf offener Straße packte, eilten dem Kerl vielleicht die Nachbarn zur Hilfe, weil sie Gallus für einen Einbrecher hielten.

Als der Mann über die Schwelle torkelte, kam Gallus aus seinem Versteck hervor. Er stieß die Tür weiter auf und versetzte dem verdutzten Hausherrn einen Schlag.

»He!«, protestierte dieser, als Gallus die Tür mit einem Fußtritt schloss.

Obwohl es im Inneren stockdunkel war, wusste Gallus, wo sich der Schmied befand. Ohne zu zögern, rammte er ihm die Faust seines gesunden Arms in den Magen und wich zurück, als der Mann sich mit einem Würgen übergab.

Ein weiterer Hieb brachte den Schmied zu Fall.

Darauf bedacht, nicht in das Erbrochene zu treten, fesselte Gallus ihn mit seinem Gürtel und schleifte ihn tiefer ins Haus. Nach kurzer Suche fand er eine Lampe, die er entzündete. Im flackernden Kerzenschein wirkte der Gefesselte wie ein Häufchen Elend.

»Was willst du von mir?«, ächzte er. »Hier gibt's nichts zu holen.«

Gallus lachte, kurz und hart. »Ich will dich nicht bestehlen.«

Der Schmied blinzelte betrunken. Er schien nicht wirklich zu begreifen, in was für einer Lage er steckte. Mit einem Stöhnen lehnte er sich an die Wand.

»Ich weiß, was du getan hast«, knurrte Gallus.

Der Schmied sah ihn benebelt an. »Was denn?«, lallte er. »Ich habe meine Zeche bezahlt.«

»Du hast die Frauen umgebracht!«

Diese Worte sorgten dafür, dass sich der Nebel sichtlich ein wenig lichtete. »Was für Frauen?«, fragte der Schmied und versuchte, sich von seinen Fesseln zu befreien. »Wer bist du überhaupt?« Die Trunkenheit fiel von ihm ab, und er schien schlagartig nüchtern zu werden. »Ich habe niemanden umgebracht!«

»Du hast sie geschwängert, verprügelt und ermordet!«, zischte Gallus.

»Du hast sie wohl nicht alle?«, empörte sich der Schmied. Er schüttelte heftig den Kopf, um schnell zu Sinnen zu kommen. »Bist du besoffen, Mann?«

»So wie du?«, höhnte Gallus. »Wo hast du dich volllaufen lassen? Warst du bei einer Hübschlerin oder im Badehaus? Hast du wieder einer der Frauen zeigen müssen, was für ein starker Kerl du bist?« Er ging vor dem Mann in die Hocke. »Bist du ein Florenzer?«

Die Augen des Schmiedes weiteten sich. »Mach mich los, dann zeige ich dir, ob ich Männer liebe oder nicht!«, knurrte er.

»Einen Scheiß werde ich!«, zischte Gallus. »Du wirst mir jetzt sagen, wie viele du noch auf dem Gewissen hast, und später wirst du dein Geständnis in der Wachstube wiederholen!«

»Was soll ich denn gestehen?«, brauste der Schmied auf. »Dass ich ins Hurenhaus gehe? Dass ich die Weiber ab und zu züchtigen muss, weil sie nicht tun, was ich von ihnen verlange?« Er schien sich in Rage zu reden.

»Glaubst du, da kräht auch nur *ein* Hahn danach? Wer ist hier der Florenzer?«

Gallus versetzte ihm einen weiteren Schlag, der dafür sorgte, dass Blut aus der Nase des Mannes schoss.

»Feigling!«, zischte der Schmied und spuckte auf den Boden.

»Ich weiß, dass du die Frauen ermordet hast!« Gallus konnte sich nur mit Mühe beherrschen, ihm keinen Tritt zwischen die Beine zu versetzen. »Wieso? Wollten sie, dass du für die Kinder sorgst, die sie von dir empfangen haben?«

»Himmel, Arsch und Zwirn! Ich habe niemanden umgebracht!« Der Schmied versuchte erneut, sich von den Fesseln zu befreien. »Wen soll ich denn deiner Meinung nach auf dem Gewissen haben?« Er funkelte Gallus wütend an.

»Die Bademägde und Hübschlerinnen«, knurrte dieser. »Allesamt schwanger von dir.«

»Du spinnst doch!«

Gallus ballte die Fäuste. Am liebsten hätte er den Mistkerl so zugerichtet wie dieser die Frauen, aber ein letzter Funken Verstand hielt ihn davon ab. Er packte ihn am Kragen und zog ihn auf die Beine. »Du kommst mit zur Wachstube!«

»Damit man dich verhaften kann, weil du bei mir eingebrochen bist?«, höhnte der Schmied.

Gallus versetzte ihm einen Stoß. »Damit du für das, was du getan hast, am Galgen landest!«

»Zum letzten Mal: Ich habe niemanden umgebracht!«

»Mal sehen, ob du das noch behauptest, wenn der Rat eine peinliche Befragung anordnet!«, fauchte Gallus. Dann zerrte er den Schmied zur Tür und beförderte ihn grob ins Freie.

Kapitel 51

»GEGRÜSSET SEIST DU, Maria, voll der Gnade, der Herr ist mit dir. Du bist gebenedeit unter den Frauen, und gebenedeit ist die Frucht deines Leibes, Jesus. Heilige Maria, Mutter Gottes …«

Ein Schrei unterbrach das Gebet und ließ Anna zusammenzucken.

Die Atmung der Kranken beschleunigte sich immer mehr, und auf ihrer Stirn pochte deutlich sichtbar eine Ader. Ihre Pupillen waren riesig, was Anna erst auffiel, als die Frau sie direkt ansah.

»Er ist hier!«, wimmerte sie und zeigte mit heftig zitternder Hand auf eine Ecke der Kammer. »Der Leibhaftige will mich holen!«

Anna runzelte die Stirn. Sie kannte die Ursache für einen derartigen Wahn. Zusammen mit den Krämpfen, den geweiteten Pupillen und den Lippen, die sich allmählich blau verfärbten, gab es nur eine Erklärung. Der

Schreck fuhr ihr tief ins Mark, als sie begriff, wie furchtbar sie sich getäuscht hatte. Sie beugte sich tiefer über die Kranke. Warum war ihr das vorher nicht aufgefallen?

»Was ist?«, hörte sie Martha fragen.

»Ich will nur ihr Leid lindern«, log Anna, während ihr klar wurde, was sie übersehen hatte. Was hatten all die toten Frauen gemeinsam? *Sie hatten einen Abort herbeiführen wollen,* fuhr es ihr durch den Kopf. Alle hatten neben den Misshandlungen blaue Lippen aufgewiesen – ein Anzeichen dafür, dass sie erstickt waren. Zu Beginn hatte sie Luna im Verdacht gehabt, den Schwangeren Gift verabreicht zu haben, doch die Misshandlungen hatten sie auf eine falsche Fährte geführt. Als ihr Blick auf etwas fiel, dem sie vorher keine Beachtung geschenkt hatte, setzte ihr Herz einen Schlag aus und sie versteifte sich.

»Was ist?«, fragte Martha.

»Ich muss noch mal zurück in die Kräuterküche«, sagte Anna. Zu ihrem Verdruss zitterte ihre Stimme.

»Du kannst ihr nicht mehr helfen«, entgegnete Martha, die sie misstrauisch musterte.

»Vielleicht doch.« Anna machte Anstalten zur Tür hinauszulaufen, doch Martha trat ihr in den Weg.

»Wie hast du es bemerkt?«, fragte sie.

Entsetzt sah Anna, dass sie ein Messer in der Hand hielt.

»Was hat mich verraten?« Martha bedeutete Anna, zurück zum Lager zu gehen.

Anna zeigte auf eine leere Flasche, die neben dem Strohsack lag. »*Du* hast die Frauen umgebracht«, flüsterte sie. »Genau so eine Flasche habe ich unter Gerdis Bett gefunden.«

Marthas Miene verhärtete sich. »Hätte ich die Seelen der Kinder nicht erlöst, wären sie auf ewig von der Ansicht des Allmächtigen ausgeschlossen gewesen. Oder sie hätten dasselbe Ende gefunden wie das arme Kind in der Sickergrube.«

»Woher willst du das wissen?«

»Weil ich Zeuge davon war, wie eines dieser losen Weiber es hineingeworfen hat!«, brauste Martha auf. »Ich konnte es nicht retten. Weißt du, wie es ist, wenn man dabei zusehen muss, wie ein unschuldiges Leben auf so grauenvolle Art und Weise ausgelöscht wird? Kannst du dir vorstellen, wie es sich anfühlt, wenn man vergeblich nach den winzigen Fingern greift? Und sieht, wie der Morast der Sünde eine reine Seele verschlingt?« Die Hand mit dem Messer zitterte. »Aber ich habe das schreckliche Weib für seine Tat bestraft.«

Anna stellte sich schützend vor das Mädchen, das aufgehört hatte zu beten und ängstlich von einer zur anderen blickte.

»Warum hast du nicht die Wache gerufen?«, fragte sie.

»Weil diese Hure längst über alle Berge war. Hätte ich sie festhalten sollen, anstatt zu versuchen, das Kind zu retten? Was hättest du denn getan?«

»Ich hätte den Brüdern Bescheid gesagt«, entgegnete Anna. »Vielleicht wäre es dir mit ihrer Hilfe gelungen, das Kind aus der Grube zu befreien.«

»Rede doch nicht von Dingen, die du nicht verstehst!« Martha stampfte wütend mit dem Fuß auf. »Es ging alles so schnell …« Die Wut verpuffte, und Resignation trat an ihre Stelle. »Es sind so viele«, murmelte sie. »All diese sündigen Weiber, all diese verlorenen Seelen. Jemand muss sich doch um die Kinder kümmern.« Sie schien zu überlegen, was sie tun sollte. »Sie wollten das Geschenk, das Gott ihnen gemacht hat, loswerden«, murmelte sie. Ihr Blick fiel auf Annas Bauch.

»Sie haben dich gebeten, ihnen beim Abbruch der Schwangerschaft zu helfen«, stellte Anna fest und verwünschte sich dafür, einigen der Frauen die Hilfe ausgeschlagen zu haben. Würden sie noch leben, wenn sie ihnen gegeben hätte, worum sie gebeten hatten? Ihre Gedanken wanderten zu Mina, die sich in ihrer Verzweiflung an Martha gewandt haben musste. Vermutlich war der Wunsch nach einem Abort auch die Erklärung dafür, dass viele der Frauen Amulette von Luna besessen hatten. Als diese nicht die erhoffte Wirkung gezeigt hatten, war ihnen nichts anderes übriggeblieben, als sich an Anna oder Martha zu wenden. »Womit hast du sie vergiftet?«, fragte Anna. »Tollkirsche?«

Martha nickte.

»Lass mich ihr helfen!«, drängte Anna. »Vielleicht können wir ihr Leben noch retten.« Sie wusste, dass es möglich war, die Wirkung des Giftes im Körper zu mindern, wenn man der Kranken genügend Wasser zu trinken gab.

»Nur Gott kann einer Sünderin wie ihr helfen«, war Marthas Antwort.

»Und was ist mit dem Ungeborenen?«

»Ich habe es getauft. Es wird mit reiner Seele vor Gott treten.«

»Was hast du jetzt mit uns vor?« Anna legte schützend die Arme um das Mädchen. »Willst du uns ebenfalls umbringen? Auch ich trage ein Kind in mir.« Sie hob bittend die Hände. »Wärst du dann nicht genauso verderbt wie die Weiber, die du so sehr verachtest?«

Martha biss die Zähne zusammen. Ihre Kiefermuskeln arbeiteten deutlich, während sie nachdachte.

»Bitte!«, drängte Anna. »Lass mich ihr helfen!«

»Und was wirst du dann tun?«, fragte Martha.

Anstelle einer Antwort fragte Anna: »Hast du Lazarus und mich im Schuppen eingesperrt?«

»Ich hatte gehofft, euch genügend Angst zu machen, damit ihr aufhört, euch in Dinge einzumischen, die euch nichts angehen.«

»Weißt du, wer Gerdi geschwängert hat?«, fragte Anna. »Soll er ungestraft davonkommen?«

Martha schnaubte. »Ich habe die beiden beobachtet«, entgegnete sie. »Ich habe versucht, dieses einfältige Ding zu warnen, aber es hat nicht auf mich gehört. Wäre es ihm aus dem Weg gegangen …«

»Er wird bestraft, wenn du der Wache sagst, was du weißt.«

Martha lachte. »Du weißt ganz genau, dass einem Mann Gottes nichts passiert.« Sie griff in die Tasche und holte ein Kruzifix hervor. »Das hat er ihr geschenkt. Ich habe es ihr abgenommen, als sie …« Martha verstummte.

»Warum? Es hätte bewiesen, dass Bruder Michael sie verführt hat.«

»Es war zu wertvoll für eine Gottlose.«

»Gib mir das Messer!«, forderte Anna und trat einen Schritt auf Martha zu. »Ich bin keine Gottlose, ich habe mein Kind nicht in Sünde empfangen, und ich werde es zur Welt bringen!« Sie wusste nicht, woher sie den Mut nahm, der sie diese Worte sagen ließ, aber er war größer als ihre Furcht. »Du hast Unrecht getan. Mach einen Teil davon wieder gut, indem du mich sie retten lässt.«

»Nein!« Marthas Hand zitterte immer heftiger.

»Du darfst sie nicht sterben lassen!« Unvermittelt kam Leben in das Mädchen. Es hob die Flasche vom Boden auf und ging damit auf Martha los.

Diese war so überrumpelt von dem plötzlichen Angriff, dass sie einen Augenblick erstarrte, was Anna nutzte, um ihren Arm zu packen. Während das Mädchen wie von Sinnen auf Martha einschlug, entwand Anna ihr das Messer. »Gib auf!«, keuchte sie, als Martha sich befreite und dem Mädchen einen Stoß versetzte, der es zu Boden schickte. Schneller als Anna reagieren konnte, bückte sie sich nach ihrer Tasche, nahm eine Flasche heraus und entkorkte sie. »Ich werde nicht am Galgen enden!«, zischte sie.

»Nicht!« Anna stürzte sich auf sie, um sie davon abzuhalten, den Inhalt zu trinken, doch Martha war schneller.

Sobald die Flasche leer war, ließ sie sie fallen und sank auf die Knie. »Vater unser, der du bist im Himmel …«, hob sie an.

Anna hob die Flasche auf und schnupperte daran. Sie hatte keinen Zweifel, dass es sich um den Saft der Tollkirsche handelte. »Lauf und hol Wasser!«, befahl sie dem Mädchen. »Beeil dich! Vielleicht kann ich deiner Schwester das Leben retten.« Sie sah auf Martha hinab, deren Blick auf einen weit entfernten Punkt gerichtet zu sein schien. »Wie viel hast du ihr gegeben?«, fragte sie.

»Nur einen Schluck«, war die tonlose Antwort.

Anna hob das Kruzifix auf, das Martha hatte fallen lassen, und steckte es ein. Dann ging sie zu der Kranken und griff nach ihrer Hand. Ihr Puls wurde schwächer. »Du wirst nicht sterben«, versprach sie, obwohl sie nicht sicher war, ob das stimmte. Für Martha kam jede Hilfe zu spät.

So viel Gift konnte selbst ein ganzer Brunneninhalt nicht aus dem Körper spülen.

Als das Mädchen mit einem großen Krug zurückkehrte, flößte es der Kranken Schluck für Schluck ein, bis diese anfing zu husten. Während Martha sich stöhnend zusammenkrümmte, betete Anna für die junge Frau und ihr Kind und hoffte, dass Gott ein Einsehen mit ihnen hatte.

Schließlich, als Marthas Körper starr und reglos dalag, schickte Anna das Mädchen aus, um Lazarus und die Wache zu holen. Sie selbst blieb am Lager der jungen Mutter und half ihr, immer wieder zu trinken. »Alles wird gut«, murmelte sie und drückte der Kranken das Kruzifix von Bruder Michael in die Hand, um ihr Trost zu spenden.

Kapitel 52

Es dauerte zwei Tage, bis die junge Frau wieder vollständig hergestellt war. Die Nachricht von dem, was vorgefallen war, verbreitete sich in Windeseile in der Stadt, und nicht nur Anna war froh, als Luna aus dem Loch entlassen wurde. Am Morgen des dritten Tages, an dem Lazarus und sie sich auf den Weg zum Spital machten, wurden sie von der Meisterin der Beginensammlung abgepasst.

»Ich hatte gehofft, dich zu treffen«, sagte diese strahlend, griff nach Annas Händen und grüßte Lazarus mit einem Nicken. »Wie kann ich dir danken, Kind? Wärst du nicht gewesen, hätte man Luna furchtbares Unrecht zugefügt.«

»Ich habe nur meine Christenpflicht getan«, entgegnete Anna bescheiden. »Es war ein Zufall, dass ich …«

»Es war kein Zufall«, fiel ihr die Meisterin ins Wort. »Es war Gottes Wille.« Sie bekreuzigte sich. »Luna ist eine fromme Frau, ihr ist Furchtbares widerfahren, aber sie schwankt nicht in ihrem Glauben. Sie hat all die Qualen ausgehalten, weil sie nie die Hoffnung hat fahren lassen.«

»Was wird jetzt aus ihr?«, mischte sich Lazarus ein. »Wollt ihr sie nach allem, was vorgefallen ist, bei euch behalten?«

Die Meisterin nickte. »Natürlich. Sie hat nichts Böses getan.«

»Man könnte ein weiteres Mal versuchen, euch ihretwegen zu schaden«, warnte er.

»Das wird Gott nicht zulassen.« Die Meisterin griff erneut nach Annas Händen. »Wir beten für dich und dein Kind. Gott segne dich«, sagte sie. Mit diesen Worten wandte sie sich ab und ging zurück zum Beginenhof, in dem sie kurz darauf verschwand.

»Sie ist eine Närrin«, murmelte Lazarus. »Auch wenn Luna unschuldig ist, wäre es klüger, sie der Sammlung zu verweisen.«

Anna seufzte. »Es geht uns nichts an.« Sie sah zu ihm auf. »Viel wichtiger ist die Frage, was *wir* mit dem Kruzifix von Bruder Michael anfangen sollen? Der Magister Hospitalis wird dir nicht glauben, wenn du ihm sagst, woher du es hast.«

»Ich weiß.« Lazarus verzog das Gesicht. »Es ist nutzlos. Bruder Michael wird behaupten, Martha hätte es ihm gestohlen. Ich behalte es erst mal. Wer weiß, vielleicht können wir es irgendwann gebrauchen.« Er ballte die Fäuste. »Falls er es noch mal wagen sollte, dir zu drohen.«

»Aber er hat Gerdi geschwängert!«

»Sie ist tot, genau wie Martha.«

Anna presste die Lippen aufeinander. Sie war wütend darüber, dass sowohl Bruder Michael als auch der Schmied ungeschoren davonkommen würden. Das war nicht gerecht. Warum strafte Gott diese Mistkerle nicht für ihre Untaten? Zum Glück hatte der Hauptmann Gallus keinen Vorwurf gemacht, weil er den Schmied für den Mörder gehalten hatte. Wäre Gallus ihretwegen im Loch gelandet ... Sie brach den Gedanken ab, als das Spitaltor vor ihnen auftauchte.

»Es ist nicht alles schlecht«, versuchte Lazarus, sie aufzumuntern. »Die Seuche breitet sich nicht weiter aus, und du hast verhindert, dass Martha noch mehr Unschuldige umbringt.«

Seine Worte waren ein Trost, dennoch nagte Unzufriedenheit an Anna. Die Hübschlerinnen gingen ihr nicht aus dem Kopf. Der Frauenwirt würde den Schmied und andere wie ihn einfach weiterhin die Frauen unter seinem Dach misshandeln lassen, ohne dass jemand etwas dagegen unternahm. Vermutlich würde einer der Männer irgendwann zu weit gehen, und Anna fürchtete, dass der Frauenwirt selbst dann einen Weg finden würde, die Angelegenheit ohne die Wache in seinem Sinne zu regeln. Obwohl er ihr den Zutritt zum Frauenhaus verweigerte, würde sie auch in Zukunft ein Auge auf die Hübschlerinnen und nie mehr ein taubes Ohr für ihre Sorgen und Ängste haben, beschloss sie. Das nächste Mal würde sie nicht zögern, einer der Frauen die Arznei zuzubereiten, die sie benötigte, um einen Abort herbeizuführen. Ganz gleich, wie schwer die Sünde wog, ein verlorenes Leben lastete stärker auf dem Gewissen.

Als sie das Spital betraten, schob sie die Gedanken an die Hübschlerinnen beiseite und sah erfreut, dass Micha wieder auf den Beinen war. Allem Anschein nach hatte Bruder Martin ihm eine leichte Arbeit zugeteilt, da der Junge die Mitte des Hofes fegte. Er wirkte nach wie vor ein wenig blass und mager, doch seine Wangen bekamen allmählich Farbe.

»Ich bin froh, dass es ihm wieder gutgeht«, sagte sie. »Er ist ein lieber Junge.«

Lazarus nickte. »Er hat das Herz auf dem rechten Fleck.«

~

Micha bemerkte Anna und Lazarus nicht, da er tief in Gedanken den Reisigbesen schwang. Er hatte gehört, was vorgefallen war, und war froh, dass Luna unschuldig war. Er hatte sich schuldig gefühlt, weil er sie nicht davon abgehalten hatte, ein Neugeborenes ins Feuer zu werfen. Inzwischen war er allerdings sicher, dass sie ihn nicht verhext hatte und dass es dem Kind gutging. Obwohl er noch nicht ganz bei Kräften war, war er froh, nicht mehr in der Siechenstube ausharren zu müssen, da ihm Bruder

Michael immer noch Furcht einflößte. Insgeheim hatte er befürchtet, dass der Siechenmeister irgendwann mit seiner Fliete zu ihm kommen könnte, um ihn so lange zur Ader zu lassen, bis er völlig ausgeblutet war. Er wusste, dass diese Angst töricht gewesen war, dennoch hatte er beschlossen, sich in Zukunft so weit wie möglich von Bruder Michael fernzuhalten.

»Es ist ein Jammer, dass es keine Hinrichtung gibt«, hörte er eine von zwei Mägden sagen, die mit Milchkannen in der Nähe standen und klatschten. »Ich habe dieser Martha nie vertraut.«

»Du kanntest sie doch gar nicht.«

»Mir hat gereicht, was ich gehört habe.«

»Was hast du denn gehört?«

Micha setzte den Besen ab und spitzte die Ohren. Obwohl man ihm eingeschärft hatte, dass die Neugier die Tugend des Teufels war, kam er nicht gegen sie an.

»Dies und das«, war die Antwort.

»Du willst dich bloß wichtigmachen!«

»Stimmt nicht! Ich wusste auch, dass diese Diebesbande irgendwann ein böses Ende nimmt.«

Michas Neugier verstärkte sich. »Welche Diebesbande?«, fragte er, ohne darüber nachzudenken.

Die Frauen bedachten ihn mit kühlen Blicken. »Na, die, die hingerichtet worden ist«, sagte eine von ihnen kopfschüttelnd. »Welche sonst? Gibt es noch eine?«

»Hingerichtet?« Micha spürte, wie seine Handflächen feucht wurden. »Kennt ihr die Namen?«

»Wieso willst du das wissen?«, fragte die Ältere misstrauisch. »Warst du denn nicht bei der Hinrichtung? Die halbe Stadt ist auf dem Galgenberg zusammengelaufen.«

»Ich war krank«, beeilte sich Micha zu sagen.

»Ach so.« Das Misstrauen löste sich auf. »Der Anführer hieß Lutz oder Utz oder so ähnlich.«

Micha wurden die Knie weich. »Und er ist hingerichtet worden?«

»Er und seine ganze Bande.«

Er war wie vom Donner gerührt. Utz hatte seine gerechte Strafe erhalten? Die Erleichterung war beinahe greifbar, bis ihm das Mädchen einfiel, das immer nett zu ihm gewesen war. Hatte man es auch aufgehängt? Die Vorstellung ließ ihn traurig und wütend zugleich werden. Das Mädchen war nicht freiwillig bei der Bande gewesen, dessen war er sicher. Ein Schauer kroch ihm über den Rücken, als er sich vorstellte, dass auch er ihr Schicksal geteilt hätte. Wäre er nicht weggelaufen … Froh darüber, dass die Mägde ihm keine Beachtung mehr schenkten, umklammerte er den Besen fester und sandte ein Dankgebet zum Himmel. Der liebe Herrgott schien ihn nicht vergessen zu haben. Vielleicht durfte er hoffen, dass seine Zukunft rosiger aussehen würde als seine Vergangenheit. Hastig fing er wieder an zu kehren, damit niemand den Eindruck haben konnte, er wäre ein fauler Taugenichts.

Nachwort

Deutschland erlebte zu Beginn des 15. Jahrhunderts eine unruhige Epoche. Die seit Karl dem Großen gesamteuropäisch orientierte Reichspolitik war Vergangenheit. In Europa entwickelten sich die Nationalstaaten und im Deutschen Reich selbst schwand die kaiserliche Zentralgewalt zugunsten mächtiger Landesfürsten und Freier Reichsstädte.

Wirtschaftliche, soziale und religiöse Spannungen nahmen zu, die Folgen waren Raubrittertum, Bauernunruhen und kirchenkritische Reformbewegungen.

Fernhandel, Kaufmannschaft und Handwerk waren die neuen Kräfte, die an die Stelle von Grundherrschaft und Landwirtschaft traten und die gesellschaftliche Entwicklung vorantrieben.

Und diese Kräfte gediehen vor allem in den unabhängigen Freien Reichsstädten, die nur dem Kaiser untertan waren. Ein gutes Beispiel für diesen historischen Umbruch war die reiche und mächtige Stadt Ulm.

Das 15. Jahrhundert brachte für die Freie Reichsstadt Ulm den Höhepunkt ihrer Macht. Die Stadt war nicht nur einer der wichtigsten Umschlagplätze für Eisen, Holz und Wein, der berühmte Ulmer Barchent – ein Mischgewebe aus Baumwolle und Leinen – wurde in Venedig, Genua, Genf, Lyon, den Niederlanden und sogar in England verkauft. Die städtischen Kaufherren besaßen Niederlassungen an allen wichtigen Handelsplätzen der

Welt. Der Wohlstand der Ulmer spiegelte sich außerdem in der Größe des Stadtgebiets wider, da zu Ulm neben den Städten Geislingen, Albeck und Leipheim auch fünfundfünfzig Dörfer gehörten. Keine andere Reichsstadt außer Nürnberg verfügte jemals über ein solch großes Stadtgebiet.

Nachdem die bürgerkriegsähnlichen Auseinandersetzungen zwischen den Handwerkerzünften und dem kaufmännischen Patriziat der Stadt zuerst mit dem *Kleinen Schwörbrief* (1345) und schließlich mit dem *Großen Schwörbrief* (1397) beigelegt worden waren, gewannen die Zünfte mehr und mehr an Macht. Das Patriziat hatte nur noch zehn von vierzig Sitzen im Großen Rat und wurde zusehends in den Hintergrund gedrängt.

Aus diesen alten und vornehmen Familien stammte ein Großteil der seit 1230 in Ulm beurkundeten Beginen. Die unabhängigen und gebildeten Frauen mussten sich in die »Sammlung« einkaufen und waren nicht zur lebenslangen Ehelosigkeit verpflichtet. Es stand ihnen jederzeit frei, aus der Gemeinschaft auszutreten, um eine Familie zu gründen. Neben den Brüdern des Heilig-Geist-Ordens waren es die Beginen, die seit dem 13. Jahrhundert kranke und andere hilfsbedürftige Menschen betreuten.

Da das Beharren der Beginen auf Unabhängigkeit und Eigenverantwortung für die Gestaltung des religiösen Lebens in ihren Gemeinschaften höchstes Misstrauen erweckte, wurden die Frauen immer wieder als Ketzerinnen verdächtigt und angeklagt. Im Jahr 1311 wurde das freigeistige Beginentum auf dem Konzil in Vienne schließlich verboten. Daher beschloss die Sammlung in Ulm im Jahr 1313, sich dem Orden der Franziskaner anzuschließen, allerdings mit einem selbst verfassten Text für die Anschlussurkunde. De facto behielten sie durch diesen Schachzug ihre Unabhängigkeit und konnten ihr religiöses Leben und ihre geschäftlichen Aktivitäten ungestört fortsetzen. Zu Beginn des 15. Jahrhunderts besaßen die Beginen nicht nur das große Anwesen der Sammlung in der Frauenstraße, sondern Wald, Ackerland, Höfe und sogar ein ganzes Dorf, über das sie die kleine Gerichtsbarkeit ausübten.

Dass derlei unabhängige und mächtige Frauen das Missfallen vor allem der Zunftmeister auf sich zogen, versteht sich von selbst. Denn durch den am 30. Juni 1377 begonnenen Bau des Ulmer Münsters gewannen die Handwerker noch mehr Macht in der Stadt. Obwohl Ulm zu dieser Zeit lediglich etwa zehntausend Einwohner besaß, wurde der gewaltige Kirchenbau für die doppelte Anzahl an Menschen konzipiert. Als Werkmeister wurde Ulrich von Ensingen verpflichtet, einer der bedeutendsten Kirchenarchitekten der damaligen Zeit. Von 1392 bis 1417 unterstand ihm die Bauhütte, der heutige Turm geht auf seinen Entwurf zurück. Außer am Ulmer Münster wirkte er am Mailänder Dom und am Straßburger Münster mit. Er kann ohne Weiteres mit einem heutigen Stararchitekten verglichen werden, der dank seiner genialen durchbrochenen Turmkonstruktionen in der ganzen damals bekannten Welt berühmt war. Sein Schwiegersohn führte nach seinem Fortgang nach Straßburg vor allem die Arbeit am Westturm weiter.

Reichtum und bittere Armut lagen in Ulm dicht beieinander. Einerseits konnte der Bau des Münsters allein durch Spenden der Bürger finanziert werden, andererseits wären ohne die Beginen und die Brüder des Heilig-Geist-Spitals zahllose Menschen elendig zugrunde gegangen. Denn im Spital kümmerte man sich nicht nur um Kranke, sondern auch um Arme, Waisen und alte Menschen, die sich keine Pflege leisten konnten.

Bei der Seuche, die in diesem Band im Spital grassiert, handelt es sich um Typhus, den man im Mittelalter für eine Strafe Gottes hielt. Die Übertragungswege waren nicht bekannt, man ahnte allerdings, dass Kranke Gesunde anstecken konnten. Meist kam es zu direkter Übertragung durch mit Fäkalien verunreinigtes Essen, was nicht selten war, da man den Inhalt von Sickergruben auf den Feldern verteilte. Unter dem Überbegriff »Dünnschiss« verstanden die Ärzte alle Krankheiten dieser Art.

Eine Tollkirschenvergiftung zeigte ähnliche Symptome wie die Starrsucht, wie der Wundstarrkrampf genannt wurde, und war folglich nicht immer einfach zu erkennen. Die Tollkirsche galt als magische Pflanze, die häufig in Ritualen eingesetzt wurde oder von Frauen verwendet wurde, um ihren Augen strahlenden Glanz zu verleihen. In zu hoher Dosierung war die Einnahme tödlich.

Die Kunst der Zauberin Luna basiert auf den Schriften von Albertus Magnus, einem Gelehrten und Bischof. Die Menschen im Mittelalter suchten oft Hilfe bei übernatürlichen Kräften, Dämonen, Zauberern oder Sterndeutern. Der Glaube an die Magie war weit verbreitet, sogar Kirchenmänner waren der Meinung, dass Zaubersprüche und das Tragen von Amuletten zur Abwehr von Schaden nichts Sündhaftes seien. Insofern ist es kein Widerspruch, dass Luna bei den Beginen Unterkunft fand.

Frauen, die unverheiratet schwanger wurden, wurden im Mittelalter von der Gesellschaft ausgestoßen und oft der Kindstötung bezichtigt. Hinrichtungen waren an der Tagesordnung, die Verzweiflung der Schwangeren gewaltig. Anders als heute gab es kaum Möglichkeiten für sie, für sich und ihre Kinder zu sorgen.

Wie immer möchte ich an dieser Stelle den Menschen danken, die dabei geholfen haben, aus einer Idee ein Buch zu machen: meinen zauberhaften Agenten Gerd F. Rumler und Martina Kuscheck, meiner wunderbaren und sorgfältigen Lektorin Katja Ernst, dem Team des Gmeiner-Verlags und meiner besseren Hälfte, die mich immer mit Geduld, viel Kaffee und einem guten Auge für Fehler unterstützt.

Silvia Stolzenburg, Juni 2022

Bibliografie

Albertus Magnus: *Bewährte und approbierte sympathetische und natürliche Ägyptische Geheimnisse für Mensch und Vieh.* Graz: Edition Geheimes Wissen, 2008.

Bookmann, Hartmut et al.: *Mitten in Europa: Deutsche Geschichte.* Berlin: Goldmann Verlag, 1990.

Fabri, Felix: *Traktat über die Stadt Ulm. Übersetzt und kommentiert von Folker Reichert.* Bibliotheca Alemannica Bd. 1. Norderstedt: Books on Demand, 2014.

Green, Monica H. (Hrsg.): *The Trotula: An English Translation of the Medieval Compendium of Women's Medicine.* Philadelphia: University of Pennsylvania Press, 2002.

Halbfas, Hubertus: *Die Bibel.* Düsseldorf: Patmos Verlag, 2001.

Isenmann, Eberhard: *Die deutsche Stadt im Mittelalter 1150–1550: Stadtgestalt, Recht, Verfassung, Stadtregiment, Kirche, Gesellschaft, Wirtschaft.* Köln: Böhlau Verlag, 2012.

Jones, Peter Murray: *Heilkunst des Mittelalters in illustrierten Handschriften.* Stuttgart: Belser Verlag, 1999.

Kollesch, Jutta; Nickel, Diethard (Hrsg.): *Antike Heilkunst: Ausgewählte Texte aus den medizinischen Schriften der Griechen und Römer.* Stuttgart: Philipp Reclam, 2007.

Lang, Stefan: *Vom Ulmer Heilig-Geist-Spital zur Hospital-Stiftung: 770 Jahre Hospitalstiftung Ulm 1240–2010.* Ulm: Verlag Klemm & Oelschläger, 2010.

Leven, Karl-Heinz (Hrsg.): *Antike Medizin: Ein Lexikon.* München: C.H. Beck, 2005.

Linck, Otto: *Alt-Ulm: Ein Stadtbild von Otto Linck.* Tübingen: Alexander Fischer Verlag, 1924.

Petershagen, Wolf-Henning: *Ulms Straßennamen: Geschichte und Erklärung.* Stuttgart: Kommissionsverlag W. Kohlhammer, 2017.

Reddig, Wolfgang F.: *Bader, Medicus und Weise Frau: Wege und Erfolg der mittelalterlichen Heilkunst.* München: Battenberg Verlag, 2000.

Schulz, Ilse: *Verwehte Spuren: Frauen in der Stadtgeschichte.* Ulm: Süddeutsche Verlagsgesellschaft, 2005.

Stadtarchiv Ulm (Hrsg.): *StadtMenschen. 1150 Jahre Ulm: Die Stadt und ihre Menschen.* Ulm: Ebner Verlag, 2004.

Strehlow, Wighard: *Hildegard-Heilkunst von A–Z.* Hamburg: Nikol Verlagsgesellschaft, 2012.

Ulmer Museum: Reinhard, Brigitte; Roller, Stefan (Hrsg.): *Das alte Ulm: Grafik, Zeichnungen, Modelle.* Ulm: Süddeutsche Verlagsgesellschaft, 2005–2006.

Ulmer Museum: Reinhard, Brigitte; Schulz, Ilse (Hrsg.): *Ulmer Bürgerinnen, Söflinger Klosterfrauen in reichsstädtischer Zeit.* Ulm: Süddeutsche Verlagsgesellschaft Ulm, 2003.

Unger, Helga: *Die Beginen: Eine Geschichte von Aufbruch und Unterdrückung der Frauen.* Freiburg: Verlag Herder, 2005.

Vogt-Lüerssen, Maike: *Der Alltag im Mittelalter.* Norderstedt: Books on Demand, 2006.

Vogt-Lüerssen, Maike: *Zeitreise 1: Besuche einer spätmittelalterlichen Stadt.* Norderstedt: Books on Demand, 2005.

Wortmann, Reinhard: *Das Ulmer Münster. Große Bauten Europas Bd. 4.* Stuttgart: Verlag Müller und Schindler, 1972.